WENYI ZHUISILU

文艺缀思录

泓峻 著

时代出版传媒股份有限公司
安徽文艺出版社

图书在版编目(CIP)数据

文艺缀思录/泓峻著. —合肥:安徽文艺出版社,2015.7
ISBN 978-7-5396-5445-4

Ⅰ. ①文…　Ⅱ. ①泓…　Ⅲ. ①文艺评论-文集
Ⅳ. I06-53

中国版本图书馆 CIP 数据核字(2015)第 142509 号

出 版 人:朱寒冬
责任编辑:秦　雯　　　　装帧设计:褚　琦

出版发行:时代出版传媒股份有限公司　www.press-mart.com
　　　　　安徽文艺出版社　www.awpub.com
地　　址:合肥市翡翠路 1118 号　邮政编码:230071
营 销 部:(0551)63533889
印　　制:合肥中德印刷培训中心印刷厂　(0551)63813778

开本:710×1010　1/16　印张:14.25　字数:250 千字
版次:2015 年 7 月第 1 版　2015 年 7 月第 1 次印刷
定价:30.00 元

题　记

中国当代文学批评是借助于西方理论还是中国古典文艺理论；是走学院式批评的路子还是走感悟批评、媒体批评的路子；是用社会历史批评的方法还是用形式主义，或是女性主义、后殖民主义、生态主义批评的方法，都不是问题的关键。只要批评家对文学怀有真诚的热爱，把文学批评当成一种事业，当成参与当今文学发展与文化建设的一种手段，以严肃的态度对待文学批评，采用任何一种文体、使用任何一种方法，都会写出好的、具有影响力的批评文章。相反，如果批评家被各种非文学的因素所左右，缺乏定力，缺乏对文学事业的真心热爱，缺乏对文学的责任心与使命感，那么任何一种批评策略与技术的改变，都不可能从根本上拯救当代文学批评的颓势。要改变中国当代文学批评的现状，必须从批评家的自省开始，必须从批评态度的改变开始。

目　　录

第一辑

第二辑

第三辑

第四辑

第一辑

文学的责任意识与作家的写作伦理

如果说文学写作行为主要表现为一种孤独的精神历险，具有强烈的私人性的话，那么文学作品一旦发表，就完全进入了公共领域，具有了强烈的公共性。一个真诚而有良知的作家，一方面要通过写作活动满足自己精神探索与自我表达的需要，另一方面又要使自己的表达与他人的存在具有相关性，并帮助他人更好地生存，文学事业因此对他们变得加倍沉重。临终的卡夫卡，遭遇的正是这份沉重。毁稿的遗嘱，实际上是这位善良的作家试图以毁灭自己的方式，送给这个世界的一份真诚的祝福。

曾经像卡夫卡一样受到绝望与虚无之蛇啮咬的鲁迅，也曾对把自己的人生体验传达给他人，有着一种道义上的担忧。这是一个写作伦理问题。它要求作家在把自己的作品交给公众时，应当考虑可能带来的后果。

在公共领域内，“作家”是一个令绝大多数人肃然起敬的称谓。人们有理由追问：作家享有崇高社会地位的理由是什么？如果我们的作家没有对他人的深切同情，而仅仅关注自身的审美情趣，追求自我的表达快感，甚至仅仅关注自身的世俗利益，把文坛当作名利争夺的战场，那么，作家以及文学，还配享有社会给予的那份荣誉与尊敬吗？

谈到写作伦理，我不由自主地想起了巴金老人。一直到晚年，巴金都对“著名作家”的称谓诚惶诚恐。在他看来，作家不过是一种职业、一个工作岗位。正如农民必须耕种，工人必须做工一样，提供文学作品被他看作是作家的一种义务。在一生当中，巴金看到过太多的人把文学当成灾难到来时自我保护，灾难过去后沽名钓誉的手段与工具，他为这些人亵渎了公众对文学的神圣感情而深感不安。于是，以真实的自我面对读者，对自己写下的每一个文字负责，便成了巴金晚年对读者最庄重的道德承诺。虽然大师们的时代已经过去，但他们对作家职业的参悟与理解，却给后人留下无尽的启示。

最近二十来年，中国当代文学无奈地面对了文学与作家日渐被边缘化的局面。在谈到这一局面产生的原因时，文学界的人往往强调商品大潮的冲击、影视文化的冲击等外在原因；或者一味地抱怨读者欣赏趣味的降低，甚至指责大众精神的堕落。其实,原因可能还包含另一个方面,那就是这些年来,大众之所以越来越远离文学,是因为文学越来越远离了他们。

纵观近一二十年来的中国文学,我们发现:在作家创作的自由度越来越高、自主性越来越强、外来的干涉越来越少的情况下,像巴金那样一心为读者而写作的人却越来越少,对普通人生存的艰难抱有深切同情的文学家越来越少,在一般民众受到不公正对待时挺身而出、奔走呼号的文学家越来越少。这一时期的文学作品中,充斥了太多作家本人自恋的话语,太多的"中产阶级趣味",太多乱伦、偷窥、阴谋、仇杀等极端叙事,太多技术性的实验与文字游戏。

实际上,在这个时代,越来越多的作家开始把写作当作自己在这个竞争日渐激烈的社会上,赢取足够生存空间的一种手段。正如有评论者一针见血指出的,我们这个时代的作家们太过"聪明",太过"爱惜"自己,"他们认为自己有责任让'纤弱的心灵'和切身的利益免受来自真实的惊吓、磨砺与轰击",却"没有多余的爱分给那些'毫不相干的陌路人'"①。而当作家心中没有"大爱"时,他们写出来的作品也将缺乏一种大胸怀、大视野、大境界,缺乏一种内在的道德力量。创作了这些作品的作家,当然也就很难像文学史上许多公认的文学大师那样,在读者心目中树立起伟大的道义形象。

20 世纪 80 年代,在新一轮思想解放浪潮到来的时候,文学家们开始关注文学相对于政治的独立性,关注文学创作作为精神创造活动的个体性,关注私人生活领域与私人经验在文学作品中存在的价值,关注作家通过文学虚构起来的世界与现实世界的异质性,强调尊重作家自由地选择文学创作的方式、内容与风格的权力。所有这一切,对纠正中国当代文学曾经的失误,推动中国当代文学的健康发展,都起到了积极的作用。然而时间不长,一味地强调文学创作的个体性、文学经验的私人性、文学的非功利性等内容所带来的偏颇与失误,也在文学创作中显示了出来,特别是在经历了 20 世纪 90 年代的世俗化浪潮,文学作为一种事业的神圣性在许多作家心目中褪去之后,其对中国当代文学的负面作用却表现了出来。

近年来,在经历了现代主义、后现代主义等形形色色的文学试验之后,人们突然十分怀念曾经有过的朴素的文学传统,现实主义作为"与冷漠的个人主义、放纵的享乐主义、庸俗的拜金主义及任性的主观主义格格不入的文学样态"②被人们重新提及,"现实主义"创作精神的出场似乎已是众望所归。它要求我们的作家从个

① 李静:《"三无"小说在流行》,《南方周末》2002 年 1 月 21 日。

② 李建军:《重新理解现实主义》,《小说选刊》2006 年第 2 期。

人内心的小天地中、从个人世俗利益的斤斤计较中走出，面向现实，面向千千万万的普通人，承担起他们对公众应当承担的道义和责任。

也许，遵从这种召唤，将会给当下不很景气的中国文学，带来一个新的契机。

（此文发表于《文艺报》2010 年 2 月 24 日）

文学的"底层关怀"与"底层"的阅读需要

"底层文学"是新世纪以来中国文学界引入的一个包含明确价值诉求的概念，曾经引起作家、批评家、理论家的热切关注与激烈论争。尽管人们对什么是底层文学、怎样评价中国当下底层写作取得的成就、作为知识分子的作家能否为底层代言，以及怎样触及底层真实的生活状态与生存体验等问题持有不同的看法，但有一点在参与底层文学讨论的人们之间是可以形成共识的，那就是大家都认为底层文学最起码应该与底层民众的生活相关，有利于底层民众生存处境的改善与生活质量提高。简单地讲，就是底层文学应该体现出文学家的"底层关怀"。

实际上，底层关怀正是底层文学这一概念得以产生的逻辑起点，也是底层文学倡导者最直接、最根本的伦理诉求。因此，怎样借文学活动实现底层关怀，就成为谈论底层文学、实践底层文学时必须认真思考并加以解决的问题。

关于文学的底层关怀，我们可以说，以同情的态度写底层，把底层真实的生活状况与底层民众的情感世界呈现在世人面前，从而在全社会形成了解与接近他们、理解与尊重他们、关心与帮助他们的氛围，直至以此促动政府官员、专家学者去研究解决底层面对的各种实际问题，这是一种表现形式；而作家在进行文学创作时，把底层民众设定为自己的读者，充分考虑他们的思想状况、精神需要、文化水平、审美趣味、阅读习惯，有意识地为他们提供一些他们读得懂、喜欢读，读了之后能产生精神慰藉，增强生活信念的文学作品，也应该算是文学家实现底层关怀的一种形式。

可惜的是，在近年来关于底层文学的讨论中，大家主要是围绕第一个层面，也就是怎样写底层的生活而展开的，至于要不要为满足底层的阅读需要而写作，怎样为适应底层的阅读需要而写作这一层面的问题，基本上没有进入参与底层文学讨论的作家、批评家、理论家的视野。

或者，大家对涉及这一层面的问题有所顾虑，进而讳莫如深？

至少，当笔者试图这样提出问题时，内心是十分矛盾与迟疑的。我首先担心这一提问方式会引起作家们强烈的反感，因为这很容易让人想起曾经出现过的种种以"人民"之名对作家的写作内容与写作方式进行粗暴干预的做法；其次，我担心当一个作家有意识地去为适应底层而写作时,会不会降低作品的艺术水准,甚至浪费一个作家的艺术才华。同时,我还有另外一种担心,担心我的这种想法不过是一个与底层十分隔膜的读书人的自作多情,在底层民众那相当艰难粗糙的生活中,文学阅读真的会成为一种需要吗?我甚至怀疑自己这种为底层写作的主张,是不是在潜意识中包含着一种文化歧视:难道底层民众就读不懂或者不配享受高雅的、深刻的、具有经典水准的文学作品,而非要特地为他们去制作一些通俗的、浅显的、没有永久价值的文学快餐?

然而,当对这种种"担心"与"怀疑"进行"再反思"时,我突然发现,这一切都不过是我这个过于信仰文学的自律性,过于看重自己的审美感觉与艺术品位,过于强调文学本位立场的人,在遇到文学的底层关怀没办法绕开的问题时,为回避文学对于底层民众应当承担的义务而寻找的一些虚伪的托词。

尽管写底层的文学与满足底层民众阅读需要的文学在理论上是可以统一的,但在当下的文学中,两者却常常没有真正统一起来。许多怀着深切的同情去书写底层生活的作品,实际上并不把底层民众设定为自己的阅读对象,其文体风格、语言表达方式决定了这些作品只能在很有限的文学圈子里流传;而那些没有条件经常上网,很少看到电视,传统的文字阅读仍然是他们打发空闲时光、了解社会人生、寻找生活目标、满足精神需求的主要方式的建筑工地上的农民工、私人小厂里的打工妹、边远乡村的青年人,则往往只能在地摊上找到一些没有刊号、不署作者、粗制滥造、内容低俗的地下出版物。这种状况,难道不应当引发倡言底层关怀的文学家、理论家、批评家们内心的不安?

底层民众,这很可能是在当今社会里更加需要文学阅读,更容易接受文学的影响,然而又最少受到文学的垂顾,能够接触到的文学资源最为匮乏的群体。这里面有文学作品的流通渠道是否通畅的问题,而更为根本的问题则是,在正规出版的文学作品中,尤其是当今著名作家的作品中,能够适合他们的文化水准、引起他们阅读兴趣的实在是少之又少。而一本能够被他们接受的健康积极的文学作品,则完全有可能激发他们内心的善良天性,校正他们对社会的偏颇认知,抚慰他们受伤的心灵,鼓舞他们真诚生活的勇气。

当然,无论对作家,还是对批评家、理论家而言,信仰文学的自律性,看重自己的审美感觉与艺术品位,强调文学本位,这一切都不是错。一个作家声称他不想为迁就大众,包括底层民众的欣赏口味而放弃自己擅长的艺术题材与艺术风格,这也没有什么可指责的。

因此，当今的文学界，完全没有必要大家都去谈论底层关怀，实践底层写作。但是，当我们试图谈论底层文学，谈论文学的底层关怀时，对底层民众的文学阅读需求仍然视而不见，或者以种种理由推脱文学家满足这种需要的义务，就会显得缺乏诚意，显得虚假。很容易让人怀疑，所谓的底层关怀，只是当下不太景气的文学借助于底层这一包含太多伦理色彩的概念，为自身寻求道义支撑的生存策略。因为倡言文学的底层关怀，意味着我们已经在自己的文学观念中引入了另外一种与文学本位的立场不一样的逻辑，在这种逻辑里，能够被称作“底层文学”的文学，首先应当是为底层民众的利益与需要而创作的，对于底层民众是否具有价值是评价底层文学价值时应当优先考虑的一个维度，为底层写作是一个比把底层当成文学表现的对象更高的写作目的。

（此文发表于《文艺报》2012年2月8日）

现实主义文学的精髓与魅力

如果对20世纪末到现在这二十来年的中国文学做一个整体回顾的话，以“打工文学”、都市世俗生活小说、官场职场小说、“反腐文学”为代表的贴近读者日常经验与关注的热点问题，具有强烈时代气息的文学写作取向，是颇为引人注目的。在此期间，许多文学作品还以“调查”、“报告”、“实录”等名目出现，用新闻记者的眼光去判断写作素材的价值，以新闻报道的手法进行叙事。近年来，更有人倡导以“田野调查”为依托，“摆脱书斋想象，离开二手经验，走向民间世界和生活现场，走向吾土吾民”的“非虚构文学”①。对于文坛的这种写作取向，批评界有人用“现实主义的回归”对它进行命名，也有人形象地把它对文坛的影响称为“现实主义创作潮”、“现实主义冲击波”。

现实主义作为特定的文学思潮，形成于19世纪的英、法、俄等国。一段时间里，现实主义文学流派曾经大家辈出，在世界文学史上创造出了十分辉煌的成就。作为一种文学精神，现实主义则可谓历史悠久，而且对20世纪文学创作以及当下的文学创作仍然发生着十分深刻的影响。就中国而言，“新文学”在创立的时候，就把现实主义作为自己的一面旗帜。之后，现实主义常常被作为一枚荣誉勋章，授予“新文学”历史上那些优秀的作家与优秀的作品。20世纪80年代中后期，由于“现代主义”、“后现代主义”文学思潮的冲击，有一段时间，现实主义在一些作家与读者心目中的分量打了折扣。而近年来，中国文学界重提这一概念，用它来指认当下一些被认为是积极的文学创作动向，至少表明人们对现实主义文学精神的再度认可。

无论是“打工文学”、“反腐文学”，还是“非虚构文学”，都确实出现了一些既贴近现实生活，具有浓厚人文关怀精神，同时又能够站在一定历史高度，对社会现实进行理性思考的优秀作品。说这些作品的出现是“现实主义文学精神的回归”，是有一定道理的。但是，如果以为走出历史写作与私人写作，表现当下人的生活，以当代人关注的热点问题为题材的作品就一定是现实主义作品；或者把虚构理解为

① 2010年，《人民文学》杂志社启动了一项名为“行动者”的“非虚构写作计划”，呼吁作家摆脱书斋想象，离开二手经验，走向民间世界和生活现场，走向“吾土吾民”。为此，杂志专门开设了“非虚构”专栏。

现实主义文学的反面，认为文学作品中虚构的成分越少，文学的现实主义精神体现得就越强烈，则是对文学现实主义这一概念的极大误解。

其实，选择历史题材还是当代题材，主要表现日常生活与私人生活，还是主要关注社会重大事件与重大问题，人物、故事、情节是虚构的还是在现实生活中真实发生过的，都不是现实主义文学理论关注的最为核心的问题。现实主义文学理论关心的最为核心的问题是文学真实性问题，而在现实主义文学理论的概念体系中，“真实性”指的绝不是文学作品中的内容是真实发生过的，而是指文学作品能够穿越社会生活的表层，深入到人类历史的深处与人类心灵的深处，发现一个时代社会发展面对的各种问题的实质，把握时代精神的细微变化，表现特定人群在社会发展变化过程中内心深处经历的真实的情感体验。现实主义文学所要求的这种“真实性”，依赖于作家对社会人生细致入微的观察与体验，依赖于作家在错综复杂的社会生活现象面前冷静的思考判断能力，依赖于作家对历史负责的精神与“铁肩担道义”的道德勇气。

如果用这些标准去衡量的话，中国当代文学还存在很多问题，许多作品还不具备现实主义的品格，特别是许多作家的精神世界离优秀现实主义作家的境界还有很远的距离。

实际上，能够从根本上保障现实主义文学精神得以实现的，是作家严肃的创作态度。卢卡奇讲，现实主义的实质是“伟大作家对真理的渴望，他对现实的狂热追求——或者，用伦理学术语讲，就是作家的真诚与正直”。一个现实主义作家一定是具有人类良知的作家，他面对自己的良知而写作，由于这种良知而尊重事实，尊重历史；由于这种良知而拒绝各种外在利益的诱惑。

认真分析中国当代所谓现实主义创作潮出现的原因，固然与中国当代文学20世纪80年代与90年代之交的一段时间里，实验小说、新历史小说、私人化写作存在的问题有关，与中国社会“三农”问题、贫富差距问题、官场腐败问题的凸显有关，但同时也与整个社会的日益市场化、文学期刊与文学作品出版日益商业化等大背景有关。在所谓的“现实主义创作潮”中涌现的许多作品，有着很明显的商业运作的痕迹。许多作家和出版商一道，把很大精力放在了对当下读者阅读心理的揣摩上，而不是放在对现实的深入观察与研究分析上。因为在文学作品出版商业化的大背景下，谁把握了读者的阅读心理，谁就把握住了销售量，把握住了商业利益。

当代文学不断增强的对文学叙事写实性、当下性、现场性的追求，实际上就与对读者阅读心理的迎合有关。对于当今那些看着电视直播成长起来，“阅读的兴趣点在于凝聚了这一代人经验的事件、细节是否能以符合他们记忆的方式被忠实地记录下来”的读者而言，选择具有当下性的事件，营造出强烈的现场感，使文字呈现的世界与喧嚣浮躁的现实世界最大限度地重叠，制造出一种高度“仿真”的阅读效果，的确是一种颇为有效的修辞策略。正如有论者所说，那些并非高品质的“仿真性”作品，的确能“在市场化现实中普遍地受到称赞，它们洋洋洒洒地相互依附和攀缘，得到市场化社会意识和文学批评的全面加强”①。

由于一些作品文学的世界与当下浮躁喧嚣的生活世界距离太近，与真实事件发生的现场距离太近，因而也就无法获得冷静审视人生、反思日常经验、批判现实的距离。而对人生的冷静审视，对日常经验的深刻反思以及对现实保持一种批判的态度，恰恰是现实主义文学必须具有的品质，是现实主义文学精神的精髓与魅力所在。

更为糟糕的是，由于过分考虑商业利益，过度迎合读者阅读心理，使得当代一些现实题材的文学作品，在“底层”、“反腐”、“纪实”等名义下，糅进了许多不避烦琐、不忌道德底线的性描写、性暗示，同时也有一些暴力、凶杀、血腥场面的渲染。有的作品更是渗透着官本位、拜金主义、视女性为玩物等落后的、错误的，乃至腐朽的思想。以满足一部分读者不良的阅读趣味为手段而追求市场效应的文学写作，实在是一种对读者、对社会极其不负责任的做法，这与许多优秀的现实主义作家那种用文学解剖现实、干预生活、改造人性的人文情怀完全背道而驰。而那些在“真实”的幌子下，编造千篇一律的类型化叙事，虚构一些没有生活依据的离奇情节的作品，其创作态度与写作手法，更是与现实主义毫不相干。把这些作品放在现实主义的名下，实在是对现实主义这一名称的亵渎。

（此文发表于《文艺报》2013 年 6 月 3 日）

① 徐肖楠:《迷失的市场自由叙事》,《天津师范大学学报(社会科学版)》2006 年第 6 期。

叙事的意义

一

受后现代主义思潮影响，西方当代叙事学曾经试图否定叙事同客观存在的社会历史的相关性。一些理论家甚至建构起“功能论”的叙事观，不仅强调叙事当中的人物仅仅是推动情节发展的一个功能性符号，不具有具体的社会学与心理学内涵，而且强调叙事的全部意义都在于由作为功能符号的人物推动的行动。这种理论认为，一个故事之所以能够吸引读者的阅读兴趣，主要是因为它有着精彩的故事情节，至于故事情节是由角色 A 来推动，还是由与 A 在社会身份上完全不同的角色 B 来推动；是发生在时空 X 当中，还是发生在一个与 X 完全不同的时空 Y 当中，对于一个叙事而言是无关紧要的。一个小说家的才能，集中体现在结构故事的能力之上。只有那些非专业的读者与观念陈旧的批评家，才会把自己的注意力由对故事情节的欣赏，转向对故事进行社会学或心理学的评价与分析。

这种拒绝从叙事形式本身之外的维度去探讨叙事的意义的叙事学理论，很明显是一种偏激的理论，但是却曾经对中国当代文学产生过十分深刻的影响。20 世纪 80 年代中后期许多“先锋作家”的“实验小说”写作，就是在这种理论的直接影响下产生的。到现在为止，许多作家对文学批评界包括女性主义、后殖民主义、文化研究等批评模式的冷漠甚至是反感以及有些作家声称拒绝让自己的叙事承载过多的意义，实际上都与这一叙事学理论的影响有关。

这种叙事学理论，甚至影响到一向比较沉潜的中国古代文学研究：一些研究者在试图强调中国叙事传统与西方叙事传统的差异时认为，中国古典小说以及在此基础上形成的小说理论，是以情节为中心的，这与西方流行的以人物性格与社会环境为中心的小说创作与小说理论，具有文化类型学意义上的差异。

当然，一种外来理论之所以被我们接受并产生较大反响，多数时候是因为这种理论对于认识与解决我们自身面对的问题有一定的帮助。用马克思的话讲，就是“理论在一个国家实现的程度总是决定于理论在这个国家的需要的程度”。来自西方的具有浓厚形式主义色彩的叙事学理论，在20世纪80年代被介绍到中国时，对于反思长期以来中国文学过于强调文学的社会政治功能，过于强调文学与现实的对应关系，忽视文学中人性的维度，忽视文学的审美功能与文学叙事的修辞技术层面等问题，提供了很好的理论支点。

但是，20世纪90年代之后，当代文学的整体状况已经发生了很大的改变。用一位当代著名批评家的话讲，就是曾经占压倒性地位的“国族伦理的宏大叙事”，已经被“自由伦理的个人叙事”所取代，而新崛起的“消费伦理的大众叙事”则占据了支配性地位。① 在文学消费原则的引导下，当代的文学叙事面对的问题经常是：一些作家为了故事能够吸引读者而不顾常识地胡乱编造。在这种情况下，从叙事形式着眼的叙事学理论，为一些作家回避现实生活中的问题与矛盾，逃避文学所应当承担的社会责任，一味地迎合市场，迎合大众的阅读兴趣提供了一种十分时尚的借口。

二

讲述故事，似乎是人类进入文明阶段，产生了时间意识，有了语言这种表达手段之后，普遍具有、并且一直在不断发展着的天赋。就目前的发现而言，世界上任何一种文明形式，在其可以考证得出的历史过程中，都存在叙事行为，并不断产生叙事性的文本。

人类为什么要不断地去讲述各种各样的故事，而且，不但热衷于讲述现实生活中真实发生的故事，还以更大的热情去讲述那些在现实生活中根本没有发生，甚至根本就不可能发生的虚构故事？

这是任何一个从事叙事文学创作的作家以及任何一种叙事学理论都必须面对的最为直接的问题。

面对这一问题，无论是作家还是理论家，其实都很少从故事本身着眼去寻找答案。

从亚里士多德开始，西方文学理论往往是在深入发掘人性内涵，揭示人类历史过程的本质这样的高度上，考察叙事活动的价值与意义的。在此基础上，他们先是把人物性格的塑造作为文学叙事的目的，后来的现实主义文学理论则提出了环境

① 谢有顺、李德南：《中国当代小说叙事伦理的基本类型及其历史演变（下）》，《文艺争鸣》2014年第4期。

的典型性与人物性格的典型性相结合的文学主张。在性格、环境、情节这三个叙事文学的要素中，情节在西方文学理论中长期被认为是从属性的，为人物性格的刻画与社会历史的再现服务的。正因为如此，当代西方叙事学才认为有必要为情节在叙事学理论中争取应有的地位。

而为强调中西方叙事传统的差异而产生的古代汉语叙事作品及其叙事学理论以情节为中心的观点，在文学史的大量事实面前，也是站不住脚的。

以小说为代表的汉语叙事文学，有三大源头，一是从上古流传下来的神话传说，一是以《春秋》、《左传》为代表的历史著作，一是诸子散文。认真分析起来，三个源头都没有给后来的汉语文学留下以情节为中心的传统，相反，却都十分看重一个叙事背后包含的“微言大义”。

就神话传说而论，在现存的汉代以前的典籍中，我们很难找到一个从头至尾十分完整的故事，更不要说故事中包含的丰富的情节。因此，杨义先生说中国远古神话多是“片段的，非故事性和多义性”的。这主要是因为记载这些神话故事的文献，其目的都不在故事情节本身，而在于截取故事包含的意义。在历史叙事的基础上形成的汉语文学的“史传传统”其精髓，一是实录精神，一是将叙述者的立场、态度巧妙地植入叙事过程的“春秋笔法”。而诸子散文中的叙事，实际上是为说理服务的，是一种以“事”为“象”，赋予所叙述的故事以深刻寓意与严肃的教化内容的“寓言性叙事”。深受上述传统影响的中国古代小说与戏剧，叙事本身不仅不构成全部目的，而且也不是主要的目的。通过讲故事以传达故事背后的“寓意”，才是叙事的真正目的所在。

三

西方那种否定叙事同客观存在的社会历史的相关性，否定叙事背后所包含的严肃意义的叙事学理论，一方面是对长期以来轻视情节的西方传统文学理论的一种矫枉过正式的“反拨”，另一方面也与西方 20 世纪后半期大众文化兴起，现代性价值观念受到怀疑与挑战这一背景有关。按英国学者史蒂文森的描述：一方面，“人们生活在一个‘叙述’的社会，这个社会始终不断地通过大众传播媒介来流传各种记叙文和故事”；另一方面，“旧的各种宗教式权威形式，已经被赋予读者而不是作者以权力的众多叙述性故事所取代"①。因此,叙事学理论对作者赋予叙事文本的意义的解构,对故事情节本身的强调,有将读者从被动的接受者的地位中解放出来,引导他们通过故事本身的欣赏,去实现"语言的狂欢"的积极意图。

然而,读者的解放,却不一定非要通过否定叙事所承载的意义这一方式实现。叙事的意义,甚至可以在读者的创造性解读中得到丰富与深化。

就汉语叙事传统而言,虽然深受"史传文学"实录精神影响,但却从来都不拒绝虚构。出自民间,记录"道听途说"、"街谈巷语"的小说,之所以能够广为流传,恰恰是因为其故事涉及的人物、事件、情节都超越了日常生活本身的庸常状态。因此,小说、戏剧在汉语文学史上,也往往被称为"传奇"。

然而,面对小说、戏剧离奇的情节故事,读者并没有完全沉溺于其中不能自拔。实际上,一个叙事文本的意义生成能力,往往与它作为一个故事的"传奇"色彩有直接关系:正因为小说家、戏剧家的叙事太像"故事",因而也就更容易让人联想讲述它是"别有用心",从而更激发起读者对故事背后所传达的意义进行探究的好奇心。而当读者自觉地把文本中的故事当成一个具有寓言性的叙事去接受时,其思考与领悟,常常会超越作者所提示的方向与所能达到的深度,文本的意义因此便由封闭走向开放。

从这个意义上讲,读者对阅读过程的主动介入,不是一个叙事意义的消解,而是其意义的创造。

(此文为本人博客文章,作于2014年8月)

① [英]尼克·史蒂文森:《认识媒介文化》,北京:商务印书馆2013年,第146页。

“去历史化”写作的负面影响

一

近几年来，在涉及当代文学的一些评论文章里，类似“去历史化”、“非历史化”这样的提法，已经逐渐地与早些年出现的“民间立场”、“家族史写作”、“个人化叙事”等词语一样，成为描述中国文学近一二十年来发展变化的动向、阐释一些文学作品所表现的主题与思想内容、评价一些作家所取得的艺术成就时，经常被使用的语汇。

而且，在许多时候，当评论家谈论文学的“去历史化”或者是“非历史化”问题时，并不仅仅在文学现象描述的层面上使用这些概念，而是赋予了它们比较明显的价值判断色彩。

肯定文学“去历史化”倾向的批评家大多认为，20 世纪的中国文学，曾经经历了一个“历史化”的过程。其具体表现是过分强调外在的经济因素、政治因素、重大的社会变革与历史事件对作家所创造的文学世界的影响；在叙事的过程中，作家往往把历史理解为一个具有总体性的观念，为它设定一个既定的本质、目的、规律，并试图把那些具有偶然性的日常生活事件以及复杂的人性，都纳入以社会进步、民族解放、阶级斗争、现代化建设为依托的“大叙事”之中。在有些评论家看来，那些被“历史化”写作模式所支配的文学作品中，本应该是生动、具体的人物形象，往往成为启蒙、革命等历史大叙事操纵的牵线木偶，其作为人的主体性、个人经验的独特性以及个体生命的丰富性，都难以得到体现。因此，这样的作品，难免要给人以概念化、简单化的印象。而导致文学叙事“历史化”的理论基础，则被认为是几代作家所信奉的唯物主义哲学观、进化论历史观以及建立在“典型论”之上的现实主义文学观。评论家们指出，这种“历史化”的叙事模式是在 20 世纪五六十年代的几部“红色经典”中得以成熟的，之后对中国当代作家的写作有着极强的规训作用，直到 20 世纪 80 年代初期，在“伤痕文学”、“反思文学”、“改革文学”兴起的过程中，仍然发挥了其巨大的影响力。

而中国文学“去历史化”的努力，被认为正是为走出“历史化”叙事模式的巨大阴影而产生的。按照有些学者的叙述，在20世纪80年代中期的“寻根文学”中，开始隐约出现了走出文学“历史化”写作模式的趋向。这种趋向在后来的“先锋”小说、“新写实”小说、“新历史”小说中进一步得到明确，最终发展成为近二十年来中国文学带有方向性的选择。从写作策略上讲，作为对“历史化”写作的规避、超越，“去历史化”或者表现为作家在写作中以重写历史的方式对官方固有的历史叙述进行解构，或者表现为作家以主观化的视角对外在的历史进行重构；在有些作家那里，“去历史化”可能意味着以个人化、性别化、家族化、地域化的“小历史”视角消解民族、国家、启蒙、革命等“大历史”，对有些作家而言，“去历史化”甚至可能是用突显叙事话语自身逻辑的方式，让历史在文学叙事中完全处在缺席的状态。

二

如果仅仅从对文学现象进行指认的角度看的话，近一二十年来中国文学创作中存在着“去历史化”或者“非历史化”的倾向这一判断，的确并非空穴来风。而且，假若我们把观察的目光从中国当今最顶尖、最具思想深度的一批作家的创作，转向每年海量出版的、带有很强类型化特征的一般作者的作品；从“寻根文学”、“先锋”写作、“新写实”小说、“新历史”小说、“底层叙事”等相对比较“严肃”的文学创作领域，转向有着比较浓重的商业化、娱乐化色彩的通俗文学、网络文学；从相比较而言对历史抱有较大兴趣的50后、60后、70后作家的创作，转向深受后现代影响，追求平面化生活的80后、90后作者的“青春写作”、“玄幻文学”、“穿越小说”，就会发现，在近一二十来年的文学作品中，历史在许多时候早已经被主观化、碎片化、虚无化、游戏化、荒诞化操作变成一片惨不忍睹的废墟，其“去历史化”、“非历史化”的程度，实际上远远超出了批评家的描述乃至想象。

而且，除了上述批评家们所列举的那些“去历史化”写作策略之外，我们在许多作品中，还可以发现尺度更大、更加具有颠覆性的策略，比如，将一些没有任何现实根据的细节进行极度夸张，以使作品的世界变得神秘与荒诞的“现代主义”操作；将历史记忆符号化，转化为朦胧的情绪与意象的“怀旧”式操作；制造一种既没有现实所指又千篇一律的“异域”风情；以及完全不顾史实、不顾历史自身逻辑与可能性的“戏说”，等等。

在这种情况下，倒是从评论家们作为“去历史化”写作的标本加以分析的“新写实”、“新历史”作家的作品中，读者还能够多多少少感受到历史的存在，并时不时地读到一些关于历史的深度思考。而这些作家的作品中存在的“去历史化”倾向，究竟是对以往顽固的“历史化”写作模式的抵抗，还是对当下十分流行的商业化、娱乐化文化潮流的顺应与妥协，却是很难讲清楚的一个问题。

然而，有一点十分清楚，那就是对于当代文学而言，“去历史化”的写作趋向，不用评论家的提倡，就已经颇具规模与影响力。在这种情况下，文学评论界似乎更应当从批判的角度，冷静地分析一下“去历史化”现象产生的真正原因，认真思考一下各种各样的“去历史化”写作倾向可能带来的不良后果，并对它们保持一定的警惕。

我们发现，在这方面，一些优秀的作家比批评家反倒具有更加敏锐的判断力，更能够保持清醒。因而，当批评家们顺着类似于“去历史化”这样的思路对一些作家的作品进行评价时，并不一定能够得到作家本人的认同。比如，一方面，批评家们热衷于谈论王安忆20世纪90年代以后创作的世俗化转向，认为王安忆让自己的作品进入上海的弄堂深处，表现小市民的琐碎生活这一写作姿态，是对此前带有明显启蒙立场的写作姿态的超越。但是，作家本人却声称：“将人物置于一个条件狭隘的特殊环境里，逼使其表现出与众不同的个别的行为，以一点而来看全部”并非“创作的大道”，并怀疑它“会突出与夸大了偶然性的事物，而取消了必然性”，“容易使人纠缠于细枝末节、潜心构思的精致与巧妙”，“忽略了大的悲恸与大的欢乐的情节”。

实际上，对于优秀的作家而言，强烈的历史意识，以及从整体上把握历史的能力，是必不可少的。一部文学作品的深刻与厚重，大多与此相关。因此，与评论家们一厢情愿地热衷于指认一些优秀作家作品的“去历史化”倾向形成强烈反差的是，许多优秀作家更愿意强调他们的作品与现实人生、现实社会的关联，更愿意谈论他们的作品触及历史的深度与广度。在他们那里，“去历史化”或者“非历史化”这样的说法，很难作为一种正面的文学价值被接受。

三

把近一二十年来一些优秀作家与优秀作品的成功，归咎于“去历史化”操作的成功，可能真是一种误会。而把文学创作中“去历史化”倾向产生的原因，主要归结为对过去形成的僵化的文学叙述模式的不满以及由此而进行的文学探索，也是相当片面的。促使中国当代文学最终形成“去历史化”写作倾向的力量，很可能主要来自于文学之外，具体地讲，一是受到了思想文化层面上的后现代思潮的影响，一是受到了社会层面上的文学艺术商业化风气的影响。

认真分析之后我们就会发现，“去历史化”文学主张里的许多观点，是直接从后现代主义文化思潮中借来的。后现代主义的核心是虚无主义，它声称拒绝中心，拒绝本质，拒绝深度。而所谓的“去历史化”写作，也绝对不是说让文学的世界不再与真实的历史过程发生任何关联，而是说文学在呈现历史时，不再试图去呈现历史的全貌、历史的本质，而是专注于历史的细枝末节，停留于历史的表面，沉溺于历史的偶然性之中。这与美国文化学者杰姆逊总结后现代文化时所说的“削平深度模式”，在精神上是完全一致的。“去历史化”写作主张消解民族、国家、启蒙、革命等“大叙事”，躲避严肃的主题，实际上也是源于后现代主义的文化立场。法国学者利奥塔在对后现代主义进行总结时明确地说，“当科学元话语明确求助于诸如精神辩证法、意义阐释学、理性主体或劳动主体的解放、财富的增长等某个大叙事时，我们便使用‘现代’一词指称这种依靠元话语使自身合法化的科学”，而后现代就是“对元叙事的怀疑”。后现代主义的另一个研究者哈桑认为，后现代文学具有多重性、散漫性、或然性、荒诞性的特征，表明的是真理的缺席。用哈桑对后现代主义文学征象的总结，描述“去历史化”之后文学呈现出的状态，同样是十分适用的。

西方的后现代主义思潮20世纪80年代进入中国后，对中国文学的确曾经产生过一些有益的启发，但其负面的影响也是十分明显的。“去历史化”写作作为后现代文化观念影响的产物，也应当作如是观。

在谈论中国文学的“去历史化”写作倾向时，有一个现象是应该引起关注的，那就是这种写作倾向，与中国经济的市场化转型、社会的商业化大潮，是同步出现的。大众文化的兴起，是市场化、商业化原则向文化艺术领域扩张的直接结果。而“去历史化”，正是一些文学作者向大众文化靠拢时采取的最主要的策略之一。

在实现商业利益方面，娱乐化的文化产品，远比那些严肃思考社会人生的作品更具有潜力。大量戏说历史的文艺作品的出现，以及一些文艺作品中将严肃的历史变成时尚的文化消费符号的做法，其实都与商业文化对大众娱乐性的追求有关。除此之外，暴力、色情、乱伦、偷窥、阴谋、仇杀等极端叙事，也都是商业文化借以招徕大众的主要手段。许多文学作品不顾人物性格的完整与统一，不顾生活自身的逻辑，不顾历史背景，想方设法在作品中加入这些元素，正是出于商业的考虑。“去历史化”写作倾向之所以在通俗文学、网络文学、影视作品中表现得更为突出，就是因为这些领域具有比严肃文学更浓重的商业化色彩。

而在20世纪90年代兴起的"新写实"小说、"新历史"小说、"底层写作"这些相对严肃的文学创作中，对历史的游戏化态度以及任意编造极端化叙事的现象，也不同程度地存在。这种通俗文学与"严肃文学"的重合并非偶然，它表明一些所谓的"严肃文学"作家，也在对读者的阅读趣味加以迁就，而其背后，同样有着商业利益的考虑。在这种情况下，严肃对待历史的态度，清醒的历史理性，从宏观上把握历史的角度，对于"严肃文学"创作而言，恐怕主要是一种保证其不被商业化原则过度侵蚀的积极力量，而不是一种限制作家思想的深度与作品所能达到的艺术高度的消极力量。

四

而从创作主体的角度讲，大量"非历史化"作品的出现，实际上也与一些作家，尤其是年轻一代作家历史意识的淡漠、历史经验的匮乏、从宏观上思考与把握历史能力的欠缺有关。

谈到"80后"的文学创作，人们首先想到的可能是有些青涩的校园文学与青春写作以及玄幻、穿越、后宫等类型的小说。这些作品要么从琐碎的日常生活中截取一些片断，并将它放大成现实本身、生活本身，总让人感到单薄，缺乏精品艺术应有的力度；要么充满夸张怪异的情节，靠荒诞与惊悚制造阅读的快感，终归不入艺术的正道。尤其是从这些作品中，你很难感受到一种确定的现实存在，更无法体会到历史的厚重感，这在很大程度上制约了这代作家艺术提升的空间。

其实，每一代人都有属于自己的青春写作，但是，与作为他们父辈的50后、60后作家相比，甚至与距离他们很近的70后作家相比，80后的青春写作表现出太过明显的"去历史化"特征。这很可能不仅仅是文学观念的问题，而与他们的成长背景、与他们接受的文学教育，以及在这个基础上形成的历史观念与把握历史的能力有关。

莫言在谈到对一位80后作家作品的阅读体验时，曾这样讲："在故事的框架上，我们可以看到西方艺术电影、港台言情小说、世界经典童话等的影响；在小说形象和场景上，我们可以看到西方动漫的清峻脱俗，简约纯粹。"[①]这段讲得十分厚道

① 张悦然:《樱桃之远·序言》,沈阳:春风文艺出版社2004年。

的话，实际上透露出一个重要的信息，那就是这一代作家不是像他们的前辈一样，读着托尔斯泰、狄更斯，读着《红旗谱》、《创业史》成长起来的，甚至也不是读着卡夫卡、海明威、《平凡的世界》、《红高粱》成长起来的，许多人实际上是看着美国大片、日本动漫，看着《还珠格格》、《大话西游》走进文学的。在他们长大之后，遭遇的又是一个微信、微博、大数据的时代，信息的大量膨胀，阻断了当下与历史之间的关联。因此，让这一代人越过当下，进入真实历史的情境之中，已经显得十分困难。深厚的历史感与自觉的历史理性，对他们而言就更加欠缺。这既是这一代人不得不去从事“去历史化”、“非历史化”写作的原因，同时也是“去历史化”、“非历史化”的文化环境、艺术环境造成的结果。

在这种情况下，再去倡导文学的“去历史化”写作，其对文学的伤害，对一代人精神成长的负面影响，就显得尤为突出了。

（此文发表于《文艺报》2015年2月4日）

文学之用与文学发展的动力

一

在一个社会中，文学究竟能够占据怎样的位置，获得怎样的发展机遇，既与这个社会的现实状况与文化环境有关，也与文学对这个社会各个方面介入的程度有关。这个问题，讲得直白一点，就是文学在一个社会中的作用，决定着人们对文学重视的程度，决定着文学在这个社会中的位置，决定着一个时代的文学事业是否能够健康繁荣。

关于文学，许多人曾经建立过一种信仰，那就是文学是一门艺术，艺术活动是审美活动，审美活动是无功利的，功利主义的文学观是对神圣的文学的亵渎，会腐蚀文学的健康肌体。然而，当我们进入文学史时，就会发现，单纯的、无功利的文学，只不过是“审美主义”者为自己制造出来的幻象。如果把一个时代的文学比作一座大厦的话，真正撑起文学这一大厦的支柱，其实正是文学承担的各种社会功能：文化的、思想的、宗教的、政治的、道德的，等等。支柱越多，越粗壮，文学这座大厦就越高大，越坚固。而审美性，则相当于文学这座大厦的装饰性外观，用西方形式主义文学理论的一对概念，前者是结构（structure），后者是肌质（texture）。一座大厦固然需要一个美丽的外观。许多时候，特别是对一个外来的游客而言，甚至会产生一种错觉：外观就是大厦的全部，大厦建起来就是供人欣赏的。但一座大厦显然不可能纯为观赏而建，“用”才是一座大厦的根本所在。

在许多人看来，这是一个十分拙劣的比喻，然而，文学之用与文学发展之间的内在关系，却是可以被中国文学发展的历史所证明的。

二

中国古典文学那些极为辉煌的文学成就，就是功利主义文学观在多数时候占绝对支配地位的情况下被创造出来的。

打开汗牛充栋的古代中文典籍，你会发现关于文学的论述无处不在，因为在古人看来，文学几乎与人类社会生活的所有方面、所有问题都有强烈的相关性，因此，他们给文学赋予了各种各样的功能：从形而上的层面讲，文学是承载自然与人类历史之大道的工具；从形而下的层面讲，文学可以通过表达政治态度（怨刺与美颂）而“佐政”，通过宣扬道德伦理，协调社会关系而“经世致用”。从主体的角度讲，文学可以感发志意，陶冶情操，养气修身；从客体的角度讲，文学则可以“证史”，可以“观风俗之得失”，甚至可以“多识草木鸟兽之名”。

在一个古代中国的文人看来，后世人们用语言编织的文本（言文），都是对先在的“人文”经典的阐释、注解、引申、发挥，即所谓“人文资言文发挥，言文稽人文为其根本”①。因此，虽然后来的文学、文章其外在形态、文体样式千差万别，但功能指向是一样的，都是要“宗经”、“征圣”、“原道”，都是要取法自然，体悟天命，穷究物理，进而在现实的层面“为天地立心，为生民立命，为往圣继绝学，为万世开太平”。“文以载道”，就是中国古代的文论家在这种哲学观念影响下，对包括文学在内的所有文章之功用的一个高度抽象的概括。同时，它也是理解中国古代文学家的创作心态，解读中国古代文学作品的思想内涵时一条重要的线索。无论是孔子删诗，屈原著《离骚》，扬雄写大赋，杜甫作律，苏东坡填词，关汉卿编杂剧，还是罗贯中著《三国》，似乎都很难用“为文学而文学”的艺术创作标准去解释，而是在文学之外，别有寄托。而且，在面对中国文学史时，人们还无法忽视这样一些人物的存在：以表、召、奏、议等“应用性”文章写作著名的政治家，以历史著作留传后世的史学家，强调“文以载道”的“古文”家。他们可能完全无心于我们今天所说的那种文学的创作，但却创作出了具有极高文学价值的作品。

而单纯追求自我表现的文学，单纯强调感性愉悦的文学，单纯突出娱乐功能的文学，单纯表现精致技巧的文学，则要被古代的文论家斥为“扬才露己”、“靡靡之音”，称作“近于俳优”、“雕虫小技”。一个时代的文学如果染上了这些习气，在中国古代文学史上，一定会被视为“末流”；而一个染上这种习气的作家，也常常为古代的文学史家所不齿。

从文体发生学的角度看，汉以前的许多文体，就是在古人的社会生活中，迎合着一些很具体的实用性需要，尤其是礼制活动的需要而产生的：颂、赞、祝、盟、封禅等文体与祭祀活动（吉礼）有关，诔、碑、哀辞、吊文、墓志铭、祭文等文体与丧葬活

① ［宋］契嵩：《镡津集·文说》，《禅门逸书初编（第3册）》，台北：明文书局股份有限公司1981年，第8页。

动(凶礼)有关,章、表、奏、启、议、对等文体与朝廷中的政治活动(宾礼)有关,檄、移、誓等文体与战争(军礼)有关。最初的“文章”,大多就是在朝觐、盟会、册命、军旅、祭祷、籍蜡、丧葬、射御、聘问、宾客、学校、选举、婚嫁、冠笄等各种特定的仪式上,由特定的人物(神职人员、司仪、歌队或主持仪式的政治军事首领等)所诵读、歌唱的文辞的文字记录。作为仪式中使用的文辞,它们是整个礼仪活动的一个组成部分,而不是独立的文学创作。

关于文学之用与文体形成之间的联系,有一个观察点,那就是中国古代文体的许多名称,最初都有动词性的含义。《说文解字》解“诗”为“志”,《文心雕龙·明诗》则称“诗者持也;持人性情”,也是把诗当成一个动词。在古人看来,“诗”从字义上讲,就是“心志”的外化(言志),以及“志”的坚守与净化(持),其对诗之功能的强调是十分明显的。而被称为《诗》之六义的“风、雅、颂、赋、比、兴”这几个概念,都可作动词解,如《诗大序》解“风”为“上以风化下,下以风上,主文而谲谏,言之者无罪,闻之者足以戒,故曰风”,解“雅”为“言天下之事,形四方之风,谓之雅。雅者,正也,言王政之所由废兴也”,解“颂”为“美盛德之形容,以其成功告于神明者也”。在汉儒看来,“风”、“雅”、“颂”作为《诗》之“三体”,其名称与它们所承担的不同的政治功能有直接的联系。而郑玄在注《周礼》之“六诗”时则对“赋”、“比”、“兴”进行了解释,说:“赋之言铺,直铺陈今之政教善恶。比,见今之失,不敢斥言,取比类而言之。兴,见今之美,嫌于媚谀,取善事以喻劝之。”①这里也把“赋”、“比”、“兴”解释为动词性的概念,强调的是它们承担的政治教化功能。

至于一些应用性的文体,其命名更是与特定的功能直接相关。如“盟”这一文体,《文心雕龙》解为“明也。骍毛白马,珠盘玉敦,陈辞乎方明之下,祝告于神明者也”。“诏”这一文体,《文心雕龙》解为“告也”。“诔”这一文体,《文心雕龙》解为“累也;累其德行,旌之不朽也”。“奏”这一文体,《文心雕龙》解为“奏者,进也。言敷于下,情进于上也”。“檄”这一文体,《文心雕龙》解为“檄者,皦也。宣露于外,皦然明白也”。“移”这一文体,《文心雕龙》解为“移者,易也,移风易俗,令往而民随者也”。

而且,在中国古代文学的文体体系中,不但诗、赋这样处于文化核心地带的文体被纳入到了“言志”、“载道”、“经世致用”的轨道,与儒家经典,与历史著作,与表、奏、昭、策等应用性文章一起,承担着发扬道统、维护封建伦理道德、记录历史、

① 《周礼·春官宗伯·大师》,《周礼注疏》卷二十三,《十三经注疏》本,北京:中华书局1980年版影印本。

参与政治的使命，就连戏曲、小说这样一些处于封建文学边缘位置的文体，同样被认为与诗赋文章同出一源，在“用”的层面它们并没有实质性的差别。

与诗词主要用以表达士大夫阶层的思想情感不同，元、明、清之间兴起的戏曲，主要表达的是普通人，尤其是下层百姓的世俗生活与世俗情感。然而，在许多论曲的人看来，这种情感的表达并不有悖于儒家诗教传统，甚至与《诗经》所倡导的诗教更为接近。因此，他们一方面强调，“诗亡而后有骚，骚亡而后有乐府，乐府亡而后有词，词亡而后有曲，其体虽变，其音则一也”①。另一方面又强调“文之善达情者无如诗。《三百篇》之可以兴人者，唯其发于中情，自然而然故也。自唐人用以取士，而诗入于套。六朝用以见才，而诗入于艰。宋人用以讲学，而诗入于腐。而后来性情之郁，不得不变而为曲词”②。其立论虽然不免给人以强词夺理、牵强附会之感，但从中也可以看出从事戏曲创作与研究的学者那要将戏曲这种底层通俗文学纳入到士大夫高雅文学传统的强烈冲动。

至于小说，由于它可以直接与处于中国文化传统核心地带的史传文学对接，因而在把自己纳入到正统文学传统方面，就显得比戏曲家更有底气。明代的无碍居士在为冯梦龙编著的通俗小说集《警世通言》作序时说：

> 野史尽真乎？曰：不必也。尽赝乎？曰：不必也。然则去其赝而存其真乎？曰：不必也。《六经》、《语》、《孟》，谭者纷如，归于令人为忠臣，为孝子，为贤牧，为良友，为义夫，为节妇，为树德之士，为积善之家，如是而已矣。经书著其理，史传传其事，其揆一也。理著而世不皆切磋之彦，事述而世不皆博雅之儒。于是乎村夫稚子，里妇估儿，以甲是乙非为喜怒，以前因后果为劝惩，以道听途说为学问。而通俗演义一种，遂足以佐经书史传之穷。③

在这里，作者既承认了通俗演义相对于史传亦真亦赝、道听途说的性质，又强调它也可以用通俗、形象的方式传达《六经》、《论语》、《孟子》宣扬的深刻道理，进而表达了通过通俗演义以“佐经书史传之穷”的雄心壮志。就连《金瓶梅》这样的小说，也被认为其目的在于“明人伦，戒淫奔，分淑慝，化善恶”，“知盛衰消长之机”④。

---

① ［清］邹式金：《杂剧三集·小引》，郭绍虞《中国历代文论选》第3册，上海古籍出版社1980年，第175页。

② ［明］顾曲散人：《太霞曲语》，郭绍虞《中国历代文论选》第3册，上海古籍出版社1980年，第195页。

③ 《警世通言·序》，上海古籍出版社1992年，第1页。

④ 《金瓶梅词话·序》，《金瓶梅》全校本，台湾：山人出版社1987年，第2页。

总而言之，对中国古代的作家、评论家以及读者而言，从儒家经典，到诗词歌赋，到一般的应用性文章，再到曲词小说，虽然文体上千差万别，作者的层次、阅读的对象十分不同，但归根结底它们都是由文字编织起来的文本（言文），它们上接天道，下达世理，远写自然，近通人情，都是由共同的经典之根所生发出来的枝叶，从而构成一个具有高度统一性的文化共同体。

中国古典文学的这种氛围，也许太缺乏"文学自觉"的意识，但有一个事实则不能不引起我们的关注与思考，那就是借助于原道、征圣、宗经、言志、证史、经世致用、醇化风俗等"大叙事"，中国古典文学，尤其是作为其核心的诗、文这两种文体，始终占据着哲学、思想、文化、政治、道德的制高点，保持着对社会的巨大影响力，从而引起上自统治者，下自一般读书人的高度重视。而且，事实证明，中国古典文学的艺术性与审美性，并没有因功利性的文学观念与创作态度而丧失，相反，却达到了一个恐怕再也无法企及的高度。

这一事实说明，文学之"用"与文学之"美"并不必然对立，就像一座大厦的美丽外观与其实用功能可以完美结合一样。

三

20 世纪中国文学的几次辉煌，也都是在文学试图去承担政治维新、风俗改造以及启蒙、救亡、革命、个性解放、思想解放、改革开放等"文学之外"的社会使命的过程中铸就的。在中国 20 世纪文学史上，一种文学现象之所以能够被放大，并最终扩展成为有影响的文学思潮与文学运动，毫无例外地都是因为它所包含的某些思想倾向或文学观念，与当时正在涌动的社会历史潮流——政治的、经济的、文化的、伦理的等，存在着或隐或显的呼应关系。

中国的"新文学"，是在对中国古典文学开展的一场"文学革命"的基础上建立起来的。五四时期，胡适、陈独秀等人有着看似十分矛盾的文学立场：一方面他们指责古典文学只追求优雅的形式而远离现实；另一方面，又认为新文学应该摆脱"文以载道"等功利主义文学观念的束缚，实现审美的自觉。然而，认真分析起来，对五四时期的作家而言，这两个判断却并不相互抵触：他们反对"文以载道"，反对功利性的文学观，是因为在他们看来，古典文学在"文以载道"的旗号下，宣扬着落后的封建思想，而功利主义的文学观念，则阻碍了作家对自我内心的关注，最终阻碍了人的个体价值的发现。文学的审美性，在他们那里被赋予了人的个性解放的内涵，审美的启蒙与文学启蒙大众、改造社会的使命一起，构成了五四文学最直接的“功利性”诉求。

因此，即使抛开近代文学史上以梁启超等人为代表的维新派文学家以及现代文学史上以太阳社、创造社为代表的“左翼”文学家们那些具有强烈功利主义色彩的文学观念与文学实践不提，就是所谓的“审美主义”文学观念与文学实践，在开始的时候，对于它的提倡者而言，也具有强烈的“文学之外”的社会功利性诉求。正因为这种诉求的存在，当时的文学创作才受到青年人的热烈欢迎，在人们的内心引起强烈的震动，发挥出文学巨大的社会效力。中国文学史上一个名家辈出、名作云集的黄金时代，正是在这种氛围中诞生的。如果抽离五四文学“审美主义”文学观念背后那种张扬个性、反叛传统的现实“功利性”，将是对五四文学精神的极大的误解。

新时期强调文学独立性、强调作家主体性、强调文学审美性的文学主张与创作实践，也基本上可以作如是观。

从表面上看，新时期文学的发生与展开，与对“工具论”文学观的怀疑与批判是联系在一起的。在这个过程中，“文学应有自己的独立性”这一主张，被许多人接受。倡导文学独立性的学者指出，长期以来我们的文学研究关注的只是文学的一些外部规律，借此根本无法准确地理解文学问题。为了纠正这一偏颇，必须使文学回到文学本身。在这个过程中，文学研究与文学创作开始从社会层面撤退，开始“向内转”，关注文学作品中表达的人性内涵，关注作家在文学创作中的主体地位与作家独特的心理结构，关注文学创作与接受过程中独特的思维方式，关注文学作品的形式。

然而，新时期文学的这种诉求，与文学的现实关怀仍然是重叠在一起的，它同样是对社会进步思潮的呼应。对工具论文学观、认识论文学观的反思与批判，是当时引起极大反响的思想解放运动的一个组成部分。对“文学是人学”这一命题的重提以及对人道主义精神的呼唤，呼应了整个社会对“文革”中出现的专制政治扼杀人的思想、人的尊严、人的基本权利乃至人的生命的反思。而文学主体性问题的提出，则是这种反思的进一步深入。文学理论研究方法中信息论、系统论、控制论（所谓“新三论”）等方法的引入，与整个社会对自然科学的提倡以及稍后产生的科学主义思潮有关。在创作方面，“伤痕文学”、“反思文学”、“改革文学”、“寻根文学”相继登场，只要看看这些文学思潮的名字，就很容易感受到它们与中国当时社会思潮之间的对应关系。人们对这些文学流派的关注点，也主要落在了文学的政治含义、与时代的关系及社会功能等层面上。而20世纪中国文学史上又一次难得的辉煌,就是在这种情况下铸就的。

四

20世纪80年代发生在文学领域的另一个引人注目的事件,是西方19世纪末以来各种各样的文艺思潮的鱼贯而入以及文学创作中对各种各样西方现代主义、后现代主义文学创作流派的模仿。这种对西方文艺理论如饥似渴的引介,对西方现代主义、后现代主义文学创作的高度认同与模仿,从文学效果上导致了中国当代文学观念与文学写作手法的一次质的飞跃。而这些文学观念与文学写作实践在开始的时候能够引起很大反响,则是因为一方面它直接呼应了"改革开放"的国策,直接呼应了国人面对中国的落后状况,担心被"开除球籍",急于向西方学习,引入西方文明与文化的心态。当这种具有强烈时代色彩的政治语境与社会心理消失的时候,大多数读者便对花样翻新的理论与写作上新奇的形式技巧实验失去了兴趣,而现代主义文学过分强调形式,强调内心,远离社会现实的弊端,后现代主义文学缺乏历史深度与思想深度,过分娱乐化、商业化的弊端便显现出来。中国文学于是开始由20世纪80年代的繁荣走向衰落。

应该看到,中国"新文学"在建立的时候,正是西方形式主义色彩很深厚的现代主义文学思潮兴盛的时期,也是西方"审美主义"文学观念占支配地位的时期。作为一种外来的力量,它们与欧洲19世纪的现实主义思潮、浪漫主义思潮共同参与了对"新文学"的塑造。到了20世纪80年代,在为摆脱"文革"文学的影响而出现的文学"去政治化"过程中,现代主义文学思潮与"审美主义"文学观念再一次发挥了重要作用。这导致我们产生一种错觉,认为文学家真的可以从纷繁的现实中掉过头去,躲进艺术的象牙塔,单纯地表现自我,单纯地操弄形式,单纯地追求心灵的愉悦。这成为当代文学给自己挖掘的一个巨大的陷阱。

不可否认,在20世纪80年代,当新一轮思想解放浪潮到来的时候,文学家们强调文学相对于政治的独立性,关注文学创作作为精神创造活动的个体性,关注私人生活领域与私人经验在文学作品中存在的价值,关注作家通过文学虚构起来的世界与现实世界的异质性,强调尊重作家自由地选择文学创作的方式、内容与风格的权力,所有这一切,对纠正中国当代文学曾经的失误,推动中国当代文学的健康发展,都起到了积极的作用。然而时间不长,一味地强调文学创作的个体性、文学经验的私人性、文学的非功利性等特性所带来的偏颇与失误，便显示了出来。

现在回过头去看20世纪80年代后期到90年代中期的中国文学，我们发现，和之前的“新时期文学”相比，与现实生活密切相关的作品越来越少，对普通人生存的艰难抱有深切同情的文学越来越少。这种选择，无异于当代文学的一次自我放逐，其结果就是中国当代文学与作家在社会生活中、在整个时代的文化格局中被日渐边缘化。

五

也许正是因为看到了上述问题的存在，20世纪90年代中期以后，中国文学界开始有人呼吁文学走出历史写作与私人写作，表现当下人的生活，以当代人关注的热点问题为题材进行创作。以“打工文学”、都市世俗生活小说、官场职场小说、“反腐文学”、“非虚构写作”为代表的贴近读者日常经验，具有强烈时代气息的文学写作取向，就是在这种情景下产生的。应该说，无论是“打工文学”、“反腐文学”，还是“非虚构文学”，都确实出现了一些既贴近现实生活，具有浓厚人文关怀精神，同时又能够站在一定历史高度，对社会现实进行理性思考的优秀作品。正是这些作品，在一定程度上提高了中国文学与作家受关注的程度，为中国当下的文学赢回了一些声誉。

然而，我们也应该看到，在所谓的“现实主义创作潮”中涌现的许多作品，有着很明显的商业运作的痕迹。这些作品过分考虑商业利益，过度迎合读者阅读心理。以满足一部分读者不良的阅读趣味为手段而追求市场效应的文学写作，实际上是一种对读者、对社会极其不负责任的做法，这与五四以来中国文学形成的那种用文学解剖现实、干预生活、改造人性的优秀传统完全背道而驰。如果我们的文学家不再试图去承担启蒙的使命，不再关心历史的真实，不再对哲学、思想、文化、政治、道德等问题进行深度思考，不再试图对重大而迫切的现实的问题发言，中国文学将失去其进一步发展的内在动力，中国文学的再度辉煌，也只能是痴人说梦。

（此文发表于《百家评论》2013年第3期，后收入《山东作家作品年选》2013年评论卷）

由一个物质化时代的诗人物质化的自杀所想到的

打开网络，看到一篇《29岁诗人吾同树自缢身亡　诗友反思生存之道》的新闻，开头这样讲：

> 上周五，青年诗人吾同树在位于（广东）东莞的家中自缢身亡。4天前，他刚被东莞一家报社录用。诗友们在悼文中提到，吾同树生前觉得生活压力大并且感到厌倦，而吾同树在生前的一篇文中也写到，他面临着极大的房贷压力。①

关于诗人的自杀，例来都是一个敏感的话题。20世纪80年代中国有个学者刘小枫在自己的著作中，将诗人的自杀事件与普通的自杀事件加以区分，称后者为“形而上的自杀”。在刘小枫看来，诗人的使命便是借个体的生存，越过琐碎的世俗困扰，替整个人类去追问生命的终极价值。因而诗人对自己个体生存的怀疑与否定，便是对人类赖以生存的终极价值的怀疑与否定，应该被判定为严肃的哲学事件。从这个命题出发，刘小枫考察了许多诗人自杀的个案：屈原、茨威格、马雅可夫斯基……试图证明也有效证明了自己这个判断。

然而，在我们这个时代，却有一个诗人因为“房贷”或者类似的“生活压力”自杀了。新闻中讲道，刚录取他的那家报社的负责人为此深感自责，因为他觉得如果早一天告诉诗人这个报社的待遇足够支持他还房贷，也许他就不会匆匆去死了。

是生者对诗人之死的解释太缺乏想象力了，还是我们这个时代的诗人面对生命的价值这一形而上的问题时，太缺乏想象力了。或者，他只是像普通人一样为生活而生活着，根本就没有遭遇一个真正的诗人必然要遭遇的形而上的问题，因而他才会如此形而下地自杀。而一个没有进入形而上追问的诗人，还可以被称为一个诗人吗？

也许，这样去拷问一个死者，一个被生活的沉重压垮的年轻人，有失厚道。可

① 新华网读书频道：http://news.xinhuanet.com/book/2008-08-05/content_8969679.htm

是，他在生前和死后，都是顶着诗人的桂冠的呀。

“诗人也是人，也有平常人的喜怒哀乐，也会像平常人那样去开公司炒股票想尽方法挣钱买房子结婚生孩子，因而也就会像平常人那样钻营投机挣到钱高兴失恋了痛苦生意赔了股票跌了还不起房贷了自杀。”

面对我们这个物质化时代的这一太过物质化的诗人自杀事件，大多数人可能都是这样想的。他们认为，面对这一诗人自杀事件，应该谴责的，是高得离谱的房价和少得出奇的就业机会，因此他们对诗人的自杀充满同病相怜的同情。

然而，我要问的问题却是，如果这样，为什么要强调这是一个诗人自杀的事件，它与一个老板因生意破产的自杀、一个白领因工作失意的自杀、一个农民工因饥寒交迫的自杀有什么不一样的地方，而值得引起人们特别的关注，进而非把它命名为一个诗人自杀的事件？

诗人不再被作为诗人对待。不仅是社会公众不再把他看作一个诗人，他自己也不再把自己的诗人身份太当回事，这，正是我们面对眼前这一诗人自杀事件时遇到的最尴尬的处境。而这同时也是一个时代中哲学与诗所遭遇的处境，“人何以生何以死”这一终极问题所遭遇的处境。

（此文为本人博客文章，作于2008年8月）

作者的退隐与当代文学魅力的下降

无论20世纪的解构主义理论怎样试图消解语言背后的主体,强调语言的自主性,都无法改变言语行为是主体与主体之间的交流与沟通这一事实。离开了对言语接受者与言语发出者的假定,写作与阅读行为不仅是无意义的,简直就是不可思议的。

因此,无论作者与读者所在的时空怎样被分隔,技术性的因素怎样介入,通过写作与阅读行为完成的语言交流活动,从本质上讲都不可能是单纯的制造与解读冷冰冰的物质性符号的过程。在进入一个常常是十分漫长而单调的"写—读"式交流过程的时候,作者与读者之间需要有某种心照不宣的约定,读者对作者的德行、人格、知识、写作态度等都会存有特定的期待。

相对于一般的写作行为,文学写作有其特殊性。这主要表现在,虚构在文学写作中不仅是合法的,而且还被认为是与文学性相关的最本质的特征。在当代文艺理论中,作者、叙述者、作品中的人物是一些严格区分开来的概念。读者并不把作者模仿一个与他毫不相干的叙述者或作品中一个虚构人物的口气与立场对自己发言,当作是欺骗。但是,这并没有改变文本有一个真实的作者,文学写作与阅读行为是作者与读者之间的交流与沟通这一基本事实。因此,进入文本的读者,仍然会越过作品中的人物与叙述者,建构起一个作者的形象,考察作者的态度,追寻作者想要表达的真实意图,对之做出评价,并由此判定这种"写—读"式交流活动是否具有价值,是否值得继续下去。

在中国新文学不算太长的历史上,五四文学不仅是一个开端,而且是一座一直无法被超越的高峰。而五四文学之所以能够深深地打动一代又一代读者,可能不是因为它具有复杂而纯熟的写作技巧,而是因为五四作家面对读者时那份令人感动的真诚。书信体与日记体的大量出现是五四时期引人注目的文化现象。与近代作家试图借这两种文体制造"实有其事"的假象不同,五四作家真正看重的是这两类体裁在真实袒露创作主体隐秘的内心世界,表达创作主体主观情感方面的潜能——它使作家在一定程度上消解了文学的虚构性,以类似于真实日记或书信写作的状态进入了小说创作过程。还有许多作家在摆脱了日记与书信最直观的外在形式之后，仍然利用第一人称叙事的方便，使小说具有强烈的表现性，把小说的叙述引向创作主体自身。对庐隐、郁达夫这样的作家而言，在使用第三人称叙事时，他们不仅仍然写着关于自己的故事，而且仍然固执地寻找着用日记体与书信体表达的机会，追求着第一人称表达的感觉与效果。因此，从鲁迅、冰心、郁达夫、庐隐等五四作家的小说中，我们总是能够感受到躲在文本背后的作家看待世界的那只独特的眼睛，体验到作家内心深处那无法遏制的骚动与不安，读解出作家通过作品传达出的深刻的人生思考与社会批判。一个个具有鲜明五四时代特征的创作主体，就这样走进了读者的视野。

与此同时，对于五四新文学的读者而言，他们一方面渴望着通过作家的引导，去思考人生与社会的意义这样严肃的问题，获得思想的启蒙；另一方面，他们也愿意去倾听一个和自己一样被青春的情欲所困扰，被生活的困窘所折磨，陷在人生的痛苦、迷茫之中的心灵的倾诉，只要作家面对自己时，他的那颗心足够真诚。正是这种存在于作家与读者之间的写作伦理，成就了一大批五四作家，成就了五四时代一种独特的文学精神。

近几十年来，中国作家在小说叙事方面进行了大量探索。当今的作家在叙事方式上，有着比五四作家多得多的选择。日记体、书信体、自叙传，包括在叙事中体现作家明确价值态度的“评价的现实主义”，这些被五四时期的作家大量采用的写作方式，已经被许多当代作家当成幼稚落后的方法加以抛弃，而那种把作家的自我深深隐藏起来，追求“展示的现实主义”的客观化、戏剧化、非个人化叙事风格；不加干预不予置评地让人物，尤其是在心理、人格、道德等方面有明显缺陷的人物的内心世界“自动呈现”的人物塑造手法；依靠一个“不可靠叙述者”进行叙事的方式；多重叙述视角交叉、多重价值态度并置的“多声部”结构方式，则作为当代小说“先进的技术性指标”，受到许多作家的追捧。

毫无疑问，这些在西方现代主义文学启发下进行的小说形式探索，对于中国当代文学的发展开始时是有积极意义的，它曾经对于当代作家走出肤浅的道德说教、虚假的政治图解模式，向生活深层，向人物内心开掘，发现并传达社会生活内涵的丰富性与复杂性，提供过有力的帮助。然而，当这些技术性指标成为一种时尚，支配了当今文坛的“严肃文学”写作时，却也产生了一些始料不及的负面效果。在阅读当代小说时，我们突然发现，一个在叙事过程中，对读者的智力总是不放心，经常站出来指手画脚，滔滔不绝地发议论、当向导的作家固然是令人讨厌的，而一个在自己的作品中完全深藏不露，把读者抛入一个声音嘈杂、头绪纷繁、价值混乱的虚构世界之中，让读者猜不透他对所叙事件的真实态度，无法领会他所呈现的小说世界的意义的作家，同样令人生厌。

特别是在阅读当今的许多小说时，读者面对碎片化的叙事、杂乱的信息、相互矛盾的价值判断与道德选择，根本无法整合出一个完整的“隐含作者”形象，而这一形象实际上是阅读活动得以顺利展开的基础。而在层层叙事技巧的包裹下，真实的作家在读者心目中更是只能留下一个十分模糊的影子。那种作家在小说中敞开心扉，与读者促膝而谈的阅读体验；那种走进作家的内心世界，为作家善良的人性、生活的勇气、高尚的道德所深深感动的阅读体验；那种与作家在作品中表达出的鲜明的价值立场、深刻的人生感悟产生强烈共鸣的阅读体验，在当代文学阅读中已经变得十分罕见。这不能不使同样需要主体与主体真诚沟通的文学交流活动的效果大打折扣，同时也使当代文学对读者的魅力大大降低。

（此文发表于《文艺报》2011 年 10 月 19 日，后被《新华文摘》2012 年第 4 期全文转载）

推动当代文学的经典化

莫言获得诺贝尔文学奖这一事件对中国当代文坛生态的影响,是深刻的,也是多方面的。其中最直接的方面,就是它从根本上缓解了文坛上长期以来因总是与诺贝尔奖无缘而产生的巨大心理压力。而长期以来由诺贝尔文学奖形成的心理压力,说穿了,是中国当代文坛“经典化焦虑”的集中表现。

中国当代文学的经典化问题,在20世纪90年代就被提了出来。然而,当研究当代文学的学者试图建立一个新中国成立以来经典作家作品的序列时,尤其是试图去判定近二十来年的文坛哪些作家与作品有资格进入文学史的经典序列时,各种意见莫衷一是,对同一作家作品的看法甚至趋于两极。更有人对中国当代文学史上有无可以称为经典的作品,以及当代人有没有可能以及有无必要去建构一个经典序列表示强烈的质疑。

一方面,当代文学的经典序列始终无法建立;另一方面,许多文学史家、评论家、作家,甚至包括一般读者,又总是希望能够建构起一个以经典作家作品为核心的当代文坛秩序。当代文坛的经典化焦虑,便是在这种背景下产生的。

令人担心的是,莫言获得诺贝尔文学奖,并不代表中国文坛“经典化焦虑”也随之化解。相反,这一事件甚至有可能将中国当代文学经典化问题更突出地摆在读者、评论家与作家面前。因为当代文坛经典作家与作品序列的形成,与一个作家因获得诺贝尔文学奖一举奠定在当代文坛的大师地位,是完全不同的两个问题。

对于那些心怀“经典化焦虑”的人,用类似“经典的形成需要时间的汰选,当代人无法判断自己时代的作家与作品是否属于经典”这一理由去安抚,实际上没有多少说服力。一个明显的事实是,现代文学史上的许多作家,就是在自己生前,甚至是在自己的作品发表不久,就进入了经典作家行列的。早在20世纪20年代中期,也就是新文学诞生不足十年的时候,鲁迅、胡适、周作人、叶圣陶、康白情等人的白话文学作品就已经进入教育机构组织编写的法定初中语文课本之中,供全国的学生吟咏、背诵、模仿。而1935至1936年陆续出版的《中国新文学大系》以及在中国现代文学史展开过程中就已经出版的几部新文学史著,则既可以视作中国现代文学经典化的成功运作,也可以视为中国新文学经典格局的初步奠定。

可以说,新文学在一开始就有将当下的作家经典化的传统。这应该也是当代文坛在迟迟难以建立自己的经典序列时,充满"经典化焦虑"的原因之一。

在建构中国当代文学经典序列的过程中,人们曾经试图克隆现代文学经典化的经验,比如编选《新文学大系》当代卷、撰写各种各样的当代文学史教材,等等。但是,这些"经典化建设工程",对于当代文学史秩序的确立以及经典作家作品序列的形成,其收效并不理想。当代文坛也尝试过一些新的经典化方式,比如编选各种以"文学经典"冠名的"新文学"选本,让当代作家在其中占有足够的分量与篇幅;由媒体或出版社组织专家、读者给"文学大师"排名,或者发布年度作品排名榜,但也往往只是作为新闻事件受到关注,或者其成功仅仅局限在商业层面,对当代作家经典化序列的形成,仍然难以发挥决定性的作用。一些来自政府、民间,国内、海外的文学奖项,曾经对一些作品的经典化起过积极作用。但就整体而言,一方面,各种奖项评奖标准相差巨大,难以形成一股强大的合力;另一方面,有些奖项的运作者对中国当代文坛的了解十分片面,获奖作品常常引起巨大争议。而且,与中国近一二十年来产生的海量的文学作品相比较而言,能够获得国内、国际大奖的作品毕竟十分有限,这些作品不足以构成文学史关于经典叙述的完整线索。

也许正因为中国当代文学经典化序列迟迟难以建立起来,才出现了当代人有没有能力判定自己时代的作家与作品是否属于经典的疑问。

疑问归疑问,当代文学经典化的努力并没有因此而停步,经典化的焦虑也没有因此而消失。因为不单是普通的读者在面对众多当代文学作家与作品时,有选择经典进行阅读的需要,许多评论家、文学史家也始终把发现经典、建构经典的序列当成自己从事当代文学研究的使命。而对于作家而言,许多人在进入文坛之初,就有在文学史上留名的梦想。初步成名之后,进入经典作家的行列,在文学史上占据一个位置,更是许多人继续从事文学创作的强大动力之一。

主张放弃当代文学经典化努力的人,其理由其实并不充分。也许,判定我们的时代是否具有将自己时代的作家与作品经典化的能力,与判断哪些作家与作品应该进入经典的行列,同样困难。

文学的经典化,其实存在两种途径,一是作家、文学史家与文学评论家人为的运作,一是时代自然的选择。在文学史上,经典的形成,常有"有心栽花花不开,无心插柳柳成荫"的情况。而对于作家、评论家与文学史家而言,要想使自己的经典化努力产生积极的效果,首先应该研究的,是这个时代经典生成的条件与方式。

人们常说,一个时代有一个时代的文学,一个时代有一个时代关于经典的标准。实际上,一个时代还有着一个时代生成经典的独特条件与方式。

尽管文学界不少人一再强调要打通现代文学与当代文学,有人甚至认为要打通古代文学与现当代文学,将“汉语文学”作为一个完整的概念进行把握。对于文学史研究,这些意见自有其合理性。但是,从另一方面看,一个不可否认的事实是,最近二十多年的文学,是在与古代文学、现代文学,甚至是与当代文学的前四十年完全不同的状况下展开的。期间,有文学自身内容与形式的变化,也有文学存在方式、传播方式、接受方式的变化。而且,文学自身的变化,许多是因为外在因素的变化引起的。在一个价值多元、选择多样、商业原则与审美原则共同参与文学生产的时代,在一个互联网、多媒体、数据库、手机支配人们生活的时代,在一个人人可以写作与发表自己的作品、人人可以参与评论的时代,影响文学经典生成的因素是什么,谁在主导文学经典的标准,什么样的经典化运作策略才是有效的,这些问题,恐怕是中国当代文学经典化首先要面对的问题。如果不首先把这些问题搞清楚,总是希望按照以往经典生成的方式去建构今天的经典序列,或者按照想当然的方式去从事文学经典化工作,其结果很可能会是缘木求鱼。

(此文发表于《文艺报》2013年10月30日)

无名状态的文学写作及其存在的意义

文学写作者的创作活动,至少有三种不同的状态:有些写作者具有很高的艺术水平与思想水平,他们的每一部作品几乎都会引起读者、批评家与作家同行的广泛关注;有些作者的写作,虽然整体上水平不高,但也会有一两篇作品达到一定的水平,产生较大的反响。这两类状态的写作,都应该算是于文学有所贡献的写作。然而,除此之外,其实还有第三种写作状态:作者虽然很认真、很虔诚地从事文学写作,却极少,甚至从来没有在高规格的文学期刊上发表过自己的作品;由于写作水平的限制,他们今后创作出有分量的文学作品的可能性其实也很小,甚至根本就没有任何可能。但是,他们并不打算因此而放弃文学写作。

第三种状态的文学写作,基本上是一种无名的状态:它们几乎是被完全忽视的,不仅被越来越不把文学当回事的社会所忽视,而且也被文学评论家和那些功成名就的作家所忽视,更不会进入文学史家的视野。一般人所理解的文坛,是不把处在这种状态的写作者包括进去的。

然而,这种无名状态的文学写作,就真的没有任何存在的价值和意义吗?

这个问题绝对不是一个伪命题。

近两年来,笔者有幸参与了一些地方作协(不大的地级城市,甚至是县级城市设立的作协)的活动,发现在每一个地方,都有这样一批人:他们热爱文学,执着地从事着文学写作,其中有些人还很享受地被周围的人称为作家。然而,他们的作品,如果能够发表的话,也主要是发表在所在市、县的报刊上;作为一个写作者,其知名度与影响力从来没有超出自己生活的那个城市的范围。这些人,构成市、县一级作协队伍的主力军。还有一些人,他们没有进入任何一级的作家协会,也并非成功的"体制外"作家或网络写手。实际上,他们根本就没有任何与文学有关的名分,但同样在执着地从事文学写作。另外,在大学、中学甚至小学里,在偏僻的乡村、狭窄的城市角落、紧张有序的军营里,还存在一批怀抱美好的文学梦,刚刚开始尝试文学写作的青少年,这些人当中,最终能够成为专业作家的,只是凤毛麟角。

一省之中,真正成名的作家,老、中、青几代人加起来,可能也就那么几十个人。在一个小城市里,这样的人就更少,有些地方甚至几近于无。相比之下,处于无名状态的写作者,却是一个一分庞大的群体。如果承认他们所从事的写作也是文学写作,那么他们的文学写作状态,实际上构成我们这个时代文学写作的一种常态。

从这个角度讲,追问这种写作状态的价值与意义,实际上就是对一种普遍存在的文学写作状态的价值与意义的追问。

当然,你完全可以说,没有成千上万无名作者的存在,就不可能产生伟大的作家与伟大的作品。任何一个天才的作家,最初的写作,都是从无名写作状态起步的。而且,一个社会处在无名状态的写作者数量多少,与一个时代最顶尖的作家所能达到的高度,是存在关联的,这正如一个国家足球队的水平与这个国家多少人在从事业余足球运动有关一样。

这种对无名写作者存在价值与意义的理解,虽然有一定道理,却是片面的,特别是其着眼点仍然在极少数的精英作家身上。而假若思考文学写作活动的价值与意义时,完全把眼光局限在精英作家与顶尖作品的产生上,把这当成一个时代文学写作的全部目的,不仅仍然意味着对无数无名写作者的忽视,而且还会将一个时代文学写作者的心态,引到急功近利的方向之上,最终使文学写作失去其作为艺术创造活动应当给写作者本人带来的精神乐趣,甚至把整个文坛变成一个追名逐利的竞技场,最终是不利于一个时代文学的进步的。

的确,我们应该鼓励一些有巨大潜力的写作者胸怀远大目标,为最终写出伟大的作品、成为伟大的作家而努力。我们也没有权力去指责一个写作者把成为一个成功的作家当成自己文学写作的目标。与此同时,我们也应该看到有这样一大批文学写作者存在着:他们把文学看得十分神圣,把那些能够写出优秀作品的作家看得十分神圣,把文坛看得十分神圣,但是他们知道自己永远也成不了大作家,写不出惊世骇俗的作品。他们之所以醉心于文学写作,仅仅是因为他们对别的东西,如喝酒、聊天、下棋、打麻将、跳舞、唱卡拉 OK 没有比文学写作有更大的兴趣。文学写作对他们而言是一种感情的寄托与心灵的慰藉。借助于文学写作,他们可以将自己从世俗的、粗糙的生活状态中拯救出来,抵达一种高贵与优雅的人生境界。他们所享受的,更多的是文学写作的过程,而不太在意文学写作的结果,不太在意是否能够借文学写作出人头地。

这种文学写作状态,不仅是值得鼓励的,它甚至是一种十分接近艺术创作活动的本义,十分理想的写作状态。

文学写作活动存在的价值与意义实际上是双重的。一方面,它是人类进行精神探索与艺术探索的重要手段,需要思想的深度与艺术的高度,伟大作家与优秀作品的出现，是这一目的实现的最直接的标志。另一方面，文学写作是一种人类所从事的艺术活动，它应该给艺术创作者带来心灵的陶冶与精神的享受。在这方面，一个处在无名写作状态的写作者与一个伟大的作家所得到的可能一样多，甚至有可能更多，因为具有思想深度与艺术高度的文学作品的产生，往往是写作者进行十分痛苦的精神探索的过程，是一种艺术上自我怀疑与否定的过程。许多伟大的作家，甚至是以毁灭自己的方式，创造出了伟大的艺术作品。

我们对那些以毁灭自我的方式从事创作的作家怀有深深的敬意，但同时也认为一个写作者完全可以把写作过程变成一个十分愉悦的艺术创造过程，而且这种写作过程也可以创造出十分优秀的作品。即使没有能够创造出有分量的艺术作品，在这种写作状态中对艺术创作过程的享受，本身就是文学创作活动实现自己价值与意义的一种方式。

最糟糕的情况也许是，一个时代所有的写作者，都冲着作家的名分，带着极强的功利目的进行写作，大多数人既无法创造出有价值的作品，也无法享受文学创作的乐趣。这是文学写作活动彻底的异化。

（此文为本人博客文章，作于2014年12月）

文学批评要有正确的态度

一

一个时代的文学活动，包括文学观念的生产、文学作品的创造、文学文本的阐释与接受等不同方面，而一个时代文学的繁荣，必须建立在理论、创作、批评三者之间良好的互动之上。

从最宽泛的意义上讲，文学批评可以指任何一个读者在阅读文学作品中间或阅读行为完成之后，针对所阅读的文本而表达的感想、判断、评价。从严格的意义上讲，文学批评则指的是一种严肃的学术行为。作为严肃的学术行为而存在的文学批评，承担着命名新的文学思潮、新的文学流派，发现新的优秀作家、新的经典、新的文学动向，对文学文本与文学现象进行深度阐释的功能，在沟通作家与读者、重建文坛秩序、引领一个时代的文学风气甚至社会思想方面，发挥着不可替代的作用。因此，它不仅要求批评者具备扎实的文学知识、良好的审美鉴赏能力和丰富的阅读经验；要求批评话语具有内在的学理性，能够真正切入到文学文本与文学现象之中，准确传达批评家的艺术发现；而且还要求批评行为能够产生一定的文学效应甚至是社会效应。就一个具体的批评家而言，批评行为的有效性是显示其存在价值的重要指标；而是否具有文学效应与社会效应，具有多大的文学效应与社会效应，则决定着整个文学批评活动以及批评家这个群体在作家、读者以及社会大众心目中，在文学格局及整个社会的思想文化格局中，具有怎样的分量，占据怎样的地位。

由于中国20世纪的新文学产生自一场主要由外力促动的裂变性的文学变革运动，这场文学变革运动基本上是在贯彻发起者与参与者新的文学理念的过程中展开的，其后来的发展方向，也是被不断地调整，甚至重新选择的。因此，以各种新的文学观念为依托而进行的文学批评活动，对作家的创作与整个新文学的走向，曾经产生过十分巨大的影响。在谈到新文学的历史时，胡适、周作人、茅盾、梁实秋、冯雪峰、周扬、胡风等批评家的贡献，是无论如何不能被忽略的。一直到20世纪80

年代，文学批评活动依然对整个文坛与思想界保持着足够的影响力。然而，最近二十年来的状况则发生了很大变化。

对于中国当今文学批评的状况表示不满的声音，近年来不断出现，而且有越来越多、越来越强烈之势，甚至到了开始有人怀疑文学批评究竟有没有必要存在下去的地步。造成这种局面的原因是多方面的，但是批评活动有效性的降低恐怕是最为主要的原因。近一二十年来，在中国从事专业文学批评的人数也许比新文学历史上任何一个时期都要多。正是因为我们有着一支庞大的从事文学批评的队伍，所以每年产生的可以纳入文学批评范畴的报刊文章、学位论文以及学术论著不计其数，表面上看似乎一派繁荣。然而，谈到当下中国的文学批评时，人们普遍的感受却是批评的“失语”、“缺席”、“乏力”。究其原因，就是因为从整体上讲，当下的文学批评很少对当下文坛的走向、作家的创作与读者的阅读产生实质性的影响；对中国社会当下现实的影响，更是微乎其微。许多时候，文学批评成了批评家自己的事情，甚至异化为获得硕士、博士学位，评职称、争基金、拿奖项的工具与手段。

这种状况，的确应当引起文学界，尤其是批评家的认真反思。

二

客观地讲，近二十多年来，针对所存在的问题，批评界不是没有进行过策略的调整与方法的探索。然而，当我们回过头去认真审视中国文学批评所走过的道路时，却发现解决问题的方案莫衷一是，调整与探索的过程仿佛进入了一个尴尬的怪圈，越走越让人感到困惑。

20 世纪 80 年代中期，为了使文学批评从“文艺为政治服务”的枷锁下解放出来，摆脱意识形态话语的控制，“文学批评的独立性”问题被提了出来。在这个过程中，有人认为“文学批评是科学，应该遵从文艺理论和社会科学理论原则”，“应该被当作一个独立的学科来建设”。但是，在相同的背景中，面对相同的问题，也有一些批评家反对理论化的文学批评，他们把“文学批评的独立性”理解为批评家精神的独立性，认为文学批评的文体应该是富有灵性，不受拘束，以我为主的，甚至主张“批评就是批评家批评自己”，“批评就是创作”。

20 世纪 90 年代，在政治环境日渐宽松，商业大潮汹涌澎湃，大众文化崛起的情况下，被认为具有“新闻性、事件性、随机性、暂时性、青年性、尖锐性、普及性”的“媒体批评”获得了很大发展。但是，“媒体批评”，特别是被商业利益所渗透的“媒体批评”过于主观随意的问题很快暴露出来，再加上学术思想界对20世纪80年代存在的诸多问题的反思，于是出现了强烈的建立文学批评学术规范的呼声。经过十多年的努力，到如今，至少在数量越来越庞大的学术性、理论性期刊上，格式严谨、语言规范、逻辑绵密的“学院式批评”成为绝对的主流。

有一个时期，我们曾经认为中国当代文学批评的问题是以社会历史批评为代表的“外部研究”泛滥，进而提倡“内部研究”，使得围绕文本进行的纯粹的语言学批评、结构主义批评盛行。但是，不久就有人惊呼，对文学的封闭研究遗失了文学批评许多鲜活生动的内容。于是，在西方理论的影响下，批评界迅速转向，重新向政治、向意识形态、向社会历史开放，女性主义批评、后殖民主义批评、文化批评开始走红。

对西方文学理论与批评方法的借鉴，曾经被许多人认为是解决中国当代文学批评所面临的许多问题的灵丹妙药。然而，后来人们发现，在西方文学理论影响下的批评，往往是为理论而理论，许多批评文章实际上是食洋不化地套用西方某些批评理论的现成模式，丰富的作品与文学现象只是被批评家用来当作对某一种理论转述和注解的实例，批评家对所要批评的作品与文学现象本身并不感兴趣。于是，有人提出，中国当代文学批评的失语主要是来自西方的理论与概念对汉语写作缺乏有效性，因而把目光投向中国古典文艺理论范畴及其固有的批评方法，希望用古代文论的现代转换来解决文学批评存在的问题……

单独地看，上述意见似乎都有自己的道理。应该说，它们都从特定的视角切中了中国当代文学批评的一些弊端。但是，实践证明，沿着任何一个方向对中国当代文学批评所进行的改造，都没有从根本上扭转其在整个文学格局与文化格局中越来越被边缘化的趋势，甚至使问题变得更加突出。

之所以会出现这种结果，是因为中国当代文学批评的根本问题，不是出在批评策略、批评文体、话语方式这些技术性的层面，而是出在更深的层面，出在批评主体身上，与参与文学批评者的批评态度有关。具体地讲，就是当今从事文学批评的人，往往会有很多现实利益的考量，批评家们很容易在文学批评活动当中，掺入一些非文学的、不利于文学批评活动有效开展的因素，从而影响到文学批评的质量，影响到文学批评的针对性，影响到文学批评的客观性与公正性。

三

如果讲批评主体的外在条件，当今文学批评者的学历层次、接受教育的完整性、专业化程度等，在“新文学”的历史上可能是最好的。但是，由于时代的变化，现今的批评家所处的环境也是最复杂的，其所受到的非文学因素的干扰、现实利益的诱惑也可能是最多的。在各种现实干扰与利益考量下，文学批评活动是否能够对作家、读者与社会生活发生实质性的影响，是否对当代文学与文化的发展具有真正的建设性，是否能够真正地提出问题与解决问题，许多时候不再是批评家首先考虑的因素。对有些批评行为而言，甚至根本就没有把这些因素考虑进去。而如果批评家没有很强的对文学、对社会、对时代的使命感的话，文学批评的有效性根本就无从谈起。

认真分析起来，近年来非文学因素对文学批评活动的干扰表现为如下方面：

一、有的文学批评活动异化为学术体制内部获取学术利益的工具。当今从事文学批评的人，绝大部分在高校。受高校内部学术体制的影响，许多人从事文学批评的最直接的动机是累积科研成果，用以取得学位、晋升职称、申请与完成科研基金项目、获得科研奖励、争取博导资格等。

二、有的文学批评活动异化为地方政府制造“文化繁荣”局面的工具。许多地方的文化管理部门把自己管辖范围内出了多少知名作家、有多少作品获奖当成政绩的重要指标，而文学批评又被认为是扩大作家与作品影响力的重要手段。当今的一些文学批评，就是在这种运作模式下有组织地生产出来的，许多批评家出于种种很现实的考虑经常参与其中，甚至乐此不疲。

三、有的文学批评活动异化为实现商业利益的工具。为了追求最大化的商业利益，出版商在出版文学作品的时候，不仅借助于广告进行营销，而且也把文学批评当成一种有效的营销方式。在由出版商组织的具有广告性质的文学批评当中，不乏从事专业文学批评者的身影，甚至一些知名批评家也常常卷入其中。

至于受作家朋友之托进行的文学批评，碍于各种各样的情面而在批评当中回避问题的批评，自古就有，于今则更甚，这同样会导致文学批评的异化。

正是由于上述种种异化的存在，出现了大量表面上规范严谨，却没有任何问题意识，琐碎拉杂，为批评而批评的文章；出现了大量架势吓人，术语概念满篇，却内容空洞，不触及任何具体问题的文章。与此同时，在参与地方政府运作、商业运作的文章中，在过多考虑人情世故的批评家的文章中，则有太多脱离实际的溢美之词，太多违背常识的价值判断，太多有损尊严的违心之论。在这种情况下，很难让作家、读者、文学史家真正把文学批评当回事，文学批评的有效性自然无从谈起。

因此，中国当代文学批评是借助于西方理论还是中国古典文艺理论；是走学院式批评的路子还是走感悟批评、媒体批评的路子；是用社会历史批评的方法还是用形式主义，或是女性主义、后殖民主义、生态主义批评的方法，都不是问题的关键。只要批评家对文学怀有真诚的热爱，把文学批评当成一种事业，当成参与当今文学发展与文化建设的一种手段，以严肃的态度对待文学批评，采用任何一种文体、使用任何一种方法，都会写出好的、具有影响力的批评文章。相反，如果批评家被各种非文学的因素所左右，缺乏定力，缺乏对文学事业的真心热爱，缺乏对文学的责任心与使命感，那么任何一种批评策略与技术的改变，都不可能从根本上拯救当代文学批评的颓势。要改变中国当代文学批评的现状，必须从批评家的自省开始，必须从批评态度的改变开始。

（此文发表于《文艺报》2012 年 3 月 28 日）

莫让批评落入观念预设的窠臼

前一段时间参加了一场中国现当代文学专业研究生的学位论文答辩，有四篇论文分别论及严歌苓、尤凤伟、阿城、徐訏。在20世纪中国文学史上，上述四位作家很少有共通之处，如果不是在这样一个特殊场合，无论如何不会把他们放在一起讨论。然而，出人意料的是，四篇论文对四个作家的解读，却交汇在同一个地方，概括地讲，就是：严歌苓（或尤凤伟或阿城或徐訏）的小说，通过对作为个体而存在的普通人独特生命体验的书写，站在个人的（或民间的或世俗的）立场上，对宏大的历史叙事进行了批判（或解构）。

熟悉中国当代批评状况的人知道，在近年来的中国批评界，这种批评思路具有相当的代表性。

应当承认，这种批评思路曾经使中国当代批评进入一个新的理论层次，在解释一些作品时是有效的。然而，当四篇论文同时出现在面前时，我突然意识到，这种曾经深刻有力的批评思路已经成为一种批评时尚，它所包含的一套“流行”观念被不加分析、不分对象地运用着，遮蔽了文学史的丰富与鲜活，把文学批评导入到一个预设的理论窠臼之中。

如果对上述批评思路进行认真分析的话，你会发现，在其中，类似“个体”、“普通人”、“小人物”、“性别政治”、“民间立场”、“世俗生活”、“私人叙事”等概念，都带有或浓或淡的价值评判色彩；作为正面价值，它们与“群体”、“精英意识”、“官方政治”、“革命话语”、“宏大叙事”、“线性史观”，有时还包括“启蒙立场”、“理想主义”等概念形成对立。当批评者试图对一个作家做出肯定性评价时，习惯性的做法就是从上述概念中择取带有正面价值色彩的词汇进行组合，而用具有负面价值色彩的概念去指涉“主流文学”的存在状态，以此凸显一个作家在文学史上“独特”的价值。

上述批评思路之所以成为问题，不仅仅在于它抹杀了作家与作家之间的区别，把当代批评搞成了千篇一律的概念游戏，问题还包括，把“小人物”、“民间立场”、“世俗生活”、“个人生命体验”、“私人叙事”等概念赋予明确的褒义色彩，从而与另一组概念形成对立，是否具有充分的合理性？当批评界对这些概念不加反思地运用时,是否会给当代文学的价值取向带来误导?

对于"民间"这一曾经给中国当代文学批评带来极大活力的批评概念,在成为流行的概念,被不加限定地运用之后带来的流弊,前些年曾经有学者进行过深入的清理与反思。最终,人们发现,游离于主流历史与政治权力之外的美好的"民间",其实仍然是知识分子为自己构筑起来的精神乌托邦。真正的"民间"既有朴素美好的一面,同时也藏污纳垢,而且常常还会成为主流历史上演的舞台、政治权力收编的同盟军。因而,沈从文式的民间书写立场固然有其存在的合理性,鲁迅式的站在启蒙立场上对民间的审视与批判,即使不具有比前者更加重要的意义,至少也不应该被轻易否定。这里,我想强调另外一个问题:把"个人生命体验"、"私人叙事"与"宏大叙事"、主流历史完全对立起来,同样是一种深刻的偏见。

为了强调私人叙事与主流历史的对立,在当今的批评术语中,还常常把它称作"游走于历史的边缘"、"穿行于历史的缝隙",或者干脆称之为"站在历史之外"。其实,抒写"个人生命体验"的"私人叙事",不一定就是"游走于历史的边缘",更不可能"站在历史之外"。就拿常被批评家以这些概念命名的严歌苓的《一个女人的史诗》、《小姨多鹤》等作品来讲吧,20世纪影响中国社会的重大历史事件,在其中一直作为左右主人公命运、决定主人公"生命体验"的力量而被表现着。通过这些作品展现出来的历史,既是私人体验中的历史,也是经过艺术处理的"宏大叙事"。这些作品的厚重很大程度就表现在主人公实际上是以相当个人的方式,体验了我们这个民族中每个人都曾经体验过的苦辣酸甜,他(她)们正是因为作为民族命运的承载者而具有了人性的深度与历史的厚度。

当一部作品以一个身处历史当中的个体的视角去展示某一历史过程时,作为一个批评家,在肯定作家这种历史书写方式的价值的同时,其实还应当清楚:一个个体对历史的感受即便是真实的,也不足以作为评价一段历史的全部根据。比如,在当今的"土改"小说中,经常有对地主家庭成员感受的描写。我不否认这一书写角度的意义,同时也相信"土改"过程中真的存在许多过火的非人道的行为。从上述视角把这些内容揭示出来,是作家对历史应当承担的责任。然而,以此否定20世纪前期中国发生的土地改革的必要性与进步意义,恐怕也有违历史的真实。

在那次论文答辩之后,我组织几个研究生就山东作家莫言近期的小说《蛙》进行了一次课堂讨论。当学生们仍然试图简单地把这部小说看成是站在"民间"的立场上对"计划生育"这样的"宏大历史"进行"控诉"时,我给他们提出这样一些问题:这部作品在客观叙述农村计划生育中发生的暴力事件的同时,是否也在不断强调人口控制对我们这个民族发展的紧迫性?当作为既定国策的计划生育与顽固的民间生育观念遭遇的时候,作为计划生育国策执行者的“姑姑”所从事的事业,是否有其悲壮的一面?这部小说,是否因为触及民族生存发展的需求与处在传统观念中的乡民个人生命感受之间的悲剧性冲突这一层面,而超越了一般“新历史小说”的书写境界?

学生们后来反映,带着这些问题再次阅读小说的时候,发现了许多原来没有注意的细节,小说中众多的人物与事件,也具有了更加开放的意义。

(此文发表于《文艺报》2010 年 9 月 13 日)

文学跨学科研究的限度

文学跨学科研究应当包含两种基本的范式:以文学自身为本位的研究(范式一)和不以文学自身为本位的研究(范式二)。以此为观察点,我们发现,20 世纪 80 年代,中国文学的跨学科研究,经历了从范式二逃出,向范式一挺进的过程。在这一过程中,一方面把具有强烈的范式二色彩的文学社会学、文学政治学研究作为批判对象,对它们怀有深深的戒备心理;另一方面,不同的跨学科研究,如文学心理学、文艺美学、文学符号学、文学语言学等,都不约而同地把回归文学自身当成了自己的理论诉求。与此相反,20 世纪 90 年代中国的文学研究则经历了范式一的研究思路不断受到挑战并被弱化,范式二再一次凸显的逆向过程。在这一过程中,20 世纪 80 年代在范式一引领下产生的文学心理学、文艺美学、文学语言学,其研究立场、研究方法及理论成就都受到质疑;与此同时,在价值取向上更接近范式二的女性主义文学研究、后殖民主义文学研究纷纷登场。进入新世纪之后,具有更加典型的范式二特征的文化研究与生态文艺学研究,经过 20 世纪 90 年代后期的能量蓄积,已经从文艺学研究的整体格局中脱颖而出,呈现出风生水起、蔚为大观之势。与此同时,20 世纪 80 年代十分热闹的文学心理学、文艺美学、文学语言学研究则越加沉寂。

需要指出的是,认为范式一才是文学研究的观点是讲不通的。在涉及文学的价值问题时,文学的审美功能、交际功能、心理调节功能、意识形态功能、宗教功能、认知功能等,都无法回避。在许多时候,对某一特定功能的强调还会成为某些文学理论流派建构自己理论体系的支撑点。而要搞清楚这些问题,就不能不借助于范式二方向上的研究成果。因此,范式二方向上的研究不仅大量存在,许多时候还会成为文学研究的主潮。然而,如果文学研究在范式二的方向上,朝前再跨一步,不再通过文学,不再以文学为研究对象,就超越了文学跨学科研究的限度。近年来的女性主义文学研究、后殖民主义文学研究、生态文艺学研究、文学传播学研究等,在跨学科时,遇到的正是这样的问题。

就中国当代文学跨学科研究的理论资源而言,无论是萨伊德对“东方主义”的批判、杰姆逊对“晚期资本主义文化逻辑”的分析,还是威廉姆斯进行的传播类型研究,其研究的对象、研究的目的、研究问题的方法,都不是传统的文学理论研究所能够涵盖得了的。从传统学科划分的角度讲,这些研究政治学、社会学、文化学的色彩更为浓厚。然而,20 世纪 90 年代初,作为西方后现代主义文化理论重要组成部分的后殖民主义理论在中国第一次引起热议的时候,参与讨论的学者如王一川、陶东风、王岳川、张颐武、陈晓明、戴锦华等,其专业背景却都是文学。后来中国文化研究的大旗,就主要是由这批学者扛起来的。因此,某种意义上讲,后殖民主义理论在中国引起的震惊,首先发生在文学界,而且是在中国当代文学研究刚刚经历了所谓的"语言论震惊"之后。如果说刚刚过去的"语言论震惊"使中国当代文学研究回到了文学"自身",回到了文本的话,对西方后殖民主义文化理论的关注,则表明中国一部分思想敏锐的年轻学者,决心要从纯文学这个独立王国中逃离,重新使自己的学术活动与政治、文化、民族的命运这种大叙事结盟。

质疑的声音并不是没有,但并没有阻挡这些学者从范式一逃向范式二的步伐。到了 20 世纪初,当文化研究的学者提出文艺学"必须扩大它的研究范围,重新考虑并确定它的研究对象",将"以前在传统文学观念的限定下被排除在文学界域之外的电视文学、电影文学、图像文化、网络文学与网络文化"纳入文艺学研究和文学理论教学的工作程序,甚至应该对广告、时尚、酒吧、城市广场、购物中心等进行跨学科研究时,许多学者才意识到,文化研究者的诉求,不仅仅是要求文学研究进入到文化分析、社会历史分析、话语分析、政治经济学分析的综合运用层次去研究文学作品,而是试图把整个文化都作为自己的研究对象。也就是说,不仅在方法上是跨学科的,而且在研究对象上也跨出了文学的范围。面对这种主张,文学理论界发起了文学研究疆界的守卫战。在这一过程中,文化研究究竟是内部研究还是外部研究已经不再成为问题,只要它还把文学作为研究对象,就能够被文学理论所接纳。中国新时期文学研究的第二次范式转换,就是在这种"矫枉过正"的状态下完成的。

如果说文化研究在确立自己的合法性时,因为有中国理论界熟悉的社会学研究、政治学研究做参照,因而对中国当代文学理论观念的冲击还不算太大的话,那么在新世纪才登场的"文学生态学"(或称"生态文艺学")在跨学科方面表现出的"前卫"性则要强烈得多。生态学的研究对象主要是自然界,而文学则属于人文领域。文学生态学这一学科之所以被提出来,实际上是基于人类在 20 世纪后期日益紧迫的生态危机感。

我们注意到,国内生态文艺学的奠基人鲁枢元教授在写作《生态文艺学》这本书时,还在尽力使自己所设置问题的论域包含在"文艺学"的范围之内。这本书首先扩展了生态的概念，使它包含自然生态、社会生态、精神生态三个层次，从而打通了“生态”与“文学”两个概念的联系。在内容上，该书不但论证了文学艺术与自然生态、社会生态、精神生态的关联，而且运用生态理论，对艺术家、艺术创造、艺术欣赏、艺术批评几个环节进行了分析，同时还涉及文学艺术作品中人与自然的主题、文学艺术与地域文化的关系等问题。这是一个既包含范式一又包含范式二的跨学科研究框架，因为它不仅试图用文学研究回应生态学中提出的问题，而且尝试使用生态学研究中的观点、方法、思维方式，解决文学自身的问题。

然而，更多的研究者，似乎觉得这种研究方式太接近文学而远离生态，这与他们越来越浓的生态学兴趣，尤其是试图以自己的研究去促进生态问题解决的冲动之间发生了冲突。而后来中国学者的文艺生态学研究中，实际上有着生态的成分越来越多、文学的成分越来越少，自然生态的成分越来越多、精神生态的成分越来越少的趋势。类似的问题，也存在于在当前十分活跃的女性主义文学研究、文学传播学研究以及各式各样的文学批评当中。

一个明显的事实是，20 世纪 90 年代以来发生的文学研究由范式一突然转向相反方向的范式二，并越来越远离文学，是在中国当代文学由中心走向边缘，生存空间受到挤压，社会关注度越来越低的情况下发生的。因此，我们除了担心在这种情况下，文学研究还能否保持应有的学科意识以及两种范式转移过程中矫枉过正的倾向，会给当代文学研究带来什么后果的之外，更有理由忧虑这样一个问题：在文学的生存环境面临困难的时候，假若连文学理论家、批评家都不再关注文学，以文学命名的学科都在远离文学，淡忘文学，那么靠谁去拯救中国当代文学的命运？

（此文发表于《文艺报》2011 年 7 月 1 日）

当代文学的语言使命

2001 年新年伊始,《文学评论》上发表了美国当代"解构主义四人帮"之一希利斯·米勒的文章《全球化时代的文学研究还会存在吗?》。在这篇文章中,米勒认为,随着图像化时代的到来,"信息技术的幽灵""将会导致感知经验变异的全新的人类感受",从而带来文学的终结。这篇文章的出现,给新世纪开始时本来有些寂寞的中国文坛制造了一个新的话题,人们就此展开了一场激烈论争。

实际上,如果不把"文学终结论"作为文学界的一次自省,而是把它作为一个预言的话,其荒谬性是显而易见的。但是,要从逻辑上驳倒"文学终结论",最直接有效的方式,不是证明在一些共同的领域内,文学比其他的文化艺术形式更加优越,而是证明文学与其他文化艺术形式在功能上并不重合。这实际上是在当代的语境中,重新为文学存在的合法性进行论证。

沿着这条思路,我们发现,如果说文学的知识保存功能、娱乐功能、再现功能、意识形态传达功能、审美功能,甚至是表现功能与叙事功能都不完全为文学所独有的话,那么文学作为一种语言形式,其在特定语言的形成、变化、发展过程中所承担的功能,则是不可能由其他非语言的文化艺术形式所替代的,而且也不可能由语言结构中另外一种非文学的形式替代。文学是语言生成、变化与发展不可缺少的动力;对于一种语言的文化品格的形成,文学发挥着至关重要的影响。一种语言由幼稚走向成熟以及这种语言以后的发展,都必须经由文学的历练。是否能够产生伟大的文学作品,是一种语言是否具有内涵与魅力以及是否能在与其他语言竞争中占据优势地位的最重要指标之一。

因此,假如我们不能够想象人类不再使用语言进行交际、现有的交际语言不再需要发展的话,我们便无法想象仍然使用某种特定语言的人们,不再需要去创造由这种特定语言构成的文学。

"文学实践对民族语言的形成与发展有十分重要的影响"这一命题,可以得到大量历史材料的支撑。就英语而言,正如《英语史》的作者加兰·坎农所言,"自 1500 年以来,英语史的许多方面都和伦敦标准英语息息相关"。而公元 14 世纪中期到 15 世纪末这一伦敦标准英语形成的时期,也恰恰是英国文学史上的第一个高峰期,产生了乔叟、兰格伦、威克利夫、马洛礼等一大批诗人与散文作家。近代英语的形成与这一时期作家之间的关系,是研究文学史与英语史的学者经常谈论的一个话题。在13、14世纪之交的意大利,诗人但丁则以方言为基础,锤炼出一种表达自由、丰富、简便而又优美的民族语言——俗语。一直到今天,意大利语还一直保持着但丁时代的风格。

欧洲这段以文学造就近代民族语言,以近代民族语言的形成促进近代社会全面发展的历史,对梁启超、胡适等20世纪初的中国思想家有着巨大的启发。胡适以"国语的文学"造"文学的国语",发动文学革命,就是要在中国创造"但丁、路德之伟业"。

古代汉语向现代汉语的转型,确实是以文学为突破口的。现代文学最初承担了创造现代文学与现代汉语的双重任务。如果没有鲁迅、老舍、沈从文、朱自清、徐志摩等人创作的小说、散文、诗歌,不仅整个中国现代文学史将一片荒芜,而且现代汉语也将是一个十分空洞的概念。

然而,在整个20世纪里,汉语文学对现代汉语做出的贡献并不总是令人满意的。当现代汉语的表达趋于僵化、趋于粗俗或趋于失范,需要汉语文学伸出援救之手的时候,汉语文学却往往袖手旁观,甚至推波助澜。

即使抛开实践中失误的因素,从五四新文化运动算起,现代汉语从其产生至今也还不足百年,远未达到成熟的境界,仍然处在建设期。现代汉语今后的建设,离不开文学的参与。现代汉语要想像古代汉语那样在世界上获得足够的承认与巨大的声誉,没有一批真正具有世界影响的重量级作家与文学作品,也只能是痴人说梦。因此,当今汉语文学的语言使命仍然任重道远。

谈到文学的"语言使命",语言学家往往希望作家在语言的使用上以规范、典雅为公众,尤其是青少年做出表率。而在作家那里,又往往把规范当成对个性的束缚,把典雅当成陈腐的形式主义。为了自己的文学理念,为了自己情感表达、叙事、描写的"自由",特别是为了突出自己的个性,作家宁愿牺牲语言的规范与典雅,把打破规则,甚至把语言的粗糙、粗鲁、粗俗、粗暴当成一种风格去追求。似乎没有几个作家声称愿意为了语言的进步而写作。

实际上,语言学家过分用规范与典雅去要求作家是成问题的。假若作家的写作都循规蹈矩,不越雷池一步,那么语言的发展将失去一股强劲的动力。而作家完全无视自己的语言使命,完全无视自己过于放肆的语言使用可能给语言造成的破坏以及对社会大众特别是青少年在语言使用上的误导,恐怕也是一种不负责任的表现。

进入新世纪以来,汉语的生存环境又发生了许多新的变化。一方面,随着中国国力的增强以及与外界联系的日益密切,汉语日益成为一种国际化的语言;另一方面,汉语也遭遇到五四以来又一次巨大的挑战:这种挑战既表现为英语这样的更具国际影响力的强势语言对它的挤压,同时也表现为互联网等新的文化传媒对其固有形态的消解。来自西方的“强势语言”、在青少年中日渐流行的“网络语言”、到处泛滥的“广告语言”,正在对现代汉语形成冲击,造成现代汉语表达上某种程度的混乱。甚至现代汉语及与之密切相关的汉字的走向,都又一次成为问题。

也许,对在20世纪五六十年代以后趋向僵化的现代汉语而言,新的冲击,同时也是一次调整与发展的机遇。而现代汉语的新的调整与发展同样必须有汉语文学的参与。这种时候,其实正是作家应该意识到并主动履行自己的语言使命,并可以大有作为的时候。对当代中国文学而言,这也将是一个难得的发展机遇。

(此文发表于《文艺报》2011年1月26日)

第二辑

《约翰·克利斯朵夫》与傅雷文学翻译的境界

题记:如果说至情至性的傅雷一生能遇到《约翰·克利斯朵夫》这样的作品是他的幸运的话,《约翰·克利斯朵夫》能够跨越文化与地理上的距离,在遥远的东方遇到傅雷这样一个把它引为知音的翻译家,又何尝不是这部伟大作品的一种幸运呢?

而我们,每一个通过傅译接触《约翰·克利斯朵夫》这部作品的读者,同样是幸运的。

傅雷先生一生著译甚丰,翻译的外国文学作品与理论著作多达30多部,而在我看来,其中最值得关注的,非《约翰·克利斯朵夫》这部作品莫属,因为:

第一,这部作品影响巨大。著名外国文学研究专家柳鸣九先生曾说过,"在中国,凡是有文化教养的人,对《约翰·克利斯朵夫》这部作品,几乎无人不晓,其中相当大一部分人还是这部作品热烈的赞美者、崇拜者"。我不知道这一判断是否适合于当下的年轻人,但至少对于40岁以上的人来讲,此言不虚。

第二,这是傅雷所有翻译中最浩大的一个工程。傅雷一生译作共600多万字,只这部作品就占了六分之一篇幅;更为重要的是,从译者与所译作品之间的关系而言,《约翰·克利斯朵夫》的翻译代表了傅雷文学翻译所能达到的最高境界。

傅雷之成为著名的文学翻译家,具有很大的偶然性。尽管早年在法国的时候,他就尝试小说翻译,但那主要是为了学习法语。留法期间,傅雷主要关注的是艺术史与艺术理论,回国后他的第一份工作是在刘海粟开办的上海美术专科学校做艺术史教师。但是,由于看不惯好友刘海粟做事的专断与他在经营美专方面的商人气,两人多次发生冲突,最后傅雷离开了这所学校。之后,傅雷便成了一个靠稿费为生的"自由职业者",一生不再属于任何一个"单位"。

傅雷大规模的翻译活动,就开始于他从上海美专辞职之后。因此,傅雷之成为多产的文学翻译家,与生计有关,文学翻译活动对他来讲首先是一份养家糊口的职业,翻译所得的稿费是他一生最主要的经济来源。而之所以选择这份职业,是因为它具有较强的独立性——生性耿直与孤傲的傅雷总是无法学会圆通地处理与上级、与同事之间的关系，只好躲进书房，躲进艺术的象牙塔里。

以文学翻译为一种养家糊口的职业，这并不是一件很丢人的事，在现代文学史上，这种现象实际上相当普遍。但是，如果过分看重这一点，将会极大地影响一个人翻译的质量。现代文学史上另一个多产的文学翻译家林琴南的翻译活动便因此而颇为后人所诟病。傅雷之所以成为远比林琴南优秀的文学翻译家，是因为他从事翻译工作有更高的原则与追求——他同时还把它当成一种严肃的事业去做。

之所以说傅雷把文学翻译工作当成严肃的事业去做，是因为：

第一，他把对艺术的忠诚贯彻在了自己的文学翻译过程中。傅雷说："由于我热爱文艺，视文艺工作为崇高神圣的事业，不但把损害艺术品看作像歪曲真理一样严重，并且介绍一件艺术品不能还它一件艺术品，就觉得不能容忍，所以态度不知不觉地变得特别郑重。"

在中国现代翻译史上，以鲁迅为代表的一派讲求"硬译"；以傅雷为代表的一派强调"传神"。不好说哪一种主张更高明，但前者侧重的是不失原作的"原意"，即思想性，后者侧重的是重建原作的氛围与情调，即艺术性，这一差异则是明显的。

第二，他对翻译工作精益求精。傅雷对翻译活动较真的程度是当时与现在很多翻译家难以企及的。他自己曾说："翻译工作要做得好，必须一改再改三改四改。"因此，他的许多译作都有不同的版本。一部《高老头》，30 年间他翻译了 3 次。另一部作品，伏尔泰的《老实人》，他更是前后改过 8 遍。连《约翰·克利斯朵夫》这样上百万字的鸿篇巨制，也有前后两个不同的版本问世。而且，他还多次流露过不满原来的工作，希望再次修改的愿望。可惜这个世界竟没有给他实现自己这一愿望的时间。

第三，傅雷像许多现代作家一样，有着以自己的文学翻译去拯救民族、改造社会、推动人类进步的冲动。傅雷之所以在三四十年代钟情于罗曼·罗兰作品的翻译，一个很重要的原因是要用其作品中的英雄主义精神去"挽救一个萎靡而自私的民族"。罗曼·罗兰笔下的约翰·克利斯朵夫是一个具有浓郁的英雄主义气概的人物，他的"三大师传"，也着力于对坚强伟大、不向命运屈服的人格的颂扬。在被日本人占领的上海，翻译出版这些著作，傅雷的确"别有用心"。他同时也认同罗曼·罗兰在与他的通信中所说的话：英雄意味着"崇高的社会意义与深刻的人道观念"，意味着"成为一民族乃至全人类的忠仆"。

正因为傅雷把文学翻译工作当成严肃的事业去做，所以对于现代文学的进步、对于中国 20 世纪翻译水平的提高，乃至民族解放与人类文明大业，傅雷都做出了自己独特的贡献。

至此,傅雷的翻译工作已经上升到了很高的境界。

然而,傅雷的文学翻译还存在着另一种更高的境界。在这种境界里,一个人得以与另一个伟大的灵魂邂逅,从而使自己超凡脱俗。这可谓文学翻译的至境,但却可遇不可求,只有特定的翻译家面对特定的作品时才能够达到。

这种境界,傅雷是通过《约翰·克利斯朵夫》这部作品的翻译实现的。

傅雷一生的翻译涉及多位作家,其中最主要的是巴尔扎克和罗曼·罗兰。从所译作品的数量看,以巴尔扎克为最。但是傅雷把主要精力放在巴尔扎克作品的翻译上,是在解放以后。至于为什么做出这种选择,他的儿子傅敏后来的解释是令人信服的:那主要是出于政治上安全的考量。巴尔扎克是恩格斯极为推崇的少数几个作家之一,因此,中国的外国文学研究界在对19世纪欧洲现实主义作家排座次时,巴尔扎克始终占据着头把交椅。当然,巴尔扎克的确是一个十分伟大的作家,傅雷对巴尔扎克的翻译在20世纪中国文学翻译史上也功不可没。但就个性而言,无论他与巴尔扎克之间,还是他与巴尔扎克作品的人物之间,都很难找到多少相通的地方。因此,他对巴尔扎克的翻译最多能达到文学翻译的第二个境界。

而《约翰·克利斯朵夫》的翻译情况则完全不同。

首先,他是怀着对小说作者的崇敬之情而选择这部作品的。傅雷初次翻译罗曼·罗兰的作品,与他当初美术史教师的身份有关,他选择的是"三大师传"中的《米开朗琪罗传》。然而,在翻译这部作品时,罗曼·罗兰的人格魅力、深刻的思想以及精到的艺术见解深深地吸引了他。他在完成这部作品翻译之后,开始与罗曼·罗兰通信。与自己所译作品的作者直接通信,聆听作者对其作品的理解及对翻译工作的意见,在傅雷,罗曼·罗兰是第一人,也是唯一的人。傅雷后来多次谈到罗曼·罗兰对自己的影响以及他对对方的崇拜之情,他甚至把《罗曼·罗兰致译者书》作为所译的另一部"三大师传"(《托尔斯泰传》)出版时的序言,这种情况对于一生都自视甚高的傅雷是不多见的。

其次,《约翰·克利斯朵夫》这部作品的主人公的经历与个性使傅雷发生了强烈的共鸣。罗曼·罗兰最吸引傅雷的,是他通过作品传达出的人道主义与个人英雄主义精神,而最能体现这种精神的,便是约翰·克利斯朵夫这个"贝多芬式"的顽强地与命运抗争的形象。从清高、孤傲、蔑视权贵、永不向命运低头的克利斯朵夫身上,我们似乎能看到傅雷的影子,进而理解了他对人生的选择。

另外,主人公音乐家的身份也让傅雷深深地着迷。众所周知,傅雷与音乐结有不解之缘。他能够培养出天才音乐少年傅聪,绝不是偶然的,因为他一生酷爱古典音乐且有极高的音乐方面的造诣。据说,少女时代的朱梅馥(与傅雷生死相伴的妻子)最吸引他的地方,是弹得一手好钢琴。傅雷年轻的时候,经常称自己为约翰·克利斯朵夫,后来,他又把他那天才钢琴家儿子称作"小约翰·克利斯朵夫"。以自己所翻译作品中的人物自况,在傅雷也是绝无仅有的事情。

最后,《约翰·克利斯朵夫》这部小说的艺术成就彻底地征服了他。小说家罗曼·罗兰也具有极高的音乐素养。不仅《约翰·克利斯朵夫》这部小说的主人公具有音乐家贝多芬的影子,而且这部小说的结构也具有音乐性,罗曼·罗兰似乎是把一部上百万字的长篇文学巨制,当成一首结构完整的交响乐去写作的,他"以感情为程序","以气氛与调性来做结合作品的原则",使得整部作品既充满了欧洲古典音乐那种优雅、浪漫的艺术氛围,又饱含生命的激情与对宇宙人生的透彻理解。而这一切,正是傅雷一生所追求的艺术境界与人生境界。

因此,《约翰·克利斯朵夫》的翻译,使得翻译家与作家,及他所翻译作品中的人物,在精神上深深地融为一体,翻译的过程于是成为一次与伟大心灵的对话,一次精神的朝圣。

(此文发表于《晶报·读书周刊》2009 年 9 月 15 日)

《简·爱》、李霁野的翻译与欧化汉语

在通过翻译介绍进中国的欧洲19世纪文学形象中，有三个女性名气最大，稍有一点外国文学史常识的中国读者都耳熟能详，她们是：俄国作家托尔斯泰笔下的安娜·卡列尼娜、挪威作家易卜生笔下的娜拉、英国作家夏洛蒂·勃朗特笔下的简·爱。就作家而言，前两位都是19世纪欧洲文学史上重量级的人物，夏洛蒂·勃朗特的名气与他们二位相比则要小多了：她属于在当时被认为创作成就远远赶不上男性作家的女性作家群体。特别是，在她那个时代，英国突然冒出一批女性作家，甚至勃朗特一家就一下子出了三个，以至于一般的读者不仅无法在所谓的“勃朗特三姐妹”之间做出明确的区分，就连简·奥斯丁、夏洛蒂·勃朗特、乔治·艾略特这些名字也经常混在一起，张冠李戴。然而，就三个女性人物形象而言，在中国读者中，简·爱这个人物却最有人缘，而且其人气指数有与日俱增之势。有人统计过，在中国大陆，《简·爱》的译本多达40多个，其中有全译本、节译本、改写本、缩写本、英汉对照本，等等，不一而足，以适应不同层次不同阅读目的的读者。尤其是近十几年的时间，各种各样的版本更是层出不穷，且都有很好的发行量，令出版商大赚其钱。

《简·爱》这部小说之所以能够在中国读者中具有极高的知名度，得益于三个因素：

一、它有很强的故事性。在整体框架上，小说采用的是具有广泛接受基础的灰姑娘的故事套路，而且人物命运大起大落，故事情节跌宕起伏，这使它具备了流行小说的一些最基本的条件。

二、简·爱这个人物具有丰富的精神内涵。这个出身贫苦、长相一般的家庭女教师，以其独特的人格魅力与自尊，赢得了爱情，也赢得了众多读者。

三、在刚进入中国的时候，它遇到了一位优秀翻译家，使它很快进入了汉译外国经典名著的行列。

《简·爱》这部小说最初是以节译本的形式与中国读者见面的，时间是1935年。同年，郑振铎主编的《世界文库》开始连载这部小说的全译本，并于1936年由生活书店以《简·爱自传》为名印行全译的单行本。全译本的译者是与鲁迅交往颇深的“未名四杰”之一李霁野。

应当说，这是《简·爱》这部小说的幸运。在现代文学史上，从事翻译的人很多，而翻译的水平却参差不齐。因翻译者外语水平太差，或者主观随意性太强，或者文学功底太薄而毁掉一部名著的例子可以说屡见不鲜。而李译的《简·爱》，则有幸避免了这些问题：第一，李霁野的英语水平不成问题；第二，他不仅在此之前有过翻译外国文学作品的实践，而且还是一位有一定影响的作家，文学水平不成问题；第三，也是最重要的一点，由于受鲁迅翻译观的影响，《简·爱》的翻译极其尊重原著，以至于现在不少人还认为，一个不懂英语的中国人，要想读到“原汁原味”的《简·爱》，最好选择李译的版本，而且越早的版本越好。

实际上，在李霁野的译本出现之后，一直到20世纪80年代，才有了第二个汉译的全译本。也就是说，在长达四十多年的时间里，中国的读者基本上是通过李霁野的“民国版本”及在此基础上形成的几个修订本阅读《简·爱》的。只是到了20世纪80年代，几个影响更大的译本，如当代女翻译家祝庆英翻译的版本出现之后，李译《简·爱》才逐渐地被边缘化，以至于现在的许多年轻读者根本不知道它的存在了。

谈到李译《简·爱》，有些学者指出它有三个缺陷：一是译作带有较多那个时代的烙印；二是李霁野作为一个男性作家，可能在性别意识上与原作比较隔膜；三是李译版本语言过于欧化。

对此，笔者难以苟同。上面三点或者可以解释何以李译《简·爱》被现在的读者日渐疏远的原因，却很难讲是李译《简·爱》的缺陷。因为：

首先，任何一部译作都不可避免地带有时代的烙印，现在的译本更为现代的读者所喜欢，恰恰证明了这一点。

第二，20世纪以来，女性主义者对《简·爱》这部作品的解读，本身就有过度阐释之嫌，熟悉这些阐释的女性翻译家难免要受此影响，因此，很难讲引入性别视角之后，翻译会更接近于原著。

第三，以欧化的汉语翻译西方的文学作品，正是接近原著的一种重要方式。况且，现代汉语本身就带有浓重的欧化特征，而现代文学的翻译，正是促使现代汉语向今天这种形态发展的一种最重要的力量。

实际上，我们今天使用的现代汉语，可能比20世纪30年代更加欧化（比如，上文中“一种最重要的力量”这一表述就相当欧化），只不过我们自己处在当下的语言状态中，已经感觉不到这一点了。

（此文发表于《晶报·读书周刊》2009年4月11日）

平民作家契诃夫

一

谈起19世纪的俄罗斯文学，“贵族”的话题往往为人津津乐道：这一话题除了包括作品中“忏悔贵族”精神救赎的动人故事外，还包括贵族作家们那富有传奇色彩的经历：普希金遭遇的情杀阴谋、托尔斯泰伯爵因在财产问题上与家人产生矛盾而在82岁高龄时离家出走……

然而，这一切却与同样位居19世纪俄罗斯伟大作家之列的契诃夫毫无关系：这位作家不但出身贫苦，终生与社会底层保持密切联系；而且他一生创造的数不清的小说人物，也几乎清一色属于中下层社会：农民、兵士、医生、小商人、小职员、小地主、小官吏……

因此，当我想要在“作家契诃夫”这个词组前面再加一个定语时，我想到的最贴切的就是“平民”二字。这两个字不仅可以涵盖他的出身、他的社会身份、他作品中的人物类型，而且可以涵盖他小说的道德立场与价值取向。“平民”这一特征，使他在19世纪俄国作家群中独树一帜，并因此与中国现代文学发生了深刻的关联。

二

在俄国19世纪作家中，契诃夫遭遇的人生苦难的确是托尔斯泰这样的贵族作家无法想象的：他出生在一个小杂货商人家庭，小时候不但要在自家的店铺里面站柜台当伙计，屈辱地“为得到的每一小块面包道谢”，而且几乎每天都要承受脾气暴虐的父亲的鞭笞。在母亲的坚持下，他终于没有辍学，而是以优异的成绩考入了著名的莫斯科大学医学院。然而他的家庭却无力承担高昂的学费，这使得20岁的契诃夫在进入大学之后就开始尝试以写作赚钱——一个伟大的小说家，就是这样诞生的。

所以,当托尔斯泰正为“为什么我生下来什么都有,周围的人却承受贫穷的折磨”这样的道德问题而痛苦地自省时,契诃夫却只能感叹:“贵族作家们天生免费得到的东西,平民知识分子们却要以青春的代价去购买。”

大学毕业后不久,契诃夫开起了自己的诊所,成了一名职业医生。之后,契诃夫一生都以医生为主要职业。因此,严格讲来契诃夫只是一个“业余”作家,这也是他与同时代的多数俄罗斯作家不同的地方。然而,以医生为职业的契诃夫却不能够用行医养家糊口,因为底层出身的他对穷人充满同情,经常看病不收钱,还白送人药物。有时候看几百名病人,却总共只挣一个卢布。于是,他不得不继续靠写作弥补因行医中的善行落下的亏空。

可以说,在相当长时间内,契诃夫的写作都是被生活的苦难与窘迫逼出来的。而就是在这个过程中,他的写作天才逐渐展现,写作水平渐入佳境,以至于到后来作家契诃夫的声望远远超过了医生契诃夫。

三

作家契诃夫的名字几代中国人其实都不陌生,因为中学语文课本上曾选有他的两篇小说《装在套子里的人》与《变色龙》。提起《装在套子里的人》这篇小说,人们自然会想起小说中的“促狭鬼”给主人公画的那幅滑稽漫画:大晴天里,别里科夫打了雨伞,穿了雨鞋,卷起裤腿,手里挽着女朋友瓦连卡;提起《变色龙》这部小说,人们则会想起奥楚蔑洛夫随着狗主人的变化而进行的夸张表演。因此,在许多人的印象中,契诃夫仅仅是一个讽刺作家,甚至仅仅觉得他的作品好玩。这在很大程度上是一种误会。

在创作的前期,主要是为了投刊物所好,多赚稿酬,契诃夫的确曾写出过只追求喜剧效果,一味搞笑的作品。但越到后来,契诃夫思考越深入,创作主题变得越严肃。其中,对人性中的虚伪、庸俗、懦弱进行无情的嘲讽构成其作品主题的一个方面,而我认为契诃夫最值得关注的创作主题,则是对小人物悲剧命运的冷峻的揭示,以及对他们表现出的深切的同情。不然的话,我们就没有办法把他与俄国更早的一个讽刺作家果戈理区别开来。

俄罗斯诗人霍达谢维奇在总结契诃夫对待小人物立场的变化时曾经这样写道:“起初他把他们表现为庸人,后来把他们表现为平常的人,对他们表示怜悯,再后来开始在他们身上寻找优点,最终对他们怀抱起巨大的爱。”其实,这句话我们也可以用来作为对契诃夫小说阅读体验的总结：起初我们把他小说中的人物想象为庸人，后来把他们想象为平常的人，对他们表示怜悯，再后来我们开始在他们身上发现了优点，并最终对他们怀抱起巨大的爱。

作为一个对下层生活十分熟悉，始终与下层民众保持联系，对下层民众的生存状态充满同情的作家，契诃夫实际上有很多描写下层民众苦难的作品，如《牡蛎》中那对在街头乞讨，靠想象的食物充饥的父子；《苦恼》中那个刚死了儿子，却不得不出去强颜欢笑地招揽生意，只能把心中的痛苦对自己的马表白的车夫；《万卡》中那个在外做工，受尽欺凌，想把自己的悲惨遭遇写信告诉疼爱自己的祖父的 9 岁男孩……在这些作品面前，我们体验到的是社会最底层民众生活的艰难与他们那令人酸楚的内心世界。

即使在讽刺作品里，与果戈理比较起来，契诃夫仍然带给人一种亲切感，甚至时时让人感受到一种平和的温情。你会感到他写的就是你身边的人与事，那些人也许有缺点，他们的行为举止甚至让你发笑，但由这些人与事，你会联想到自己的同事、朋友，甚至是亲人，因而笑中常常含有某种善意的理解。

就是面对希腊语教员别里科夫、街头巡警奥楚蔑洛夫这样的被讽刺对象，我们在笑了之后，是不是也会为他们在权力的强大压迫下人性的异化感到可惜，为他们作为一个小人物的那种惶恐不安的生存状态感到些许的同情与怜悯呢？

四

2010 年是契诃夫诞辰一百五十周年，许多地方都在以不同的形式酝酿着对这位作家的纪念活动。实际上，早在六年前，也就是契诃夫逝世一百周年的时候，就出现过一次纪念这位作家的热潮：在英国的伦敦、美国的北卡罗来纳、德国的霍夫更斯玛、波兰的华沙以及契诃夫的家乡莫斯科，到处都在举办契诃夫的作品研讨会。

在纪念契诃夫的时候，我们有必要问一个问题：作为一个作家，表现在契诃夫身上以及他作品中的哪些东西才是最值得我们珍视的？尤其是在中国当下的语境中来谈论契诃夫的时候，这个问题显得更加重要。

笔者注意到，近些年有不少国内的契诃夫研究论文，在谈论他作品中的现代主义因素，在把他与卡夫卡、与荒诞派戏剧、与意识流小说进行比较。也许，我们真能在契诃夫的作品中捕风捉影地发现一些类似 20 世纪现代主义文学的东西，但契诃夫的价值主要并不表现在这些地方。契诃夫的吸引力,很大程度上表现为平民文学精神的吸引力,契诃夫的不朽,是平民文学精神的不朽。

实际上,19 世纪的俄罗斯文学,在 20 世纪初期曾经深深地吸引过现代文学作家。五四文学先驱们曾经把俄罗斯文学的介绍,作为改造中国文学的一项重要工作。而在最初介绍到中国的俄罗斯作家中,就包括契诃夫。1904 年,也就是在契诃夫逝世不久,他的作品便被译成中文,介绍给中国读者。鲁迅说:“契诃夫是我喜爱的作家。”五四一代文学家,不仅是鲁迅,瞿秋白、郭沫若、茅盾、巴金、曹禺等人都曾经评论过契诃夫的创作,或翻译过他的小说。

五四一代作家看重的,正是契诃夫小说对现实人生的关注,对普通人性的弱点的暴露,对社会不公的抗议,对下层社会的同情。这些内容,与中国的五四文学精神高度契合,对中国现代作家文学观念的形成与创作灵感的获取产生了很大的影响与启发。

（此文发表于《晶报·读书周刊》2009 年 1 月 30 日）

文学史上的旷世奇作

在世界文学史上，有一部无论从其所涵盖的生活广度、所达到的艺术高度，还是其所触及的思想深度上讲，都可以称为旷世奇作的长篇巨著，它的名字叫《呼啸山庄》(Wuthering Heights)，其作者是19世纪英国文学史上著名的"勃朗特三姐妹"之一：艾米莉·勃朗特(Emily Bronte)——《简·爱》的作者夏洛蒂·勃朗特是她的姐姐。

小说《呼啸山庄》讲述的是一个发生在18至19世纪之间，英国北方约克郡荒原上的传奇故事：呼啸山庄的主人老恩肖十分宠幸从利物浦大街上捡回的弃儿希斯克利夫，恩肖家充满野性的小姐凯瑟琳也与同样充满野性的希斯克利夫之间发生了青梅竹马式的爱情。然而，老恩肖去世后，成为山庄新主人的大少爷辛德雷却以羞辱、苦役等方式，发泄着对希斯克利夫埋藏已久的嫉恨之情，凯瑟琳小姐也因为门第观念而嫁给了临近的画眉山庄的少爷埃德加·林敦。希斯克利夫愤而出走，几年后以一个富翁的身份回来，对辛德雷、凯瑟琳、埃德加，包括这两个家族的所有后代(这些人中还有他与埃德加的妹妹生下的儿子)展开了疯狂的报复。他使用手段占有了恩肖家与林敦家的财产，使昔日的情人、情敌、仇人一个个在他的精神折磨中死去。他剥夺了辛德雷儿子受教育的机会，把他变成了一个"野蛮人"，同时还诱骗了埃德加的妹妹，逼迫埃德加的女儿与自己生重病的儿子结婚，使她成了年轻的寡妇……当这一切复仇的行为完成之后，希斯克利夫不但没有感到复仇后的快感，反而陷入了心灵的空虚。最后，他在仇人的儿子与情人的女儿身上发现了年轻时荒原上那对纯真恋人的影子，幡然悔悟，成全了两个家族最后两个年轻人的爱情，以自杀的方式追随凯瑟琳的灵魂而去。

这似乎是一个西方文学史上不断重复的复仇故事，但小说的主题又绝不是仅仅用复仇就能够概括得了的，因为希斯克利夫的恨与爱是紧紧地纠结在一起的，他所有冷酷残忍的复仇行为，都竟然是基于那热烈燃烧着、从没有熄灭过的爱情。

对文学史家而言，无论从什么角度看，《呼啸山庄》都是一部十分奇特的小说，甚至长时间以来被称为"奥妙莫测"的"奇书"。

这部小说之奇，首先体现在其格调的怪异上：它一反同时代作品普遍存在的温情、感伤色彩，给人带来一种粗犷、热烈，甚至有些狂野的气息。的确如作者的姐姐夏洛蒂·勃朗特在小说序言中所评价的那样："《呼啸山庄》是在一个荒野工厂雕刻出来的，工具简陋，材料平凡。雕刻家在孤寂的旷野找到一块花岗石：端详了一阵，他晓得了如何从这岩石中雕出一个头，野蛮、黝黑、凶恶；那形象至少有一种雄伟的成分和力量。"小说中无论是作为环境而出现的荒原上那"瘦削的荆棘"、"过度倾斜"的"矮小的枞树"、混杂的天空和群山、使人窒息的大雪，还是通过作家的叙事而展现出的主人公们那刻骨铭心的爱与恨、相互间冷酷的折磨与倔强的反抗、盲目的背叛与疯狂的复仇，都如约克郡荒原上掠过的狂风一般，带着原始的野性，产生了把一切都挟裹进去的力度。

这部小说格调的怪异，还体现在通篇密布的那层神秘主义色彩上。那漫步在约克郡荒原上的幽灵、棺材一样的石屋、荒谬怪诞而又充满巧合的情节、主人公阴郁乖戾的性格、两代人之间因果相连充满宿命的命运，无不使人在阅读的过程中，时时陷入毛骨悚然的恐怖体验之中。

当然，这部小说给人的阅读体验绝不仅仅是阴森与恐怖，它向下联结着人的潜意识，联结着生命中最本能的冲动与隐秘的渴望，向上联结着神秘的宗教情感与形而上的人生哲理，因此具有一般文学作品很难企及的人性深度。

然而，这么一部小说，却出自一个20多岁、生活经验十分有限、性情温顺的小女子之手，这是这部小说另一处让文学史家感受到奇异，甚至感到不可思议的地方。

用一般人的观点看，文学，尤其是长篇小说，需要作家的生活经验做基础。许多著名的文学作品都带有或浓或淡的自传色彩。即使作品中找不到一个可以和作家对应的人物，但作品的内容，尤其是作品思想的深度，总是和作家的生活阅历有直接的关系。因此我们总是相信，像《红楼梦》那样的厚重之作，不是阅尽人世沧桑、饱经人生苦难的人是写不出来的。

然而，当我们打开《呼啸山庄》的作者艾米莉的简历时，却发现，她一生只活了30岁，生活经历平凡得甚至有些单调。《呼啸山庄》是她写下的唯一一部长篇小说。不仅如此，我们还发现，在这样一篇对人物的精神世界表现得极为深刻，堪称19世纪心理小说典范的作品里，居然丝毫找不到作者的影子。不仅希斯克利夫这样性格复杂的男性主人公的人生经历、情感体验远远超出小说作者的经验世界，就是凯瑟琳·恩肖这一女性主人公的性格、生活经历，也与作者大相径庭。而且，作为一部以情爱为重要主题的作品的作者，艾米莉根本就没有过恋爱与婚姻的任何经验。这种情况，在世界文学史上，即使不是孤例，也是极其罕见的。当然，文学史家可以说，作者借鉴了她的兄弟姐妹们的恋爱经验，但这种解释终归难以消弭小说作者与她塑造的人物之间那强烈的反差。

《呼啸山庄》这部小说的另一个奇异之处，在于它那弥久弥强的艺术魅力以及弥久弥隆的学术声誉。在小说出版之初，它曾经被作为一部伤风败俗之作而受到激烈的攻击。然而，进入20世纪，它独特的艺术价值逐渐被人发现。1948年，美国《大西洋》杂志请英国当代著名小说家毛姆向读者推介十部世界文学中最佳的小说，他拿出的书单中有四部英国小说，其中之一便是《呼啸山庄》。并且，毛姆还给该杂志写了一篇很长的推介文章，说明自己选择这部小说的理由。

如果说毛姆当年的推荐还多少带有个人的艺术倾向在里面的话，那么到了今日，这部小说则已经完全确立了它作为世界文学经典的地位，而且成了19世纪最重要的长篇小说之一。在当今的学术界，艾米莉的声誉不仅远远超过了《简·爱》的作者夏洛蒂，而且也超过了同时期所有的女性作家。关于这一点，你只要检索一下近年来的硕士、博士论文题目就不难体会得到。因此，用“孤篇横绝，遂成大家”这句话来概括艾米莉·勃朗特在文学史上的地位，一点也不过分。

《呼啸山庄》弥久弥强的艺术魅力与弥久弥隆的学术声誉，得益于这部作品无限的可阐释性：象征主义者在这部小说中发现了外在自然与内心情感的神秘感应；表现主义者在这部作品中发现了超越现实的真实与非理性的狂热；马克思主义者在这部小说中发现了金钱对人性的扭曲与摧残；弗洛伊德主义者在这部小说中发现了变态心理与双重人格；女性主义者在这部小说中发现了对男性尊严的奚落与双性同体的理想；结构主义者则在这部小说中发现了前后重叠的三角关系及对叙述者的巧妙设计……

近百年来，在世界范围内，研究《呼啸山庄》这部小说及其作者的学术论文与著作层出不穷，且不断有新方法、新观点闪亮登场，简直可以以“呼学”称之，你能说这不算是一种难得的学术奇观吗？

（此文发表于《晶报·读书周刊》2009年7月30日）

谁来为我们的存在作证

一

如果要在刚刚过去的20世纪评选出几位世界文学大师的话，人们无论如何都不该忽略弗朗兹·卡夫卡(Franz Kafka)这个名字。

在世界文学史上，卡夫卡被称作“弱的天才”。这位只活了41岁(1883～1924)的奥地利小说家，生前过着平凡孤寂甚至贫病交加的生活。他在一个保险公司小职员的位置上终其一生，默默无闻。他性格懦弱，拼命地逃避生活甚至逃避婚姻。他写下了大量的文字，却把其中的绝大分锁在抽屉里，甚至临终要求自己的朋友把它们全部烧掉。他对自己毫无自信，甚至充满了负罪感。他告诫自己：“如果一个人不能提供帮助，那就应该沉默。”他也告诉他人：“我不是光明，我只是在自己的苦恼中迷了路，我是个死胡同。”

幸运的是，他的朋友违背了他的意愿，出版了他的九卷本文集。当经历了二战的整个欧洲满目疮痍，人们的精神世界面临巨大的危机的时候，许多人开始把目光投向三十年前那个默默无闻的犹太作家卡夫卡，并惊讶于他在自己的作品中，将个体生命的脆弱与人生的荒诞处境描写得如此真实，如此触目惊心；将小人物的恐惧与痛苦表达得如此深刻，如此让人感动。于是，他的作品开始被翻译成各种各样的文字在世界的各个角落流传，卡夫卡也因此进入了世界文学大师的行列。

卡夫卡一生留下了几十部小说和大量的随笔、日记，其中三部长篇《城堡》(1926年)、《审判》(1925年)、《美国》(1927年)，被文学史家合称为“卡夫卡三部曲”，在卡夫卡的整个作品中占有很重要的位置。而最有名同时也最能够代表卡夫卡创作风格的作品，无疑当数《城堡》。

像其他两部长篇小说一样，《城堡》也是一部没有写完的“半成品”，而这丝毫没有影响人们对它的兴趣。在后来的卡夫卡研究中，人们把他的名字与许多高深的理论名词联系在了一起：存在主义、表现主义、怀疑论……而这一切，都可以用《城堡》这部小说加以阐释。

二

在这个世界上，我们是以各种各样的社会身份存在的。这些身份，规定了我们存在的具体方式，也是我们存在的确证。当我们难以确定我们的社会身份，或者别人不承认我们的这种社会身份的时候，我们便感到失落与焦虑，感到失去了赖以确证自己存在的依据，存在于是会变成一场充满恐惧与不安的噩梦。卡夫卡的《城堡》便可以理解为人失去自己存在依据的可怕的噩梦。

土地测量员K在一个冬夜到达了一个村子，他接到通知，要前往村子附近的那座城堡去执行公务。然而，当他到达这个村子时，却发现自己无法证明自己身份的真实性与合法性。K去见村长，村长告诉他，他们没有测量土地的需要，更没有雇用他。村长确实也曾收到一个招聘土地测量员的公文，但那是几年前的事情了，而且他现在已经无法找到那张多少可以证明K到来的合法的纸片儿。K想进入城堡，想见到城堡的统治者伯爵，因为这是证明自己身份并开展工作的最直接最有效的办法。他想得到一张进入城堡的通行证，为此他设法巴结、结交各种各样的人：大臣、大臣的秘书、秘书的情妇、信使、信使的女儿……然而一切都是那么捉摸不定：大人物克拉姆始终只有一个影子；信使的身份则令人怀疑，到最后，甚至城堡的存在都成了问题，K为证明自己身份的所有努力都是徒劳，他只能以学校看门人的身份暂时在村子里居住，而就连这一身份也随时面临威胁……

"我是谁？"、"我为什么来到这个世界上？"这是一个人类追问了几千年的问题。哲学家就这个问题有各种各样的说法，但是这些说法不可能代替我们一劳永逸地回答这个问题，因为它与每一个偶在的个体具体的生存体验密切相关。在外在世界变化急剧，传统的价值观念不断受到冲击的当代社会，周围的人与事常常让人感到疏远而陌生，人们对自我的确认于是经常遇到危机。

卡夫卡在他的《城堡》中表达的，正是当代人的这么一种生存状况。他是以土地测量员的身份来到这个村子的，这一身份标明着他的使命，也标明着他存在的意义，是他在这里合法存在的唯一的依据。然而，没有人可以为他的这一身份作证。而且，我们发现，不仅K无法确证他的身份，小说中几乎所有的人的身份都难以确定。置身这样一个世界，怎能不让人感到不安与恐怖？

法国存在主义作家加缪在他著名的哲学随笔《西绪弗斯神话》中曾说："一个哪怕可以用极不像样的理由解释的世界也是人们感到熟悉的世界，然而，在这个骤然被剥夺了幻想和光明的世界里，人感到自己是一个局外人……这种人与生活之间的分离、演员与舞台的分离正是荒诞感。”对生存的荒诞感的深刻表达，使卡夫卡和存在主义联系在了一起。而且，比起萨特、加缪这些存在主义大师，他提前了整整一个时代。

三

梦幻和现实的融合，是卡夫卡最惯用的一种创作方法，也是卡夫卡最具个性的艺术风格。这种手法与艺术风格同样在《城堡》这部作品中呈现了出来。

就《城堡》这部小说的许多情节而言，具有很强的超现实性，有些地方近似荒诞。比如，城堡始终如同一片空洞虚无的幻影，明明矗立在那里，却无法接近；巴纳巴斯是克拉姆的信使，然而他又似乎从来没见过克拉姆，他总是带给K一些搁了好些日子、失去时效的信；K好不容易从信使巴纳巴斯那里得到克拉姆的一封与自己有关的信，信的内容却居然是赞赏K及其助手的测量工作，而他们的工作根本就没有开始；就是克拉姆本人，也是一个飘忽不定的人物，在村民心中，他有种种被想象出来的面目，却没有人确切地知道关于他的任何事情。这一切，使这部作品的读者仿佛经历着一场可怕的梦魇。

然而，整部小说的细节又是高度真实的。卡夫卡有着惊人的叙事才能，这使得《城堡》这部小说人物语言高度个性化，人物活动的场景十分具体，人物的动作、行为、表情十分生动。这种写小说的功夫，只有在一些现实主义大师如巴尔扎克、福楼拜等人那里才具备，许多现代主义小说家是不愿这样写作也不具备这样写作的功力的。在小说评论家的词汇中，有一个概念叫“佯谬”。这个概念几乎是专为卡夫卡而创造的，它的意思是情节的高度夸张与细节的高度真实之间一种奇妙的结合。

正是这种极度的夸张与极度的真实的鲜明对比，使卡夫卡的小说产生了一种别人无法企及的艺术效果。可以试想一下，明明是一个噩梦，却有着如同亲历的生活场景，人是具体的人，事件在沿着生活的逻辑发展，一个物件、一个动作、一个表情都真实得让你无法怀疑，你想从中逃出来都不可能，这样的噩梦将怎样地令人毛骨悚然，惊心动魄。

而这，正是卡夫卡小说的艺术魅力所在。

（此文发表于《晶报·读书周刊》2009年6月13日）

昆德拉的启示

一

在20世纪已经故去和仍然活着的诸多世界级外国文学大师中，米兰·昆德拉是距离我们很近的一个。他从一段跟我们极近似的历史中走出来，并像我们一样至今仍不得不时时反刍那段历史留给人的各种记忆。打开昆德拉的小说，我们会有一种“熟悉而又陌生”的奇异感觉：熟悉的是他在小说中展示的社会环境、历史事件以及在特定背景下产生的人物思想、情感与命运；陌生的是他观照人生、观照历史、观照现实的视角，是他在我们所熟悉的那些东西背后产生的深刻思想——这使得人们通过他的小说切入了存在深层，发现了自己生活的世界的新的意义。或许因为历史与现实的差异，我们没有产生卡夫卡、艾略特；但是在相似的历史与现实中，我们也没有产生昆德拉。中国当代文学面对昆德拉的成功，不得不沉思一个尴尬的问题：中国20世纪文学缺少的究竟是什么？如果说历史的悲剧对于文学恰恰是一种机遇的话，我们其实并不缺少这种悲剧。很可能我们缺少的是大师们那种直面悲剧的勇气与反思苦难时的洞察力。

走近昆德拉，我们的的确确能获得许多启示。

二

昆德拉当然首先是一个小说作家，但同时他还是一个出色的小说理论家。关于小说，昆德拉发表过一些相当独特而又深刻的见解。昆德拉在小说创作上的巨大成功，与他对欧洲小说历史与现实的清醒认识与深刻理解，与他自己明确的文学主张，有着直接的联系。

昆德拉认为，小说家不是历史学家，也不是政治学家，他应当是“存在的勘探者”。他明确反对小说创作上的“再现说”，认为既存的政治、历史、社会事件与小说所要表现的内容有很大差异。把这些事件“再现”到小说中，创造出的实际上是

“把非小说的知识译成小说语言的通俗读物”。显然，这种观念对一开始就主张“模仿说”的欧洲小说传统是一种反叛，更与我国长期以来在小说创作上遵循的基本原则背道而驰。然而这种看似偏颇的主张，却建立在昆德拉对人类历史与欧洲小说发展状况深刻反思的基础上，有其深刻的道理。

在昆德拉看来，历史学家眼中的历史、政客操纵下的政治，甚至包括作为真理而被高度抽象的哲学，都建立在对鲜活的个体存在忽视与遗忘的基础上。在这些领域里，“人的具体存在，他的‘生命世界’既没有价值，也没有趣味，它黯然失色，从一开始就被遗忘”，而小说则应当努力去发现和询问这些领域，从而免于“存在的被遗忘”。昆德拉通过他小说《玩笑》中的人物卢德维克说，“小说唯一存在的理由就是去发现唯有小说才能发现的东西”。在昆德拉看来，不是重大的历史事件对于小说家才有意义，也不是抽象的本质才有价值，“生活中每一件发生在我们身上的事情，它的背后都隐含着一个意思，具有某种意义”。生活正是通过日常发生的事情在向我们说明它自己，在一步步揭开一个个秘密。因此，普通人的普通生活是“一把打开真理和神秘之门的钥匙”。为此，昆德拉在他的小说中，把通过普通人的普通生活揭示人类真实的生存状态作为自己追求的目标。他为自己的小说寻找了两个进入普通人的世界的入口——政治与性爱。他认为政治作为公众生活，性爱作为隐私生活，它们的对立，基本上可以包容人的存在的基本事实或可能。

围绕政治与性爱这两个领域，昆德拉通过自己的小说进行的是一种关于人性的独特的实验。与一般小说家不同，昆德拉力图让读者看到他的人物不是某个活人的模拟，而是作家想象出来的人物，是作家的一种创造，是作家的一个实验性的自我。他明确宣布：“作者让读者相信他的主人公都是实有其人是毫无意义的。”在昆德拉看来，存在不是已经发生的既成之物，而是人存在于其间的一种可能的场所。因而小说家首先应该关注的不是作为事实而存在的已经发生的那个世界，而是一个可能的世界：在某种可变的历史环境中的人的存在的可能性——在这个世界里，那些对个人命运来说有决定意义，而对于构成历史的现实来说却全然不值一顾的，不断在遗忘中湮灭的大量细节应当被复活。为此，昆德拉常常径自让自己的声音与书中人物混杂，甚至将自己的构思和盘托出，直接告诉读者他如何虚构出他的主人公：为了证明“发生一次的事等于没有发生”这句格言，他创造了《生命中不能承受之轻》中的托马斯，而《不朽》中的主人公阿格拉斯，作者则明确宣布是一个女人的手势给了他灵感。

昆德拉认为，文学在表现可能性的时候，可以拒绝给出答案。人类渴望一个善与恶能够被清楚区分的世界，读者则总是希望在面对文学作品时能够做出明确的判断，把小说相对的和模糊的语言翻译成他们自己绝对肯定的、教条的话语。“他们要求，总得有某人是正确的：或者安娜是一个头脑狭隘的暴君的牺牲者，或者卡列宁是一个不道德的女人的牺牲者”。昆德拉认为这种阅读心态必须得到纠正。他说，小说应当是“个人发挥想象的乐园”，在这里，“没有人拥有真理，但人人有被理解的权利”。他指出，“小说的精神是复杂性的精神，每一部小说都对读者说，‘事情并不像你想象的那样简单’”。他认为文学思考与哲学思考的区别就在于，文学在本质上是一种“质疑性的、假定性的思考，它侧重于对这个世界提出质疑，而不是做出回答”。昆德拉试图以小说的这种复杂性与专制真理世界进行对抗。而且，他把属于个人想象的小说世界与专制的真理世界的对立不仅看成是政治或道德意义上的，同时也看作是本体论的——正如公众生活与私人生活的对立一样，它揭示出的是人的一种基本的生存状况。

三

叙述故事只是昆德拉表达自己思想的一种语言策略，昆德拉实际上是一个以其深刻的思想赢得世界性声誉的作家。有些时候，他甚至放弃叙事，直接站出来与读者对话，使得他的小说与传统意义上的小说在文体上表现出很大的差异。作家韩少功在翻译他的《生命中不能承受之轻》时说，昆德拉的文本“显然是一种很难分类的‘读物’”，它是“理论与文学的结合、杂谈与故事的结合”。因此，用传统小说的观念去理解昆德拉的作品是困难的。阅读昆德拉的时候，仅仅停留在他小说的故事层面上，本身就是一种误读。昆德拉最终的目的根本不是向我们讲述某个故事，借助于他的“读物”，他向我们传达的是他对“存在”的多层次、多角度的思考。

在经由昆德拉而普及的诸多词汇中，“媚俗”恐怕是被使用频率最高的一个。借助这个词汇，昆德拉表达了他对人的一种普遍生存困境的敏锐省察。1985 年，在“耶路撒冷文学奖”颁奖典礼上，昆德拉自己解释说，“媚俗（Kitsth）这个词源于上世纪的德国。它描述不择手段地去讨好大多数人的心态和做法。既然想要讨好，当然是确认大家喜欢听什么，然后再把自己放在这个既定的模式思潮之中。Kitsch 就是把这种有既定模式的愚昧，用美丽的语言和感情把它乔装打扮，甚至自己都会为这种平庸的思想和感情洒泪。”

在其《生命中不能承受之轻》这篇小说中，昆德拉通过弗兰兹这一人物，用另一种方式向我们更深刻地解释了什么是"媚俗"。生活在西方社会的大学教授弗兰兹不满足于生活的平庸，渴望"别处"真实的生活。因此他走出书斋，与众人在大街上游行，与群众一起齐呼革命口号。他甚至主动报名参加了由社会名流组成的向泰柬边境的"伟大的进军"，以"声援第三世界人民的革命斗争"。然而，我们发现，弗兰兹的一切行为都不过是一种表演，他的"喜欢非现实胜于现实"的思想只不过源出于一种潜在的表演欲望。弗兰兹始终觉得"我们需要有人望着我们"，他需要向萨宾娜，向别人、向公众，也向内心的另一个自己证明自己。他因为自己参与了公众活动，身在公众之中而心中感到踏实，仿佛自己真的参与并推动了整个人类社会的历史，并为此受到感动。然而，这一切都不过是人的一种自欺。作者写道，在那"伟大的进军"的行列中，被记者摄取的女明星对第三世界人民同情的眼泪实则是受到别人嘲弄而流出的；而弗兰兹则在这场"伟大的进军"中，死于他所要拯救的当地人的打劫。在这里，滑稽取代了庄严，无意义遮蔽了意义，重变成了轻。

在昆德拉的小说中，"媚俗"实际上有各种各样的表现方式：《生活在别处》中雅罗米尔的"抒情态度"是美学上的"媚俗"，《笑忘录》中米瑞克试图抹去自己年轻时的一段经历是个人面对自己过去的"媚俗"；歌德的情人贝蒂娜想借助于伟大的歌德而使自己"不朽"是面对未来的"媚俗"；宣传部门把克莱芒提斯的身影从照片上抹去，以显示历史的"纯洁"，则是政治上的"媚俗"。昆德拉说："媚俗的根源就在于与存在完全认同。而存在的基础是什么呢？是上帝、人类、斗争、爱情、男人、女人？由于意见不一，于是就有各种不同的媚俗：天主教的，新教的，犹太教的，共产主义的，法西斯主义的，民主主义的，女权主义的，欧洲的，美国的，民族的，国际的。"总之，"媚俗"是人类普遍存在的一个弱点，"无论我们如何鄙视它，媚俗都是人类境况的一个组成部分"。

政治上的"媚俗"是昆德拉揭露最多的一种方式。对政客们的"媚俗"行为的批判，成为他批判东方极权主义政治的一个突破口。他说，在政治领域，"媚俗"已经成为所有政客的美学理想。而"在媚俗作态的极权统治王国里，所有答案都是预先给定的，对任何问题都有效"，因此，任何独立的思想都必然要受到压制。他说："媚俗极权统治的真正死敌就是爱提问题的人。一个问题就像一把刀，会划破舞台上的景幕，让我们看到藏在后面的东西。"这种声音，在 20 世纪人类思想史上，是振聋发聩的。

能够体现昆德拉对历史与现实的深刻洞察力的,还有他对"抒情态度"的剖析。

在《生活在别处》这部小说的序言中,昆德拉明确指出:这部小说"是对我所称之为'抒情态度'的分析"。昆德拉认为,与"媚俗"一样,"抒情态度"是每一个人潜在的态势:它是人类生存的基本范畴之一。他说,诗人是千百年来人类就具有的抒情能力的化身。而在一个政治审讯,迫害,禁书和合法谋杀的时代,"当诗人为刽子手的谋杀伴唱时,青春的邪恶就构成了人类生命历程某一历史阶段的邪恶的一部分"。这样的时代往往"不仅是一个恐怖的时代,而且是一个抒情的时代",是"由刽子手和诗人联合统治的时代"。在这样的时代里,诗人不再代表诗的某种神圣价值,他代表的是欧洲诗歌的终结,一个怪诞的终结。

昆德拉对抒情态度的分析,对诗人的评价,但就一种观点而言,似乎太耸人听闻。但读了他的小说之后,人们不得不严肃地思考他的观点。

《生活在别处》这部小说叙述了一个抒情诗人雅罗米尔短暂的生命历程。雅罗米尔从小就在母亲的爱抚的目光下生活,后来他成了母亲生命的唯一的寄托。强大的母爱包裹了他,造就了他敏感的天性,懦弱的性格。随着年龄的增长,他尝试从专制的母爱中逃出。但在开始的时候,现实世界带给他的只有失败感。于是他从现实世界退缩了回去,为自己"构成了一个人工的、替代的诗歌世界"。在这个世界里,他成了宇宙的中心,"让他的诗绕着他运行,像行星绕着太阳一样"。作者告诉我们,作为一个诗人,雅罗米尔丰富的想象不是来自现实,而是由于他对世界的无知:因为不了解性爱而描写性爱,因为生命体验的微不足道而格外热衷地描写死亡、悲哀、无限。昆德拉认为这是青春的一个普遍特点。从雅罗米尔的经历中,作家揭示了"抒情态度"的一个基本特征:它是一个封闭的青春白日梦,是在现实中受到伤害、不得满足的渴望成熟的欲望。

对雅罗米尔而言,诗是他成长过程中由于自己的不成熟而在现实中一再碰壁的产物。然而,诗并没有使他获得成熟的感觉。于是,在小说的后半部,雅罗米尔抛开了诗歌,走向了他所理解的生活:革命。在家庭生活中受压抑的自尊、在与姑娘们的交往中不得满足的激情,在"革命"的精神氛围中终于得到了补偿与满足。"革命"给了他摆脱束缚、摆脱权威、确立自我的良好感觉。然而,在诗歌中无害于人的抒情态度在"革命"的背景下却暴露了它愚蠢和残酷的性质:在"革命"的名义下,他告发了自己的女朋友,使她进了班房。

显然,雅罗米尔急欲获得的成年的感觉中潜伏着不惜否定一切、破坏一切的原始力量,它是"抒情态度"的人类学根源。由于抒情态度那种难以捉摸的可变通性、不确定性，它不能通过自身来评价自己，它需要注目、轰动、赞美。“抒情诗的特征就是缺乏经验的特征”，“在抒情的领域里，任何表达都会立刻成为真理”。这种力量排斥理性，并可能在特定的条件下产生邪恶。

昆德拉揭示出的历史真相是令人吃惊的。他告诉我们，人在青春期对待生活世界的抒情态度与革命往往一脉相承。革命是历史的青春期，它同样要摆脱整个原来的世界，将之彻底埋葬，同样渴求赞美，绝对不能容许一点点杂质，因而它也往往受人类抒情态度的支配。人类历史上“由刽子手和诗人联合统治”的时代，就是“抒情态度”的直接产物。而这样的时代无疑是人类历史的灾难，因为在这样的时代里，“被人认为神圣不可侵犯的整个价值体系突然崩溃了。再没有什么是可靠的了。一切都变成问题、变得可疑，成为分析和怀疑的对象：进步和革命、青春、母亲，甚至人类，还有诗歌”。

昆德拉所称的诗人与刽子手统治的时代是有明确所指的，他指向一段使他自己刻骨铭心的民族历史。他不仅是那段历史的见证人，而且是那段历史的直接参与者。他曾感慨地说，捷克历史的特点就在于：“不是一般形式的一群人（一个阶级、一个民族）起来反对另一群人，而是所有人（整个一代）起来反抗自己的青春。”这样，对“抒情态度”的解剖就不仅仅是作家在泛泛地解剖人类，它实际上是作家在解剖自己民族的近代历史，同时也是在解剖自己的历史。从中我们不仅看到了昆德拉作为一个思想家的犀利目光，而且也看到了他作为一个思想家的勇气与真诚。

昆德拉通过他的作品对人的存在处境的剖析涉及了许多方面：关于遗忘、关于生命的重与轻、关于人类悲剧精神与喜剧精神的转换。读昆德拉的小说，到处可以遭遇一些惊世骇俗的思想，这些思想或使人茅塞顿开，或使人拍案叫绝，或使人掩卷长思。

四

20 世纪世界文学的一个重要特征是文学与哲学的结合：通过文学，作家表达的往往是自己对人类面对的一些生存困境的形而上思考。然而，如何在文学作品中表达这些形而上思考，却是一个相当棘手的难题：萨特由于过于理性化而使他的戏剧与小说成了哲学观念的图解；卡夫卡的感性化表述又使人觉得过于晦涩。也许，昆德拉在解决这个难题上向前迈出了一步，达到了一个新的境界。中国当代文学也曾呼唤过学者型的作家。其实，学者型作家这种表述相当含混：我们的作家真正缺少的，不是任何一种形式的学问，而是一种建立在深刻的人生体验基础上的理性反思能力；我们缺少的，也不是任何一套文艺理论知识，而是从自身存在角度对文学的深刻理解以及重新建构新的文学的创新精神。

很显然，解决这些问题，需要的不是外在的学问，而是作为一个思想者的“思”的深度与探索的勇气。

注：本文写作时除参阅国内翻译的几部昆德拉长篇小说及其《小说的艺术》一书外，还参考了《对话的灵光——米兰·昆德拉研究资料辑要》一书中收录的国内一些学者近几年来研究昆德拉的文章。文中未一一注出，特此说明并向作者致谢。

（本文发表于《牡丹》1999 年第 6 期）

奥尼尔、表现主义与现代人的生存困境

一

不知道谈起美国20世纪伟大的戏剧家尤金·奥尼尔,他自己国度里的人是否依然熟悉。我只知道在现在的中国,除专业治外国文学的学者与学生之外,大多数人都不会对他有什么印象。至少,其在大众中的知名度,比之那个也叫奥尼尔的NBA明星来,要差上不止十万八千里。

这可能不仅是戏剧家奥尼尔的悲哀,更是这个过于沉溺于浅俗的娱乐文化,逃避深度思考的时代的悲哀。

实际上,戏剧家奥尼尔是一个不该被我们这么快就忘记的人物。不仅美国人不应该忘记,中国人也不应该忘记。

对美国而言,他以自己的不懈努力,改造了19世纪末、20世纪初浅薄的美国通俗戏剧,使美国戏剧走上了严肃悲剧的创作道路,极大地提升了美国文化的品位,为美国文化在20世纪世界文化格局中最终超越欧洲,赢得世界性的声誉与尊重,做出了很大贡献。

对中国而言,20世纪前期与后期两次现代戏剧创作潮流,实际上都受到这位大洋彼岸的剧作家的深刻影响。特别是在他的直接影响下,产生了曹禺这样的现代戏剧大师,以及《雷雨》、《原野》这样的现代文学史上的不朽之作。

而从更深的层面讲,奥尼尔戏剧探讨的主题,实际上是超越种族与国界的,他对人性深刻的理解与深度的开掘,对人类命运深入的思考与悲悯的关怀,曾经深深地打动过整个世界。而他通过自己的戏剧所揭示的人类生存困境,今天的我们则依然要去面对。

二

19世纪末20世纪初,有着极为丰厚的古典传统的欧洲戏剧,进入了表现主义时期，出现了斯特林堡、托勒尔、恰佩克等一批大师级的人物，使得现代主义戏剧成为欧洲现代主义艺术的一个重镇。

而此时，新大陆美国的戏剧，则还处于十分幼稚与肤浅的通俗剧阶段。演员家庭出身的奥尼尔，正是在这种时候开始了他的戏剧创作生涯。

由于对美国戏剧的浅薄强烈不满，奥尼尔把自己学习的触角伸向了欧洲，从古典主义戏剧与现代主义戏剧中吸取着艺术的营养。经历了初期的生涩之后，到1920年代，奥尼尔先后推出了《琼斯皇帝》（1920年）、《毛猿》（1922年）、《上帝的儿女都有翅膀》（1924年）和《大神布朗》（1925年）等剧作。这些剧作不仅实现了与古希腊悲剧传统的对接——正如1936年诺贝尔文学奖评选委员会给他的颁奖辞所说的，“他剧作中所表现的力量、热忱与深挚的感情——完全符合悲剧的原始概念”；而且，具有强烈的表现主义色彩。发端于欧洲的表现主义戏剧，其重心因奥尼尔的出现而转移到了美国。后来的学者再谈论表现主义戏剧时，不仅无论如何无法避开奥尼尔这个名字，而且一致认为，奥尼尔已经把表现主义戏剧推上了一个新的高峰——甚至是一个在他之后再也没有人达到的高峰。

像许多现代主义流派一样，表现主义戏剧明显地受到以柏格森的直觉主义和弗洛伊德的精神分析理论为代表的新思潮的影响。在戏剧观念上，它不满于对外在事物的描绘，要求突破对人的外在言行的摹写而表现其“深藏在内部的灵魂”，放弃对人的具体的社会性与个性的表现而发掘带有原始性的“永恒本质”。表现主义剧作善于把人物置于近乎疯狂的状态中，对其潜意识进行开掘，并把它“戏剧化”地加以表现。为了达到这样的目的，剧作家除借用各种象征手法外，还往往大量运用内心独白、幻象和梦境的具象化等主观表现方式。在表现主义戏剧手法的运用与戏剧效果的营造方面，奥尼尔的《琼斯皇帝》可谓达到了极致。

三

《琼斯皇帝》描写的是一个岛上的黑人首领琼斯的悲剧。琼斯这个黑人部落的皇帝，虽然其身上流淌着黑非洲的原始血液，却曾经在外面的“文明世界”生活过，从白人那里学来了狡诈与残忍，对自己的臣民进行着残酷的统治与掠夺。最终，他的伎俩被群众识破，遭到群众的追杀，逃进森林。《琼斯皇帝》中间有六场戏，都是对逃亡过程中琼斯惊恐、扭曲和疯狂的心理世界的展现。

虽然奸诈的琼斯事先早给自己找好了退路，在森林里设立了路标，藏匿了水和食品。然而,在黑暗中,他还是迷了路。迷路的琼斯在恐惧与绝望中神经错乱,草木皆兵。于是,那曾经熟悉的大森林,对他来讲突然间变成一个危机四伏、鬼影幢幢的地狱;自然界任何一点风吹草动的声音,在逃亡的琼斯耳中,都变成了黑人们追杀的呐喊。

这部戏给人留下最深印象的,是对黑人追杀琼斯的鼓声的渲染。琼斯正是在黑人追杀自己的鼓声中陷入恐惧,迷失方向的。迷失方向后,他因紧张而心跳,心跳得越响,鼓声就仿佛越响;疲于奔命中,他越跑脚步越快,脚步越快,鼓声就似乎越急。此时出现在剧情中的鼓声,已经具有了现实的与心理的双重指涉。他的心是随鼓声跳动的,已经分不清到底是鼓声愈来愈响还是他的心跳愈来愈响;他的脚步是随鼓声的节奏迈动的,他不知道是鼓声控制了他的脚步,还是脚步引发了鼓声。鼓声与心跳的声音、脚步的声音融为一体。在大部分戏剧场景中,疯狂的琼斯就是随着疯狂的鼓声在不由自主地奔跑、舞蹈、声嘶力竭地哀号。外界的一切,实际上都变成了琼斯恐怖心理的表现符号。

除了鼓声之外,被作者调动的还有阴森的灯光、怪异的布景、原始部落那具有巫术力量的面具、歌声、咒语、舞蹈仪式。而这一切,都是为了表现琼斯的幻觉,揭示他紧张而扭曲的心理状态。

然而,你千万不要把奥尼尔的戏剧当成现在那种单纯追求感官刺激的恐怖小说或恐怖大片去看。实际上,奥尼尔借人的心理的极端状态,对人性进行着认真而严肃的探索。在《琼斯皇帝》里,琼斯被极度恐惧与非理性占领的过程,也是他摆脱现代文明给他带来的狡诈、心机,身上潜藏着的黑人文化记忆逐渐重现、原始人性逐渐回归的过程。

四

最能体现奥尼尔戏剧人性探索深度的,则是他的另一部代表作《毛猿》。戏剧主人公扬克是一艘大轮船的司炉工,他身强力壮,对自己充满自信。然而,当上流社会的阔小姐米尔德丽德面对他时,却被他的外貌吓得昏倒在地,大叫一声:“哎呀,这头肮脏的畜生!”

扬克的自信心与自尊心因这声大叫而受到莫大的伤害。他跑下轮船,走向都市,伺机对体面地生活着的人们进行报复。在大街上,他看到的是戴着冷漠面具,目不斜视,说话时“声调毫无抑扬顿挫,带着微笑”的人们。女士们全都涂脂抹粉,穿着讲究，男士们则都穿着礼服，戴着礼帽，手握“文明棍”。然而，这些表面光鲜的人们却没有人的温情，像是“令人眼花缭乱的提线木偶”，“在他们超然的、呆板的无意识行动中，有着几分科学怪人那种残忍的恐怖”。扬克发现，整个社会对他是一个如此巨大的异己存在，以致他不仅无法融入其中，而且甚至无法对它进行有效地报复：他的举动根本不能够让人们把他作为同类给予回应。在繁华的都市里，他成为一个极其孤独的幽灵，只好在动物园的大猩猩那里去寻求归属感，最后在大猩猩的拥抱中窒息而死。

这就是《毛猿》这部戏剧给我们叙述的故事。

在当代社会中，人不仅面对一个巨大的、作为异己力量而存在的商品的世界，而且僵硬、机械、冷漠的社会也已经成为另外一个巨大的异己存在。现代人每天以极其忙碌的方式生活在各式各样的人群当中，然而内心却充满孤独与寂寞，心灵处在无所归依的漂泊状态中。与他人沟通的努力，往往会成为沮丧而又绝望的四处碰壁。奥尼尔在《毛猿》这部戏剧中，揭示的正是人类的这种生存处境。

表现主义戏剧与19世纪现实主义戏剧的最大区别，在于其主题的“抽象性”。它们不拘泥于对现实中某一具体事件、具体现象的再现与批判，而是试图借一些夸张的剧情、离奇的情节，特别是深度的心理开掘，把观众的目光从具体的人物事件上引开，引发人们对人的本质、社会的本质等问题进行形而上的思考。正因为如此，表现主义的戏剧往往有着跨文化、跨时空的价值。像奥尼尔《毛猿》这样的戏剧，虽然产生在近一个世纪之前的美国，然而，在当代社会中生活着的我们，却时时会对剧情感同身受，与剧中的人物的体验以及作者的思考，发生强烈的共鸣。这至少说明，奥尼尔当年提出的问题，我们这个时代远没有很好地解决，甚至，从某种意义上来讲，情况还变得更为糟糕。

（此文发表于《晶报·读书周刊》2009年11月28日）

没有瓦格纳，尼采能成为尼采吗？

在读尼采著作时，有一个问题一直很困惑。在尼采的前期著作中，他同时代的音乐家瓦格纳几乎被作为一个神灵歌颂着。这时，瓦格纳是一个时代的叛逆者，一个现代颓废艺术的拯救者。然而，在尼采后期的著作中，同一个瓦格纳又成为一个“颓废者”，一条从腐败的世界里溜回来的“机灵的响尾蛇”。

这种前后如此不一致的评价是怎样得出来的？最近，读了丹尼尔·哈列维的《尼采传》，才算释去了心中很久以来的疑团：最初，瓦格纳只不过是尼采把理想的自己投射出去时制造的一个幻影。这个幻影是如此巨大，如此完美，以致当它在真实的瓦格纳面前破灭时，又转化成了一个浓重的阴影。为了与这个阴影作战，尼采又为自己制造了另外一个瓦格纳。

对于青年时代的尼采而言，给自己寻找一个偶像，是十分必要的，这将使他脱离芸芸众生，成为一个超凡的人物——和他的偶像一样超凡的人物。瓦格纳给他提供了这么一个机会。“他一直渴望去爱、去赞美、去听从，现在他终于遇见了一个配做他的老师的人，一个没有任何赞美和爱显得过分的人。他完全抛弃了自己，决心献身于这个孤独而富于灵感的人”。

当尼采把瓦格纳作为自己的偶像时，他完全是以自己理想的人格形象去设计他心目中的瓦格纳的。这个瓦格纳十全十美，他“实现了我们所有的希望：他是一个充实、伟大、高尚的灵魂，一个个性强烈、令人喜悦的人，值得所有人的爱”。

假如真能沉浸在这种爱与赞美的激情之中，对尼采来讲，应该是一件幸福的事情。然而，尼采毕竟过于敏感，他毕竟不是一个只会去爱、去赞美、去听从的人。当与瓦格纳有了进一步的接触之后，他忽然发现“这个在逆境中表现得如此出色的人似乎已失去了他原有的那种精神上的高度。他的欢乐中夹着一种庸俗的特征”。而且愈是接触得多，他的这种不好的感觉愈是明显，以致后来到了无法忍受的地步。

尼采对瓦格纳的不满，大致有这样一些原因：

其一，在瓦格纳面前，尼采感到一种不平等。尽管瓦格纳对尼采十分赏识，但这不过是一个大师对一个崇拜者的那种赏识，这种赏识是居高临下的，带有恩赐色彩的。更多的时候，尼采发现自己被忽视了。

其二，他发现，和所有的大师一样，瓦格纳心安理得地接受崇拜，而不喜欢不听从他的人。这个瓦格纳甚至要将自己的好恶强加于尼采。

其三，尼采痛苦地发现，瓦格纳不但不是一个孤独的战士，他甚至有很圆滑的一面，“和沙文主义者在一起时，他是一个沙文主义者；和理想主义者们在一起时，他又成了一个理想主义者”。尼采认为这种无原则地乞求喝彩的行为是尤其无法忍受的。

当尼采意识到这一切时，“那种美丽的、超自然的、宗教式的幻影一下子破灭了”。对于尼采，这过程是相当痛苦的，他首先产生了一种被欺骗与愚弄的感觉。“尼采绝望地意识到自己一直听凭自己被一个巨大的怪物所戏弄。他曾真诚地以他年轻人所特有的热情爱过，可是却受到了欺骗。他曾经把自己如此引以为自豪的心灵和思想奉献给了一个人，这个人却轻视嘲弄了这些神圣的礼物”。

尼采失去了一个偶像，却迎来了一个战斗的对象。在战斗中，尼采才真正成了尼采。

尼采与瓦格纳决裂后，甚至在瓦格纳去世后仍不断感觉到瓦格纳的存在。于是，当瓦格纳不再是一个圣人时，他便成了一个彻头彻尾的庸人；当瓦格纳不再是一个战士时，他便是一个无可救药的懦夫；当瓦格纳不再是一个艺术大师时，他便是一个艺术的败类。而与这样一个庸人、懦夫、艺术败类的作战，就成了尼采神圣的使命。尼采的后半生就是在这种神圣的使命感的激发下完成一部又一部哲学论著的。这一点，晚年的尼采似乎有所觉悟。他说，“正是他那异常强烈的刺激，我才得以走向精神的自由”，从这个意义上，他对瓦格纳“怀着一种永远感激的心情”。

在读《尼采传》时，脑海中反复出现的另外一些疑问是：一个人和另一个人的思想能完全重合吗？生命与生命能够完全重合吗？假如这一切并不可能，那么要求另外一个人完全按自己的方式去思想或生存，或者是要求自己完全按另外一个人的方式去思想或生存都是不现实的，都是注定要失败的。当一个普通人与大师相遇时是如此，当一个大师与另一个正在成长的大师相遇时更是如此。然而，渴望崇拜与服从，接受崇拜与要求服从似乎又是人的天性，于是便有了遭遇背叛而生的愤怒、苦恼与失落，便有了偶像破灭而生的失望、痛苦与偏激，才有了没完没了的相互指责与轻蔑。

其实，尼采离开瓦格纳实在是一种幸运，因为对思想史来讲，第二个瓦格纳是没有意义的，只有当尼采成为尼采时，他才具有价值。同样，海德格尔脱离胡塞尔，荣格脱离弗洛伊德，对于思想史来讲都是一种幸运。不过他们的分道扬镳一定要以老师开除学生或学生攻击老师的方式实现，则是发生在大师与大师之间的悲剧。

（此文发表于《东方艺术》1998 年第 5 期）

弗洛伊德:激进主义思潮的先驱?

今年3月23日,是奥地利精神病医生弗洛伊德去世七十周年纪念日。时隔七十年,身处完全不同时空中的我们还能够想起他,谈论他,是因为他提出的许多问题,我们不仅仍然无法绕开,而且仍然没有很好地解决。

用“精神病医生”这一职业身份作“弗洛伊德”这个名词的定语,许多人也许会感到别扭,因为在20世纪里,弗洛伊德已经作为与尼采、海德格尔,甚至与马克思齐名的思想大师写进了各种各样的教科书中,他的学说也已经成为20世纪人文思想的重要理论资源之一。

然而,弗洛伊德影响巨大的理论,的的确确是从精神病治疗的实践中产生的。从一个医生的角度,他发现,精神分裂症产生的主要原因是外在于人的伦理道德、社会规范对人的本性的压抑,这种压抑带有普遍性,因此,精神病的治疗不是一个简单的医学问题,它涉及如何调节文明与人性之间的矛盾与冲突。

《精神分析引论》是弗洛伊德除了《日常生活的精神分析》之外流传最广的一部著作,曾被译成17国文字。该书以1915至1917年在维也纳大学的课程讲稿付印成书,由于是讲稿,故而对刚学习精神分析理论或从未接触过的入门者,非常便于他们循序渐进,一窥精神分析理论的堂奥。这本书基本上完整地展示了弗洛伊德的理论体系,这个体系主要包括四个关键词:潜意识、人格、本能、情结。

弗洛伊德在本书中认为,意识实际上只是人的心理内容当中很表面、很微不足道的部分,在意识之下,有一个复杂、混乱、幽深的渊薮,弗洛伊德把它命名为潜意识。人格则被弗洛伊德分解为超我、自我、本我三个层面:超我是一张为适应外在的文明规范而形成的面具,本我直接受潜意识欲望的支配,自我就生成于本我与超我的夹缝当中,一方面,它要想办法满足来自潜意识的欲望,另一方面,它又要适应外在的文明规范。支配潜意识与本我的,是一种被称作“利比多”(libido)的生物性本能,实际上就是人的性欲。由于基于性本能的人的潜意识与本我是文明人无法面对的,因此会受到意识与超我的压抑,最终在潜意识中形成情结。弗洛伊德所说的情结中,最著名的是发生在男性身上的“俄狄浦斯情结”,它的另外两个名字是“恋母情结”与“弑父情结”。

弗洛伊德的理论在20世纪有三种不同的反响:

其一,是遭遇到一些人的激烈反对,有人甚至声称,弗洛伊德制造了20世纪最大的一个谎言。

其二,是受到热烈地追捧,追捧的人把他当成了性解放、反文化、反理性等激进主义思潮的先驱。

其三,是被修正与改造,形成了同样影响巨大的新弗洛伊德主义。

然而,无论反对他的人,还是追捧他的人,都立足于对他理论误读的基础之上;而修正与改造他理论的人,则用另外的东西置换了其理论中最为基础、最为核心的内容。对弗洛伊德来讲,恐怕这些都不是他所希望看到的结局。

首先,反对弗洛伊德的人,往往是基于道德上的判断,而不是学理上的判断,虽义愤填膺却很少拿出可以驳倒弗洛伊德的证据。问题的实质在于,他们无法接受弗洛伊德以生物性,特别是以性本能为出发点解释人性的理论思路,不愿意接受"人的意识完全受潜意识支配"这一结论。因为承认了这一点,作为西方近代以来人文主义思想支撑点的人性的乐观主义信仰,以及西方现代性得以展开的逻辑起点——理性的人,就通通被解构了。正是从颠覆西方长久以来的人性乐观主义观念这一角度讲,弗洛伊德的理论具有很强的反传统性,是一种颇为激进的理论。

然而,就弗洛伊德本人而言,他仅仅是一个精神病医生,或者说是一个科学家,他是从事实的角度而不是从道德伦理的角度立论的。这正如当达尔文做出人类的祖先是猴子这一结论时,并没有顾忌宣示这一结论,将影响到人类的尊严,或者因此而动摇基督教上帝造人这一信仰的根基一样。因此,要想真正驳倒弗洛伊德,需要以生物学、心理学等学科的专业知识为依托,单纯的道德的义愤解决不了问题。

把弗洛伊德的理论用作性解放、反文化、反理性等激进主义思潮的依据,同样有些一厢情愿。弗洛伊德的确是以性本能为出发点考察人的潜意识、人的人格以及人类文明形成的原因的。从这个角度讲,弗洛伊德是一个泛性论者,这甚至是弗洛伊德的理论与其他人的理论相区别的一个标志。另外,他的确认为,假若社会规范一味地压抑人的本能,意识一味地压抑人的潜意识,超我一味地压抑人的本我,那么不仅会在这个社会上制造更多的精神病患者,而且一般的人也会产生各种各样的心理问题,最终使人类彻底失去幸福感与心灵的和谐。这构成弗洛伊德理论中文明批判的主题。但是,弗洛伊德虽然是一个泛性论者,却绝对不是一个性解放理论的宣扬者;弗洛伊德是一个文明批判者,但他的文明批判则是理性的,折中的。

原因在于,作为一个科学家,弗洛伊德在看到了人的生物性,看到文明对人性的压抑而产生的问题的同时,也看到了人的本能、人的潜意识、人的本我的黑暗与盲目,看到了如果不对人的生物性欲望加以控制与规范,任凭以个体快乐为原则的本我扩张,那么人类社会的最基本的秩序将难以维持,最终受到损害的,将不仅是人类整体的利益,人类个体的利益同样难以保障,更谈不上精神层面的幸福感与个体心灵的和谐,因为失去了文明规范之后,“人与人面对是狼”。

弗洛伊德实际上是试图在人类的文明与盲目而又自私的人性之间寻找一个平衡点,在这个平衡点上,既能够保证人的生物性本能得到一定程度的满足,同时这种满足又不以对人类基本文明秩序的破坏为代价。艺术创作与艺术欣赏,正是作为这样一个平衡点,进入了弗洛伊德的视野。

因此,与激进的性解放主义者及反文化、反理性主义者相比,弗洛伊德的立场接近于保守。也正是因为这个原因,被称作“新弗洛伊德主义”的法兰克福学派的代表人物弗罗姆、马尔库塞等人对他的理论进行了修正与改造。这种改造的关键性步骤,是把在弗洛伊德那里黑暗、盲目、具有破坏性的“性欲”这一概念置换成了美好而具有建设性的“爱欲”这一概念。这样一来,文明对人性的压抑就完全失去了弗洛伊德意义上的合理性。在弗罗姆等人看来,人的精神问题的解决,不在于如何协调文明与人性,以使之相互适应,而是只能从文明自身寻找原因,只能调整文明以适应人性。既然建立在爱欲基础上的人性是美好的,那么任何对人性的压抑都不具有合理性,一个理想的社会必须建立在人性全面解放这一基础之上。这样一来,弗洛伊德的“生物决定论”变成了“文化病因说”,弗洛伊德的理性的、折中的文明批判变成了激进的、彻底的文明批判。

在 20 世纪 60 年代,整个西方都处在一种激进主义的文化氛围之中,因此新弗洛伊德主义的文明批判思想具有广泛的影响力,得到了许多人,尤其是青年学生的热烈响应。然而,到了 80 年代以后,这种思想则受到了质疑,质疑的声音甚至来自法兰克福学派内部。

人们怀疑,弗罗姆等人把人性过于理想化了,他们的文明批判因此虽然十分浪漫却流于肤浅,他们提出的解决问题的方案有把问题简单化的嫌疑。相反,弗洛伊德的基于人的生物性的人性理论,以及由此引出的文明批判,却因其承认了人性的缺陷,承认了文明与人性冲突的普遍性,承认了解决文明与人性之间冲突这一问题的复杂性,而显得更为理性、更为深刻,也更为有力。

实际上,从激进的立场上改造弗洛伊德理论的新弗洛伊德主义者对弗洛伊德理论的最大不满,还是其中基于生物性本能的人性与他们对人性的理解差距太大,而当他们用爱欲这一概念置换弗洛伊德的性欲这一概念时，不过是又回到了西方传统的人性乐观主义立场之上，这一立场，又恰恰与对弗洛伊德进行道德声讨的保守主义者一致。在这里，激进与保守之间发生了奇妙的转化。

其实，弗洛伊德的理论，又何尝不是如此呢？就颠覆西方的人性乐观主义这一传统而言，他是大胆的、激进的；然而，在文明批判的态度上，他的确又站在了谨慎的、保守的立场。

可见，所谓的激进与保守之间的对立，也并不是绝对的。

（此文发表于《晶报·读书周刊》2009年4月4日）

加缪及其“荒诞”哲学

一

每当提起法国当代作家与哲学家加缪，我脑海中便会浮现这样一幅画面：

在华中某城市人流如织的火车站出站口，一帮学文学的研究生在为一个学术会议接站，他们手中擎着一个巨大的牌子，上面用毛笔写的几个黑色大字“荒诞研讨会”引来周围人们无数惶惑与好奇的眼光。路人的关注不仅不让他们尴尬，反而使他们感到兴奋，因为他们确实有意识地要把这次接站，演绎为一次阐释加缪“荒诞”哲学的行为艺术。

这个事件发生在20世纪90年代初期。虽然在当时，一个全民经商的大潮已经汹涌而至，“文人下海”也即将登上那一年年末报刊上的流行词汇排行榜；即使谈学术，一些具有敏锐洞察力的学人，也已经开始谈论传统文化的继承与儒学的复兴，“西学”正承受着来自许多方面的指责。但是，对于当时刚开始读研究生的我们这些人而言，还从80年代的学长们那里多多少少继承了一些对学术的热情，尤其是对西方现代哲学与文学的热情。

我就是在这个时候，开始认真地阅读加缪的小说与哲学随笔的，而且，一度深深地为他的“荒诞”哲学所吸引。

许多年后的今天，大学校园已经物是人非。当年十分时髦、几乎人人皆知的“存在主义”之类的语汇，对现在的大学生而言，早已变成隐藏在教科书中的生僻的专业术语。而我自己，也已经由当年那个“真诚地相信虚无主义”的青年学子，变成了一个在当今的学术体制内，为一些十分现实的东西苦苦追求的大学教师。只有在所开设的“20世纪西方文论”课堂上，我每年还有一次机会去谈论当年心仪的哲学家加缪，谈论他的“荒诞”哲学，借此勾起许多年轻时的回忆与激情。

让我感到欣慰的是，即使到了今天，当我在课堂上讲起加缪的时候，仍然能够看到讲台下那一双双被吸引、甚至陶醉的目光。这目光使我相信，作为经典，加缪的“荒诞”哲学还是有它不可抗拒的魅力的。它所揭示的人类的生存困境，有其跨时空的普遍性;而他提供的克服这种困境的途径,同样不仅仅对他们那个时代的人具有启发意义。

二

尽管加缪本人一直否认他与存在主义哲学的关系,但是后来的研究者还是把他归在了存在主义哲学家里面。促使研究者这样做的理由有很多,其中一个便是:他与克尔凯郭尔、海德格尔、萨特等存在主义大师一样,也是从人的极端生存处境入手,开始他的哲学思考的。而且,与其他人比较起来,加缪更加极端,他哲学思考的入手问题是“自杀”。

加缪说:只有一个哲学问题是真正严肃的,那就是自杀。判断人生究竟是否值得活下去,这就等于答复了哲学的根本问题。

存在主义哲学与传统哲学的最大区别在于,他们思考的是人,是人存在的意义;而且,他们认为,哲学的根本问题不是一个知识论问题。对存在意义的发现,应当与每个人当下的生存体验紧密地联系在一起。

在存在主义哲学家看来,每个人都存在着,但并非每个人都会去追问生存的意义。一个不去追问生存意义的人的存在是盲目的存在。但是,当你试图去追问生命存在的意义时,首先感到的可能不是希望,而是绝望,因为你面对的是生命的空洞与无意义,是对生命存在的意义的否定。这种体验,在萨特那里被称为“虚无”,在加缪这里则被称为“荒诞”。而自杀,就是人们在意识到生命的无意义时可能采取的一种态度。

从这个意义上讲,一个想到自杀的人,恰恰是一个真正面对了生命存在的真实处境的人,他可能比一个在庸常的生活中有滋有味生活的人更加清醒,更加看清了生命的真相。

但是,据此认定加缪是一个提倡自杀的哲学家,就彻底地误解了他。实际上,加缪在他的哲学随笔中反复强调,一个人在面对人生的空洞与无意义状态时,选择自杀是一种懦弱的表现,是对生命尊严的亵渎,对生命责任的逃避。

意识到存在的荒诞性只是一个开端,超越这种荒诞处境才是加缪哲学的追求。

三

“荒诞”问题是加缪哲学的核心问题,他的整个哲学思考都围绕“荒诞”这一核心概念展开，因此，加缪的哲学也被人戏称为“荒诞”哲学。

关于“荒诞”，加缪在他的哲学随笔《西绪福斯神话》中曾经这样讲：

> 一个哪怕可以用极不像样的理由解释的世界也是人们感到熟悉的世界。然而，在这个骤然被剥夺了幻想和光明的世界里，人感到自己是一个局外人。这是一种无可救药的放逐，因为它剥夺了对失去故土的记忆和对福地乐土的希望。这种人与生活之间的分离、演员与舞台的分离，正是荒诞感。

显然，加缪这里讲的“荒诞感”，绝不是因日常生活中具体的祸福荣辱、离合得失而引起的。因此，加缪讨论的自杀，也不是普通人在失恋或破产之后的那种“形而下的自杀”，而是哲学意义上的自杀。

在加缪的哲学里，荒诞感是一种具有形而上的普遍性的生存体验。它可能是突然体验到的大自然与我们的疏离，也可能是“在面对人本身的非人性时产生的不适感”，同时还包括面对生命的有限性以及“伦理原则与价值观念失去根据与效力”时一种无可名状的不安与无助。

然而，在加缪那里，荒诞却并不完全是一个消极负面的词语。因为一个人与荒诞的遭遇，同时也意味着从生活惯常状态的麻木中突然觉醒，意味着从自己的生活背景中跳出来，反观自身生存状况的努力。因此，荒诞感的获得，恰恰是人获得生命意识的起点，也是追问与寻找生命意义的起点。

加缪不仅认为肉体的毁灭（自杀）是对荒诞的逃避，是不可取的。同时，他也认为，当面对生命意义的空洞与虚无时，逃向宗教，用一层虚幻的轻纱将生命的残酷遮挡住，同样是懦弱的表现，也是不可取的。他反复强调这样一种观点：荒诞是希望的反面，不提供虚幻的希望。正确的态度是勇敢地面对荒诞，承担荒诞。因此他说：“活着，就是让荒诞活着；让荒诞活着，首先就是去正视它。”

四

作为西方现代主义哲学的主要代表流派，存在主义哲学是一种虚无主义色彩很浓厚的哲学。在这一大前提下，相比较而言，法国的存在主义哲学应该算是较为积极与乐观的，这种积极与乐观精神在加缪身上表现得更为充分一些。

无论别人怎么看，就加缪自己的本意而言，他是把对人生的荒诞处境的承担，看作一种具有重大意义的反抗行为对待的。当然,这同样是一种形而上的反抗。

根据加缪“荒诞”哲学的逻辑,既然我们无法改变也不能逃避人生的荒诞处境,那么唯一的选择就是在荒诞的处境中生存。清醒地意识到生命的荒诞处境而又坚持在其中生存,就是直面荒诞,独立地承受荒诞,这需要人具有极大的生活的勇气。这种直面荒诞与敢于在荒诞中生存的勇气,在加缪看来正是人的伟大、人的尊严、人生的壮丽与崇高的最有力的证明。

于是,人凭借在荒诞中生存下去的耐心与勇气,战胜了荒诞,使生命具有了意义。

在加缪看来,接受上帝惩罚,终生不停地向山顶推动巨石的西绪福斯,便是一个实践着他的“荒诞”哲学的英雄:他以“对神的蔑视、对死亡的仇恨、对生命的热爱”,毫不犹豫地承担起了那注定是耗尽毕生精力而一无所成的苦役,他承受了自己的命运,也就战胜了自己的命运。

很显然,加缪看到的不是西绪福斯行为的结果,而是在这种行为中体现出的生命的激情。这种激情被他称为“量的伦理学”。对这种量的伦理学而言,“重要的不是生活得最好,而是生活得最多”。

除了西绪福斯这个神话英雄外,在他的小说中了,加缪还创造了另外一些属于普通人的“荒诞”英雄形象:《局外人》中的莫尔索、《鼠疫》中的医生里约与记者朗贝尔……这些人尽管职业、性格、命运各异,但有一个共同的特点:他们都是生活当中的小人物,承受着普通人生活中经常要承受的平庸、单调、无聊、枯燥,甚至是绝望。但是,他们并不因此而拒绝生活,连就要走向刑场的莫尔索也没有表现出绝望情绪,还在想着“重新过一种生活”。

加缪哲学的落脚点,其实并不高蹈。所谓“量的伦理学”,说穿了,是试图赋予庸常的生活以尊严,赋予在庸常生活中艰难地活着的无数小人物以尊严的哲学。比起尼采那样宣扬超人意志的哲学来,加缪的哲学显然具有更多的平民化倾向,可以给那些平平常常的生命提供精神上的慰藉。

也许,这正是加缪哲学最具魅力之处。

(此文发表于《晶报·读书周刊》2009年11月6日)

语言建造的迷宫

20 世纪法国有一个大师级的思想家叫罗兰·巴特,罗兰·巴特有一部可以称作代表作的书,叫 *Fragments d' un discours amoureux*,汉语学界把它译为《恋人絮语》。

然而,《恋人絮语》究竟是一本什么性质的书,它表达的内容到底是什么,不仅一般读者很难回答这些问题,就连研究罗兰·巴特的专家对此也常常莫衷一是,含糊其词。至于这本书的价值,不同人之间的看法更是分歧巨大:有人认为它是一部 20 世纪不可多得的经典之作,有人则认为,环绕在这本书上的经典的光环,不过是皇帝身上穿的那套新衣。

这是因为有太多相互矛盾、无法兼容的东西,集中体现在这本不算太厚的著作中。罗兰·巴特简直是用语言给后人制造了一个无法穿越的迷宫。

一

在学术界,罗兰·巴特先是以符号学家、结构主义哲学家闻名于世的,之后他转向了解构主义,成为这一在 20 世纪 60 年代以来对整个世界产生了极为重要影响的思想流派的代表人物之一。《恋人絮语》则被认为是巴特解构主义时期的代表作,是其解构主义思想的集中体现。20 世纪 80 年代末,本书第一次被译介到中国大陆时,译者似乎唯恐读者从非学术的角度去阅读与理解这一著作,于是给它加了一个十分学术化的副题《一个解构主义的文本》。即便如此,译者还是对读者的理解能力不太放心,于是在译本的前面又加了一篇很长的导读,导读中反复告诉读者,不可轻慢了这本书的思想价值,因为"整个文章以及贯穿这部文章的无序与无定向性是解构主义大师巴特向终极意义挑战的一种尝试","巴特是借否定性的语言的终极意义来否定神、权威和理性"……在十年后的一个新版本里,人们甚至发现,书名中没有了"恋人絮语"四个字,留下的只有中国译者自己添加的副题:《一个解构主义的文本》。

然而,《恋人絮语》又是一本在普通读者中知名度很高的畅销书。在西方,本书问世后便被译成多种文字，风靡欧美，不仅西方一些著名学术刊物竞相刊出关于这本书的研究专刊，而且它还能够成为各种大众媒体热议热评的话题，并被搬上舞台。一般读者似乎毫不在乎什么结构主义、解构主义这些深奥古怪的哲学名词，而是把这本书当成精彩的爱情心理分析来读，有些少男少女们更是把它当成了“恋爱秘籍”。美国著名的大众读物《花花公子》曾这样评价这本书的价值：“由于《恋人絮语》这样的书，爱的春天又将返回。”在中国，这本书则不仅多次再版，且每一版都有可观的印数。甚至连“恋人絮语”这个由本书的翻译而在汉语中产生的名词性短语，都有向固定词组或者是成语转化的倾向：近年来，至少有一部香港娱乐片与一个大陆通俗歌星的唱片，是以“恋人絮语”命名的，其在大众文化中的影响力由此可见一斑。

既是严肃的哲学著作，又是大众畅销书，这种几乎不可能的事情，在这本书上实现了。面对这种情形，英国20世纪著名文艺理论家特里·伊格尔顿半是调侃半是羡慕地说：“书店越来越辨不清哪儿是文学理论部分，哪儿是软色情书架，哪儿是罗兰· 巴特的后期著作，哪儿是杰基·柯林丝的最新小说。”

二

> 也说不上是悲还是喜，有时我真想让自己沉浸在什么里面。今天早晨（在乡村），天阴沉沉的，又透出几分暖意，我惆怅极了（却又说不上是什么原因）。脑海里掠过一丝轻生的念头，但又没有怨天尤人的意思（我并不想要挟什么人），完全是一个病态的怪念头，并不碍事（也“断”不了什么），只是与今天早上的情调（还有寂寥的氛围）挺合拍。

以上是《恋爱絮语》这本书正文部分第一章第一段。经常读文学作品的读者，一定会认为它是一篇独白体小说的一个很不错的开头，而小说的主人公，应当是郁达夫笔下那种多愁善感型的性格，接下来，会有一个悲伤的故事发生，而且应该是一个动人的“love story”。

然而，接着读下去你就会发现，这本书里没有故事，它是许多不相关场景的散乱叙述，许多不相连情节的无序堆砌，许多无厘头独白的自由组合，外加一些半真半假的关于爱情的只言片语的感悟。在阅读这本书的时候，任何想从中寻找故事的阅读期待都将迅速落空。

作者在题为《本书怎样构成》的引言中还特别强调，这本书不仅没有故事可读，它根本就是反故事的。如果说它是一个解构主义的文本的话，第一要解构的，就是一个完整而俗套的“love story”，因为这样的故事在巴特看来不过是屈从于社会舆论而编造出来的，“是恋人为达到与社会的调和而付出的贡品”。

不是小说，那么《恋人絮语》是一部散文作品吗？不少人倾向于这种观点。在法国文学中，由蒙田开创的散文传统到罗兰·巴特这里已经有几百年的历史，在欧洲文学史上享有崇高的声誉。然而，熟悉这条传统又读过《恋人絮语》这部书的人很容易判断出两者之间的差异。因此，如果你想把这本著作也称作“essay”（散文）的话，就需要对“essay”这一名词重新定义，因为《恋人絮语》这部书结构的无序以及行文的怪异远远超出了传统“essay”的“自由”所能容忍的范围。

当然，它与一般的学术论文在文体上更有天壤之别。表面看来，它好像是一个研究恋爱心理的学者搜集的恋爱中人的心理独白片断，虽稍加整理，略加分析，却仍然保留着原始材料的纷乱、芜杂与生动。如果真是这样的话，它似乎可以勉强称为“爱情心理研究资料”或“研究报告”，多少与学术沾点边。而实际上，它的大部分内容不是原始资料的记录，而是作者根据一些爱情小说情境与生活情境凭空进行的“创造”。而创造这些恋爱情境与恋人话语的时候，罗兰·巴特已经是一个62岁的老头子了。

面对这种情况，后来的研究者只好说：“这是一部无法用传统体裁定性的奇书”、“它没有理论话语的漫漫征途，却不乏深刻洞见。它没有小说文本的故事情节，却不乏一个个让人回味流连的爱情场景”、“他用一种开放的、流动的、无定向性的言语方式开始了他对爱情的胡言乱语”……

三

罗兰·巴特这个名字，无论在西方还是中国，最初都与前卫性理论联系在一起。特别是在20世纪80年代的中国，“方法论”热的时候，他是一个符号学家；形式主义流行的时候，他是一个结构主义者；后现代主义思想受到关注时，他又成了一个解构主义理论家。他的许多著作，就是在学界不断追逐新理论的过程中，被译介到国内的。像巴特的其他作品一样，《恋人絮语》在进入中国之后，经常有各种赞誉之辞萦绕在它的周围。有人说，罗兰·巴特的这部作品“让恋人重新成为一个恋人”，它把作者对意识形态的批判，“以恋人特有的非理性和不可读的方式，随意散落在作者似乎不在的意义系统中”。有人说，这部书“以解构主义的思辨方式，在此尝试了一种高度‘发散性’的行文，作者撷取出人类恋爱体验的五彩碎片，在思辨反光镜的折射下，结构出扑朔迷离的排列组合，不时给读者一种阅读的惊喜”。

然而，并不是所有的人都能够接受罗兰·巴特，特别是他的《恋人絮语》这样怪异的作品。更不是所有的人都欣赏他的这种写作风格。

在巴特的祖国，与他同时代的女作家杜拉斯谈到他时就这样讲：我同他本人有过友谊，但我始终不能欣赏他。我觉得他永远属于那种一成不变的教授思想方式。非常严谨，又有强烈的偏见。而《恋人絮语》这部作品，也不过再一次证明了巴特是一个“已经僵化，写作循规蹈矩的作家”。中国的女作家赵玫女士慕名购买了巴特的《恋人絮语》这部著作，放在案头，却经过多次尝试都始终无法真正读进去。开始，她觉得“有点对不住这个可怜的解构主义大师”，并为自己的“朽木不可雕”而自惭。到最后，她勇敢地说出了自己真实的阅读体验：本书所尝试的是一些最时髦的结构上扑朔迷离的排列组合，无非是在整体布局上玩一些花样。什么“解构主义的文本”？也无非是去解释一些关于恋人的词语和感觉，当然，还加上了他自己的一些认识理解和分析而已。然后便弄得玄玄乎乎，煞有介事，令人头疼。

对一部作品见仁见智是正常现象。不过评价如此倾向于两个极端，倒也颇为少见。

有意思的是，评价上的分歧并没有阻止罗兰·巴特的名字及其作品的传播。而且，二十多年后的今天，当后现代主义理论的喧嚣无论在西方还是在中国都已渐成历史，人们终于可以回过头去清点20世纪留下的文化遗产时，巴特作为20世纪思想学术大师的地位不仅没有被动摇，而且还更加巩固了。至于《恋人絮语》这部书，前几年，三联书店曾经举办过“二十年来对中国影响最大的100本好书”的推荐活动，范围涉及中外古今，学科涉及文史哲经法，它的名字赫然在列。

看来，具有极大争议的作品，未必就不能成为经典。反过来讲，即便是经典，也不一定适合所有人。关键是自己亲自尝试读一读，千万不要人云亦云。

（此文发表于《晶报·读书周刊》2009年3月29日）

并不好玩儿的后现代

法国学者让-弗朗索瓦·利奥塔尔有一本影响巨大的小册子，叫作《后现代社会》。此书还有一个副题：《关于知识的报告》。在书中，作者为我们描绘了一幅后现代社会的知识图景。

几千年来，支撑着人类不断地追求知识的内在动力至少有三种：为了穷尽自然（包括内在的自然与外在的自然）；为了丰富人类自身，增加人的内涵；为了借助知识去改造自然。

然而，利奥塔尔却认为，在后现代社会，这些目的通通不再存在。

比如，真理问题，作者讲，现代语境中的所谓“真理”颇值得怀疑，因为“真理的条件，即科学游戏的规则，是内在于这个游戏的”，“只要这些规则能让专家达成共识，它们就是好的，除此之外，没有任何其他的根据”。而所谓“正义”同“真理”一样，不过是现代主义叙事语境造成的幻觉，是“一种‘乌托邦’，一种希望，一种为了荣誉而以人的名义、理性的名义、创造性的名义或社会类别的名义提出来的抗议”。

作者讲，在后现代社会里，知识仅仅是“为了出售而被生产，为了在新的生产中增值而被消费：它在这两种情形中都是为了交换”。在这里，金钱操纵了科学活动的游戏规则，追求真理的崇高动机不存在了，甚至真理也不存在了，因为“如果没有金钱，就没有证据，没有对陈述的检验，就没有真理”，“金钱、效能和真理之间出现了一个方程式”，“最富的人最可能有理”。于是，科学变成了金钱的游戏。

后现代主义者本是为了自由解构真理这个权威的，但真理被解构后自由并没有到来，代替真理支配人的是金钱这个新的权威。这实在是一个讽刺。

在对后现代知识状况进行描述时，作者使用的是一种看似客观实则得意的语气。在作者看来，现代主义的价值观念与后现代主义价值观念的分歧，从根本上讲源于语境的差异，“当科学元话语明确求助于诸如精神辩证法、意义阐释学、理性主体或劳动主体的解放、财富的增长等某个大叙事时，我们便使用‘现代’一词指称这种依靠元话语使自身合法化的科学。”而后现代就是“对元叙事的怀疑”。

在后现代主义者看来，既然后现代社会的知识已经不再与真理和正义相关，那么作为知识的生产与传播基地的后现代社会的大学也就不再对社会的真理与正义承担责任。“自从知识不再以理念的实现或全人类的解放为自身目的,它的传递便不再属于学者和大学生特有的责任了”。

在考察知识状态时,作者为我们描述了一幅后现代社会大学的景观。

他说:到了后现代社会,“大学和高等教育从此需要培养的不是各种理想,而是各种能力:多少医生、多少某专业的教师、多少工程师、多少管理人员,等等。知识的传递似乎不再是为了培养在解放之路上引导民族的精英,而是为了向系统提供能够在体制所需要的语用学岗位上恰如其分地担任角色的游戏者”。

他说:“(在后现代状态下)过去的院系分裂为形形色色的研究所和基金会,大学丧失了自己的思辨合法化功能,被剥夺了研究的责任(它被思辨叙事扼杀了),仅满足于传播那些被认为可靠的知识,通过教学保障教师的复制而不是学者的复制。”

他说,后现代社会的大学需要向学生传授的不是知识的内容,“而是终端的使用,即一方面传递新的语言,另一方面传授怎样灵巧地操纵这种提问的语言游戏:向哪里提出问题,即哪个存储器与人们想知道的东西相关;如何提出问题才能避免错误等等”。因为“数据库将是明天的百科全书,它们超出了每个使用者的能力,它们是后现代人的自然”。

他还说:“(在后现代状态下)大学生不再是来自‘自由精英’的青年,他也不再或近或远地关心社会进步、人类解放的伟大任务。来源于新用户的社会需求将高等教育的功能逐渐分为两大类服务:复制‘职业知识分子’和‘技术知识分子’的大学服务。除了这两部分大学生之外,其他大部分在校青年是没有计算在求职统计表内的失业者。”

读罢该书,不免出一身冷汗。然而,看看身边正在发生的种种变化,又很难说作者的话全是呓语。

后现代,其实也并不那么好玩儿。

(此文为本人博客文章,作于2006年4月)

第三辑

2012年“诺奖”：为什么是莫言？

诺贝尔文学奖，曾经是一个让中国作家爱恨交加，也让关心中国文学的每一个普通读者爱恨交加的奖项。近十多年来，关于某某中国作家入围该奖提名的传闻一直没有停止过，当代知名作家几乎被“被提名”的传闻“涮”了一个遍。而每年的诺贝尔文学奖开奖之日，都必然会引起一场关于该奖是否公平，是否特别跟中国作家过不去，以及“诺贝尔文学奖离我们到底还有多远”、“中国作家为什么得不了诺贝尔文学奖”的大讨论。

年复一年地重复同一种从希望到失望的情绪挫折之后，对我们而言，中国作家获得诺贝尔文学奖，似乎已经成为一个遥不可及的梦想。

然而，今天，当这一世界知名度最高的文学大奖降临中国时，我们突然发现，它又离我们那样近，近得有些不可思议：获奖的不仅是我们十分熟悉的一个中国作家，而且这个作家出生在山东，他的主要作品，几乎都以山东农村为题材，甚至这一作家还有着山东大学兼职教授的身份。

在惊喜之余，我们不禁要问，今年的诺贝尔文学奖，为什么奖给莫言？获诺贝尔文学奖的中国籍作家第一人，为什么是莫言？

其实，在中国当代知名作家之中，莫言早就是一个特别有“国际缘”的作家。到今天为止，除诺贝尔文学奖之外，莫言已经获得过境外的许多文学大奖，其中有法国的“Laure Bataillin 外国文学奖”、“法兰西文化艺术骑士勋章”，意大利的“NONION 国际文学奖”，美国的“纽曼华语文学奖”，日本的“福冈亚洲文化大奖”，以及台湾地区的“联合文学奖”、香港地区的“世界华语长篇小说奖‘红楼梦奖’”。谈到莫言获得的国外奖项，恐怕还得提到1987年轰动全国的第38届西柏林国际电影节“金熊奖”，那个奖项颁给了中国电影《红高粱》，这部电影正是根据莫言的同名小说改编的。

相比之下，倒是在国内，尽管莫言一直是一个丰产的作家，在读者中有着很高的知名度，却与分量最重的长篇小说奖——“茅盾文学奖”多次失之交臂，以至于去年莫言以其近作《蛙》拿到该奖时，有不少圈内人戏言，这是“茅盾文学奖”在还一个欠了莫言多年的文债。

因此,就中国当代知名作家而言,最终是莫言首先拿到"诺贝尔文学奖"这一世界文学大奖,也就不能算太出人意料。

另一方面,莫言获奖,也与诺贝尔文学奖特定的评奖标准有关。

诺贝尔本人终生对文学抱有浓烈的兴趣,他非常推崇浪漫主义文学,故此,他在遗嘱中确定的诺贝尔文学奖的最基本的标准,除了"最优秀的作品"之外,还有"具有理想主义倾向"——中国作家协会设置的"茅盾文学奖",主要倡导的是现实主义文学精神,在这一点上它与诺贝尔文学奖是不同的。瑞典文学院常任秘书彼得·恩隆德在瑞典文学院会议厅宣读的颁奖辞说:"The Nobel Prize in Literature 2012 was awarded to Mo Yan 'who with hallucinatory realism merges folk tales, history and the contemporary.' "("2012 年诺贝尔文学奖授予莫言,'他将魔幻现实主义与民间故事、历史与当代社会融合在一起'。")瑞典文学院在奖项公布当天的一份新闻公报中说:"从历史和社会的视角,莫言用现实和梦幻的融合在作品中创造了一个令人联想的感观世界。"

显然,诺贝尔文学奖看中的是莫言极其丰富的想象力,他在十分现实的文学题材中植入的超现实的氛围,他用桀骜不驯的语言表现出的丰富、夸张而又细腻、生动的感觉世界,以及他那坚定的民间叙事视角与民间情感立场。这一切,不仅使莫言的作品风格符合当今世界文学的先锋性、民族寓言性等写作取向,而且与诺贝尔文学奖倡导的文学精神也颇多暗合之处。

另外,关于今年莫言的获奖,笔者同意北大张颐武教授的这样一种说法,"莫言获奖也是诺贝尔委员会的一个大战略,可以看出诺贝尔委员会是从全球格局和视角下考虑看待这个事情的","这次获奖可以视作是诺贝尔委员会对中国崛起的肯定,是对中华文明、中国成就的肯定"。

其时,多年来不但有当今中国知名作家与诺贝尔文学奖"擦肩而过"的传闻,更有鲁迅曾拒绝"诺奖"提名、老舍因去世而失去 1968 年"诺奖"的说法。这些传闻恐怕并非都没有一点根据。应该说,在"新文学"历史上,确实有一批作家的艺术水准达到了相当的高度,产生了世界性的影响,诺贝尔文学奖评委不会完全忽视这么一支文学力量的存在。而诺贝尔文学奖永远让一个既有悠久文化传统,又在当今世界格局中占重要地位的东方大国缺席,其作为国际文学大奖的代表性本身恐怕也会受到质疑。

(此文发表于山东大学[威海]新闻网《黄海评论》2012 年 10 月 12 日)

无奈的狂欢

王蒙散文的内在逻辑中,有着太多太多的圆周。他几乎无法让自己的思路沿着一个固定的方向走到底,而是往往在行走的过程中,突然给自己树起一面"此路不通"的牌子,然后回到起点,沿着另一条半径往前走 。如是,他向你展示了诸多的可能性(而且往往是相反的可能性),然而这诸多的可能性却都难以突破那潜在的封闭弧线。这种思想的旅行如此沉重,以致心灵要时刻准备着去陡然面对一个又一个无底深渊。

一个终身以写作为业的作家,思考最多的往往是写作本身。他常常把写作活动视作自己生命展开的必然方式。能够抱定这种信仰的作家是幸福的。王蒙也试图如此,他说:"我喜欢语言,也喜欢文学。在语言和文学中间,我如鱼得水。语言和文学是我的比人民币和美金更重要的财富,我要积累它们,更要使用经营——有时候是挥霍、浪费它们。"(《我为什么写作》)在这里,他几乎是绝对肯定了文学活动对于个体生命的意义。然而,沿着另一个方向走,他却看到了另外一种景观。他把作品比作树叶,写道:"太多的树叶会不会成为自己的负担呢?太多的树叶会不会使树干弯腰低头,不好意思,黯然神伤?太多的树叶会不会使大树突发奇想:我为什么要长这么多的树叶呢?它们过分地消耗了我的精力和思想。"(《落叶》)

借助于对文学的思考,王蒙得到了什么呢?他在希望文学成为生命的寄托时,却怀疑它其实只是生命的负重;他想让文学作品成为自己存在的证明,却看到了这证明的脆弱与不牢靠。这实在是一种来自生命底层的焦虑,一种追求个体生命的落实却无法躲避异化,希望实现心灵间的沟通却不得不面对隔膜,渴求永恒却难逃有限的焦虑。

意识只能发生在有限的、脆弱的主体身上,永恒与无限,只能属于无意识的客体。然而意识一旦产生,便要求着、思考着那仅仅属于客体的永恒与无限。这是生命的悖谬与荒诞,同时也是生命的悲壮与荣耀。在《〈红楼梦〉启示录》中,王蒙像品评一个实实在在的世界一般,品评着大观园中的是是非非,希望借助于生命的鲜活去抵抗那形而上的悖谬与荒诞。然而,最终是那形而上的圆周取得了胜利,他只是用一种新的荒谬取代了原来的荒谬——而且,既然人生所能做的不过是于无可选择中的选择，那么无论无限和永恒还是有限的悲壮与荣耀都通通地被消解掉了。

不是吗？生命的选择是如此之困难：超脱者，如大荒山无稽崖青梗峰下那块石头，不过回归亘古的沉寂与荒漠；清醒者，如得了灵性的宝玉，左右不了无常的命运，改变不了铁定的宿命，徒然面对落花飞鸿，黯然神伤；混世者，如宝玉的臭皮囊，过得倒也自自在在，欢欢乐乐，却无异于行尸走肉——在无可选择的选择中，人命中注定要选择缺憾。正因为如此，许多东西都难以获得一种真切的意义。对于宝黛的爱情而言，假若说其悲剧在于先验的宿命，在于木、石通了灵性，没有灵性，固然也就没有了要求着相爱相知的心，也就免去了杜鹃啼血、生离死别般的痛苦。然而，那自然地存在的一棵草、一块石，岂不更加可悲？假若说石头和草因了灵性才获得了智慧与自由，获得了思考无限的权利，那么这也仅仅是“以有限之身思无限之大，以有限之生命思无限之寂寥”，最终只能为之痛苦，而且，情对他们本身就是孽债。

就是这样，王蒙借他的独特的思考，揭示着一个又一个人生潜在的无意义的深渊，有时，他简直就像一只凌厉的飞鸟，潜身于深渊之中，发出阵阵唳叫。

然而，听起来，这唳叫不是哀哭，而是自由的欢叫——语言的狂欢！

关于“文学是什么”，王蒙写下了这样一段话：

> 文学是一种快乐，文学是一种疾病，文学是一种手段，文学是一种交际，文学是一种浪漫，文学是一种冒险；文学是休息，文学是上帝，文学是奴婢，文学是天使，文学是娼妓。文学是鲜艳的花朵，文学是剂不治病的药，文学是一锅稀粥。文学什么都是也什么都不是。（《我为什么写作》）

从逻辑上讲，事物的无限可能性只能导致事物规定性的取消，从而最终使主体面对虚无。然而，事物的质的规定性的消隐，却为语言的自由组合提供了无限的可能性。在这里，主体似乎可以借助于语言表达的无限可能性而超越自身的有限，实现精神的自由。

王蒙的散文，正是在借语言的狂欢，去反对虚无，消解虚无的。

关于烦恼，王蒙如是说：

> 生存就是烦恼。烦恼又是生存的敌人，生存的异化，生存的霉锈……对于绝无烦恼的世界与生存的渴望，恰恰成为深重的烦恼的根源……把烦恼当作

脸上的灰尘，衣上的污垢，染之不惊，随时洗拂……那被克服了的、被超越的烦恼，就成了一个话题，一点趣味，一些色彩，一片记忆了。（《烦恼》）

在这里，“烦恼”已不再指涉那样一种本真的生存状态，而是仅仅成了一个在作家的笔下自由跳动着的词语的精灵。而“烦恼是生存”，“烦恼是生存的异化（非生存）”，“追求无烦恼是人生最大的烦恼”，“不逃避烦恼就是超越烦恼”……类似的叙述，实际上通通是语言组成的圈套（游戏），通过这种游戏（圈套），“烦恼”这个词的所指消隐了，烦恼“成了一个话题，一点趣味，一些色彩，一片记忆了”。于是，主体的心灵似乎可以陶醉在语言的成功之中，升华到一种无烦恼的境界了。

然而，对于主体来讲，在这个地方却有两种可能做出的反应：

其一，真的落入这语言的圈套，于是心灵安宁了，然而存在的本真状态却被遮蔽了。

其二，识破了这语言的圈套，于是，语言的游戏只能是一种苦中作乐的无奈。

不幸而又庆幸的是，王蒙属于后者。

都说王蒙文风洒脱，但洒脱很可能只是表面的东西，或者是一种刻意的追求。真正洒脱的人，是不会那么专心而又费力地玩弄文学的。还有人说王蒙“智圆”（作家宗璞有一联赠王蒙，称“智圆行方”）。“智圆”倒是极恰切的描述，但这里的圆是一个思想的探索者在那条无法突破的封闭的弧线上冲撞时留下的点的集合，里面包裹着的，恰恰是一颗痛苦、无奈而又始终在躁动着的灵魂。

（此文发表于《东方艺术》1996 年第 1 期）

《废都》和《英儿》预示了什么？

回眸身后，中国文坛发生了两起引起全社会关注的事件：一是山西作家贾平凹的小说《废都》“大爆炸”；一是“朦胧诗”代表人物顾城的自杀及其遗作《英儿》的出版引起的轩然大波。

《废都》和《英儿》是两位作家用整个生命去创作出的两部作品，它是对这几年在文坛上热闹一时的“京油子”文学的一个有力反击，然而，这反击却具有一种浓烈的悲剧意味，它很可能是一个文学时代将要结束时的最后一声异样的呐喊。之后，一切都将归于沉寂……

两部书几乎都是自传性的，两部书里的主人公命运又都十分悲惨。他们具有极浓的象征意味，象征着中国文坛一部分作家，在社会转型期纷乱的价值取向面前，心灵承受着巨大的痛苦，人格发生了深刻的分裂，再也无法承担起文学使命这个重负，不得不在一次爆发之后，彻底地倒下去。

贾平凹笔下的西京文化圈，极富典型意义。在这个圈子里，可以谈女人、谈赌博、谈禅、谈道、谈神、谈鬼，独独无法谈文学、谈艺术。文化人有意无意地都在逃避着什么。他们所逃避的是价值，是意义，是信念，是理想，是文学艺术家必须面对的东西。庄之蝶之所以感到痛苦，就是因为他在给企业做广告、打无聊的笔墨官司以及与女人周旋的同时，还没有完全泯灭一个艺术家的良知。然而，他又无法抗拒名誉、地位、金钱、女人的诱惑，艺术家的良知与玩世不恭的生活行为发生了激烈的冲突。这种人格分裂对于庄之蝶是无方可医的。要他抛开一切外在的东西，回到自身，安安心心地再搞自己的文学创作，他办不到。而投入女人的怀抱，求得的只是暂时的安宁。暂时的安宁之后，是给自己招来更大的麻烦，使自己更加鄙视自己。因此，除了中风倒下之外，似乎无法再为这一人物设计更好的结局。

贾平凹比庄之蝶处境要好。他还能够写作，在庄之蝶倒下的同时，贾氏借写作赎回了自己，求得了心灵的宁静。然而完成了《废都》之后，贾平凹很可能已经不再是原来那样一个把文学视作生命的贾平凹了。他固然不可能像庄之蝶那样登一纸失去写作能力的声明而断了与文学的孽缘，但正如有人预测的那样，他会借庄、禅以自慰，写一些轻松愉快、飘逸洒脱的作品。往日的贾平凹已随庄之蝶而去。

贾平凹用写作赎回了自己，求得了心灵的宁静；顾城则用写作杀死了自己，实现了他作为一个真诚诗人的最后一次“真诚”。

对于顾城的死，有许许多多神秘的传说，给整个事件本身罩上了一层迷雾。然而，读着《英儿》，我自始至终感到顾城的死其实是明明白白的。他为一个女子而死，同时也为自己而死，为了自己那颗心，那颗付出去再也无法收回来的心。他本来是想要在人世纷乱的生活之外建立一个“桃花源”的。这是一个彻底涤除了物质的诱惑，彻底涤除了人性中欺骗、嫉妒等恶习的世外桃源。他知道自己力量的弱小，他无意吸收、感化所有的人到这里来，但是他认为至少他的妻子和情人会理解自己，和自己一起共享至诚至纯的幸福。然而，他后来发现，两个女人都开始对他倾注了全部心血的“桃花源”感到厌倦、鄙视。终于，英儿出于物质上的原因彻底背叛了他，跟一个外国老头“私奔”了。英儿的出走，导致了诗人的绝望。这绝望是双重的，对别人也对自己。他以为写作可以挽救自己，结果却扬撒了自己的灵魂。他是蘸着灵魂的汁液去写的，书写完了，自己已只剩下一具躯壳，再也无法站立起来……

从《废都》和《英儿》中，我们看到了一代作家信念的彻底崩溃。这崩溃，是震撼人心的。它预示了曾经苦苦地在精神世界追求过、探索过的一代人，在物质的压迫面前，已无法再去直面自己真实的心灵，无法再去承担文学艺术的崇高使命，于是，有人自戕，有人逃避了……

《废都》与《英儿》的红火，给我们文坛打上了一个大大的问号。这可能不是一个文学时代的回黄转绿，而是一个文学时代的回光返照。文学崇拜、作家崇拜，自此以后将成为一个遥不可追的梦。

（此文发表于《东方艺术》1994 年第 3 期）

卡夫卡与鲁迅:相遇在深层

卡夫卡与鲁迅，表面上看来是很难联系在一起的两个名字:一个西方,一个东方;一个颓废的犬儒主义者,一个忠实的现实主义者;一个被讥为懦夫，一个被誉为战士……然而,读着卡夫卡,我却时时想起鲁迅,而且发现在深层里他们之间实际上有着不少可以相通的感受与体验。外在的鲜明反差,使得这种深层的相通令人吃惊;而深层的相通,又使得他们表现出来的反差尤为发人深思。

一

我们都应该受到责难,因为我们都参与了这个犯罪行动。

——卡夫卡日记

有了四千年吃人履历的我,当初虽然不知道,现在明白,难见真的人。

——鲁迅《狂人日记》

对于世界的恶,人们可以采取三种态度:其一,游戏其中,最终与恶的世界融为一体;其二,自觉地与恶的世界划清界限,理直气壮地去指责别人;其三,在意识到世界的恶的同时,也意识到了自己不可能清白无辜,从而在抗拒恶的同时,进行深刻的自我解剖。

卡夫卡属于第三种人。浓重的“罪恶感”以及由此而产生的自责折磨了病弱、可怜而又生性善良的卡夫卡一生,使他常常痛不欲生。他说:“生活上要求于我的东西,我什么也没有带来。跟我与生俱来的是人类的普遍的弱点。”在长篇小说《诉讼》中,作者向我们讲述了一个荒诞的故事:主人公约瑟夫·K莫名其妙地被法院判罪,于是他开始了一场漫长而又艰难地证明自己无罪的辩护。然而,在这个过程中,主人公在充分目睹了社会的荒诞与邪恶之后,开始时的那种对自己清白无辜的自信愈来愈脆弱,激愤之情也慢慢归于平静,以致在法院最终执行死刑时,他十分坦然地引颈就戮。这样一场莫名其妙的诉讼唤醒了主人公约瑟夫·K意识深处的罪恶感，他最终明白，在国家法庭面前，他虽然可以自觉无罪，但面对永恒的正义，面对上帝，他却并不清白。卡夫卡不仅仅在他的作品中让他的主人公怀着罪恶感被杀，而且还常常让他们因此而自杀。这种死亡冲动是由作者对自己深深的失望而萌生的，是作者心理上无法排遣的罪恶感的曲折表达。不理解卡夫卡这种罪恶感以及由此而产生的忏悔意识，就无法理解卡夫卡这样一个"弱的天才"。卡夫卡思想的核心在此，他的深刻之处也在此。

在鲁迅的思想中，也存在一种自责意识，这种自责意识是伴随着鲁迅冷峻的自我解剖精神而产生的。的的确确像他曾经说的那样，鲁迅不但时时解剖着别人，更多的时候他也在解剖着自己。在一个车夫面前，他会突然感到对方"愈走愈大，须仰视才见"，甚而至于要榨出作为知识分子的"我的皮袍下面藏着的'小'来"。这种"小"，在鲁迅笔下是指向自身人性上的弱点的，它有时表现为一种不经意间文过饰非的虚伪，有时表现为心理深处的惰性，有时是一种本能的自私。鲁迅始终是一个行动着的战士，但是他又清醒地意识到即使特定历史条件下正义的仇恨与复仇，也并不具有终极的意义。在这个过程中，作为一个战士，不仅会牺牲生命，而且还要牺牲正常的人性，甚至不得不沾染邪恶。他称战斗着的自己"心里充满血腥的歌声：血和铁，火焰和毒，恢复和报仇"。"我的血不够了，我要喝血"，《过客》中那个不愿停下自己前行脚步的孤独战士说。

在《狂人日记》这篇小说中，鲁迅通过狂人之口宣告了自己惊世骇俗的发现：几千年的中国历史，其实只写了两个字：吃人。然而，小说震撼人心的地方实际上远不止于此。在小说的结尾处，鲁迅笔锋陡转，写下了这样一段文字："我未必无意之中，不吃了我妹子的几片肉，现在也轮到我自己……有了四千年吃人履历的我，当初虽然不知道，现在明白，难见真的人！"

在一个吃人的世界里，"被吃者"与"吃人者"的角色转换随时都在发生着，谁也不敢说自己绝对清白。这是一种多么令人触目惊心的事实。这事实不是令人失望，而是令人绝望。正是在这种绝望感的支配下，卡夫卡让自己作品中的主人公屡次替自己结果了负罪的生命。然而鲁迅没有，他执着地追问："没有吃过人的孩子，或者还有？"而且他大声疾呼："救救孩子！"

二

目标只有一个，道路却无一条，我们所谓路者，乃彷徨也。

——卡夫卡札记

绝望之为虚妄，正与希望相同。

——鲁迅《野草》

卡夫卡在西方思想史上，是一个典型的怀疑论者。在小说《城堡》中，卡夫卡通过主人公 K 梦魇一般的经历，形象地表达了自己深刻的怀疑论思想。城堡在小说中是一个人人都看得见，人人都在谈论，而且人人都受着它支配却没有人真正进入过的一个神秘去处。主人公 K 为了走进城堡使用了各种手段，付出了巨大努力，结果却归于徒劳。由于一贯的象征主义表达方式，人们确信卡夫卡在这里表现的对追寻目标的努力的怀疑，是穿透了对偶然的个人际遇与具体的历史而直指个体生命与人类历史的终极的。目标历来在那里矗立着，然而人类任何追寻目标的努力都是徒劳的，在这个过程中，行动与不行动没有质的差别：小说《诉讼》中在"法"的门前等待一生的农民固然没有接近目标一步；小说《城堡》中那个向着城堡前行的 K 最终也只是发现自己又站在了出发点上。一旦卷入，追寻目标的过程将是一个永无休止的过程，不但无休止，而且徒劳。"我知道，某处有这么一个地方，甚至能看到它，但是我不知道，究竟在哪里，也无法接近它。"这种孤独而又痛苦的人生体验，卡夫卡不断地述说着。它像一条毒蛇，纠缠着卡夫卡。

熟悉鲁迅的人都知道，这种孤独而又痛苦的人生体验同样像毒蛇一样纠缠过自觉地把自己摆在战士角色上的鲁迅。所不同的似乎是，在卡夫卡那里，是为无路通达目标而苦恼，在鲁迅那里，是为失去目标而苦恼。鲁迅说："地上本没有路，走的人多了也便成了路。"他确确实实一直在走着，但有时候这种走路又不过是另一种形式的彷徨而已，正如他给他的一个作品集定的名字。战士的彷徨必然是因为找不到行动的理由，失去了行动的目标。在一篇寓言式的文章《过客》中，鲁迅表达了失去行动目标的迷茫：

从我还能记得的时候起，我就这么走，要走到一个地方去，这地方就在前面。

但是，那是坟。

走完了坟之后呢？

那我可不知道，我没有走过。

鲁迅之没有目标，与卡夫卡之有目标而无通达目标之路，实际上不过是一种体验的两种表达而已。真正的不同在于，卡夫卡在虚无的压迫下痛苦地呻吟着，而鲁迅却勇敢地承担起了虚无。鲁迅虽然时时遭遇虚无之蛇的啮咬，然而他仍不愿放弃对于希望的希望。他说："希望，希望，用这希望的盾，抗拒那空虚中的暗夜的袭来。"他重复了匈牙利诗人裴多菲的一句痛苦的自慰："绝望之为虚妄，正与希望相同。"

第二次重复这句话时，他希望从中听到渺茫的希望的余音。

三

任何人都不应该以他的失望来恶化病人的处境，所以我的涂鸦应该销毁。

——《卡夫卡谈话录》

至于自己，却也并不愿将自以为苦的寂寞，再传染给也如我那年青时候似的正做着好梦的青年。

——鲁迅《呐喊·自序》

卡夫卡是为写作付出了巨大代价的作家。他曾热恋过一位姑娘，但为了保持独立，始终没有与她结婚。"女人是陷阱，埋伏在四周等男子入彀，从而把他们拖进纯粹的有限之中"，终生鳏居的卡夫卡如是说。

其实，为了追求文学事业，卡夫卡不仅仅牺牲掉了爱情生活，他实际上献出了自己的全部：健康、青春直至生命。卡夫卡只活了 41 岁，却给后人留下厚厚的九卷文集。活着的时候，卡夫卡始终是一个小公务员，一个业余作家。在他的九卷文集中，只有一卷在他生前公开发表过。

卡夫卡是在极其艰难的环境中拿生命做赌注追求文学写作事业的。著名的长篇小说《城堡》、《诉讼》及短篇小说《饥饿艺术家》等作品，都是他在患了肺结核病之后，咳着血写出来的。“疾病与绝望也丝毫改变不了我什么”，卡夫卡说。对于他，活着就必须写作，终止写作等于终止生命。

然而，令人不可思议的是，这位为了文学写作事业牺牲掉了自己的青春、爱情、健康乃至生命的作家，临终的遗言居然是毁掉遗稿，而且他生前曾多次表示过类似的愿望。文学家毁弃自己的文稿在文学史上并不乏其例，其中多是因为对自己作品艺术上的失望。而卡夫卡之毁稿，却有着更为深层的原因：希望借助写作而探索人生意义的他，最终面对的却是绝望与虚无的深渊。他自己饱尝了这面对绝望与虚无的痛苦，因而不愿让别人也来面对他曾面对的一切。“我不是光明，我只是在自己的苦恼中迷了路，我是个死胡同”，卡夫卡告诫人们。“如果一个人不能提供帮助，那就应该沉默，任何人都不应该以他的失望来恶化病人的处境，所以我的涂鸦应该销毁”，卡夫卡这样要求自己。

卡夫卡并非是为了当作家而走上写作之路的，写作活动不过是他生命深层律动的外化，他的作品其实就是他精神探索留下的轨迹。而毁稿的遗嘱，实际上是这位善良的作家以毁灭自己的方式送给这个世界的一个真诚、美好的祝福。

曾经像卡夫卡一样受到过绝望与虚无之蛇啮咬的鲁迅，也像卡夫卡一样，不愿意把自己的痛苦体验传达给别人。在极度的失望之中，鲁迅仍然渴求着希望的诞生。他的怀疑是双重的，他怀疑绝对的希望，也怀疑绝对的绝望：“说到希望，却是不能抹杀的。希望是在于将来，决不能以我之必无的证明，来折服了他之所谓可有。”

写作活动之于鲁迅，不仅仅是表达内心体验的一种手段，同时也是反抗绝望与虚无的战斗。为了战斗，为了激励战友，他甚至“不恤用曲笔，在《药》的瑜儿的坟上凭空添上一个花环，在《明天》里也不叙单四嫂子竟没有做到看见儿子的梦”。于是，在我们的视野中，便出现了两个鲁迅：在绝望的孤独中苦苦挣扎的怀疑论者鲁迅，以及赤膊上阵，左冲右突的鲁迅。前一个鲁迅写下了《野草》，后一个鲁迅写下了被称作匕首与投枪的战斗檄文。

鲁迅没有留下遗嘱要人毁掉他的文稿，然而在《野草》的题辞中，鲁迅写道：“为我自己，为友人与仇，人与兽，爱者与不爱者，我希望这野草的死亡与朽腐，火速到来……去罢，野草，连着我的题辞！”

卡夫卡与鲁迅在深层次上的相通的确令人吃惊。然而他们相互间的直接影响几乎是不可能的，鲁迅写作《野草》时，卡夫卡的遗稿还在整理出版的过程中。东、西方两位现代文学大师在思想上是不期而遇的，对人类命运的深切关注与真诚思考是他们能够在深层次上相遇的基础。

鲁迅的《野草》仍然摆在我们面前，卡夫卡的朋友也没有毁掉他的文稿，而是把它们全部结集出版了。今天，打开两位大师的著作，我们不得不再来面对他们曾面对过的一切：孤独与寂寞，失望与绝望。然而，在面对这一切时，我们千万不要忘记，两位大师是希望后人超越他们的，为此，他们不惜毁灭自己。

（此文发表于《东方艺术》1997 年第 2 期）

地方经验的承载者与阐释者

一

正如每个人都有自己独特的指纹一样，每一个地方都有自己独特的地方经验。地方经验生长在人们的心灵深处，是区域文化的密码，是个体精神的家园。正是由于地方经验的存在，过去与现在才串联成为富有意味的历史，一个个孤立的生命才黏结成为息息相关的乡亲。

然而，地方经验却并非是自明的，相反，正如当代作家于坚所说："它常常沉默着，很少解释世界，也不对世界解释什么。"地方经验的彰显，需要代言人。这个代言人不仅要生活在地方经验之中，是地方经验的承载者，对地方经验十分熟悉，而且还要具有明确的文化自觉意识与对地方经验进行反观的能力。更为重要的是，他需要具有生动形象、细致入微的言说地方经验的能力。

因此，地方经验代言人的角色，常常是由作家来承担的，特别是那些以自己生长的故乡为言说对象的作家。

陈全伦先生便是一个自觉地以地方经验的言说为使命的作家，他的言说对象是胶东半岛最东端一个历史文化积淀深厚、民风淳朴、又与作为中国文化主体的内陆文明有着很大差异的区域——登州府、威海卫。

这是一个陈全伦生于斯、长于斯的地方，他生命的大部分时间都在这里度过，他的文学作品——小说、散文、影视剧本——几乎从来没有离开过这个地区，这个地区的男男女女、山山水水、风土物产、历史掌故、时代风云、日常起居，构成他作品内容的主体。

正因为如此，对于那些同样生于斯、长于斯，深受这个地区文化与历史的熏染，亲历了这块土地上的许多变迁的老居民而言，陈全伦的作品能够激起他们许多熟悉而又温馨的记忆，使他们在迅速变动的世界上，在飞逝的时间中，进入一片精神的港湾，获得一种心灵的慰藉；对于在这个地方生长的年轻人与外来客而言，陈全伦的作品则使他们透过五光十色的当下，感受到了脚下土地的厚度、身边城市的历史跨度。这片地区,这片海域,因为陈全伦小说的存在,对他们具有了更加迷人的魅力。

从这个意义上讲,陈全伦以自己春蚕吐丝般的艺术创作,贡献了生养自己的这块土地,贡献了在这块土地上生活着的人们。

二

陈全伦先生是一个成功的当代作家。一个成功的作家,其文学价值与意义,其作品的影响力,其所贡献的人群,当然不会仅仅局限在一个城市、一个区域,即便他是主要以一个具体的城市或区域为言说对象的作家。

在创作体裁上,陈全伦涉猎十分广泛,有小说、影视剧本,也有散文、古体诗词。从艺术的角度评价,我更看重陈全伦的小说创作。陈全伦是从写短篇小说起家的,他的短篇小说也率先走向艺术上的成熟。这些小说包括写乡间匠人的系列小说"乡村三匠";写人与动物关系的系列小说《鸽子》、《雁鹅》、《虎猫》;以及同样写乡间小人物的《赶碾》、《冬贵》、《伊拉克战争》等。这些作品充分展现了陈全伦民间叙事的功力,以及对地方经验把握的精确、对人性表现的深刻。其中的两个系列短篇"乡村三匠"与动物系列小说,更是达到了很高的艺术水准。

与其长篇小说与影视剧创作相比,他的短篇小说不仅篇幅短小(动物系列小说甚至是不过千字的"小小说"),而且大多都没有大起大落的故事。"乡村三匠"把侧重点放在了人物形象的塑造上:《苫匠》塑造的是一个职业群像,一群形象颇为丑陋、行为有些粗俗刁钻,然而却热爱自己的职业、具有特定的职业操守、内心不失善良的社会底层人物。《纸匠》在写一个善良的民间匠人的同时,还塑造了一个有些异类的妓院老鸨形象:一方面她爱财如命,把手中的妓女看成摇钱树,不惜榨取她们的青春来满足自己对金钱的贪欲;另一方面,她却又肯为自己被恶少逼死的"女儿"大把花钱,把葬礼办成"婚礼",用这种形式向恶人表达抗议。《编匠》则成功地塑造了两个相依为命的苦命女人,写了她们在极端不公平的命运面前顽强求生的勇气,以及作为没有血缘关系的"母女",两人在艰难的生活中相互慰藉、相互为对方牺牲自己的真情。三篇动物系列小说则以人与动物的关系为叙事的支撑点,对人性进行了十分深刻的剖析与拷问。在小说中,一方面动物身上体现着通常在人性中才有的美好情感与灵性;另一方面,人性中又夹杂着贪婪、猥亵、忘恩负义等负面因素。人与动物,人性与动物性在这几篇小说中相互映衬,相互折射,既妙趣横生又富有哲理。

在陈全伦的这些小说中，作者塑造人物、讲述故事时，采用的完全是“平视”的角度。与那种高高在上，带着悲天悯人的态度写底层的视角相比，或者是那种从民粹主义立场出发，以仰视的态度在民间寻找完美理想的视角相比，这种平视的角度使陈全伦的小说显得更为平和，更为从容。你在陈全伦的这些小说中看到的不是大善大恶、大喜大悲、大起大落，而是一个善恶交织、悲喜混合、祸福相随的混沌世界。而正是这样一个世界，才体现着人性的丰富与饱满，生活的生动与多样，人生的具体与复杂。

读着这样的作品，我们很难说出该赞扬什么、谴责什么，该崇拜谁、憎恶谁，但是，我们却能够从中感受到小人物知错就改的直率、喜怒挂在脸上的纯朴，感受到那平凡生活与平凡人性中洋溢着的温情，以及底层民众特有的顽强生活的勇气，并时时被那些平常人物的所作所为而感动。对于小说，尤其是对于短篇小说而言，这是一种很高的艺术境界。

而且，没有大起大落的故事，并不意味着没有故事。把平淡的故事叙述得引人入胜，需要更高的叙事功力。我们发现，陈全伦的短篇小说，在讲故事上也并不逊色，特别是许多小说的结尾，情节发展往往很突兀，结构具有明显的开放性，给人一种意料之外的惊喜，一种意味深长的思考。

三

追寻陈全伦小说写作的轨迹，可以发现他是由短篇写作逐渐过渡到中长篇写作的。

对陈全伦而言，从主要写短篇到主要写中长篇，作品容量的扩展，绝不仅仅是人物的增加与故事复杂程度的增加。借助于中长篇小说在篇幅上的优势，陈全伦使自己的创作由写乡村为主逐渐过渡到兼容乡村与城市，同时也由现实题材逐渐扩展到历史题材，由日常生活层面逐渐深入到文化艺术生活层面与人的精神层面。

应该说，这是一个作家在生活阅历逐渐增加、人生感悟逐渐深刻、写作技巧逐渐成熟之后，一种很自然的选择，体现着作家越来越大的艺术抱负。

我们发现，越到后来，作者越是不满足于仅仅讲好一个故事，或者是仅仅写好一个性格，而是想用自己的小说象征性地记录一座城市、一个地区的历史，全方位地展现一个特定地区、一个特定时代历史与风俗、自然与文化的全貌。从《县城》

（一部介于短篇与中篇之间的小说）、《戏剧人生》（一部介于中篇与长篇之间的小说）、中篇系列“三部曲”（《磨坊》、《油坊》、《粉坊》），到《包子铺》（一部标准的长篇小说），不难看出，作者在城市历史、城市建筑、城市作坊、城市文化以及地方风俗、地方物产、地方传说乃至地方独特的自然地理环境等方面，下了很多调研、搜集、考证的功夫。这些功夫体现在作品中，便是作品的厚重感、历史感不断得到加强，地域文化的色彩也不断地变得浓重起来。这应当是陈全伦小说在进入新世纪之后的一个重要的变化，也是一个重要的艺术收获。

小说篇幅的增长，容量的增加，使得陈全伦的小说可以在更大的时间跨度内、更为广阔的历史舞台上，展现更为复杂的人生。

《戏剧人生》是进入新世纪之后陈全伦十分重要的一部作品。这部作品从威海卫城区写到周边的清水观村，从日本人占领威海卫写到这座城市的解放，涉及大量与威海卫有关的历史掌故，也写到了很多威海卫周边的山脉水流、风土人情。更为重要的是，作者在写威海卫这座城市的同时，写了一个由威海卫这座近代史上具有强烈殖民色彩的城市滋养出的一个独特的女性——十三枝。小说的时间跨度几乎贯穿了十三枝这一人物具有悲剧色彩的一生。可以说，艺妓十三枝是威海卫这座曾经的殖民城市生长出的一朵奇葩，她的命运也与这座城市的命运紧紧地融为了一体：从成名到受辱，从沉沦到新生，十三枝的命运成为威海卫这座城市命运的象征，同时这座城市也是十三枝这一人物生命的见证。在这种人与城市融为一体的叙事结构里，显示出的是作者越来越大的艺术雄心，以及越来越高的艺术追求。

而相对于威海卫，作者显然更熟悉文登城。在他的作品中，涉及文登历史，以文登这座城市为背景的小说更多，写得也更为自然，更为从容，人物形象也显得更为饱满。正是因为这个原因，陈全伦被称为文登历史的记录者，他这方面的创作成就也得到了评论家们广泛的肯定。

然而，在我看来，一个作家，当他把一个地域的地方经验作为自己表达的对象时，他不仅是地方经验的承载者，同时也是地方经验的阐释者与创造者。一方面，文登这个地方的人文历史、风土人情、人生百态，借助于陈全伦的言说，借助他作品中的人物、故事得以彰显；另一方面，作为艺术创作，陈全伦对地方经验的言说又是不可重复、不可替代的，它渗透着作家深刻的观察与思考，渗透着作家独特的人生体验与感悟，这种言说因此而成为对地方经验的重新阐释，并在这种阐释中为其注入了新的内容。

从这个意义上讲，当我们随着作家进入历史时，我们进入的是作家为我们创造的历史，这种历史是过去与当下的叠加，同时也是艺术与现实的叠加、个人经验与集体经验的叠加。我们通过作家看到了丰富的地方经验，也通过地方经验看到了作家那丰富的内心世界。

（此文发表于《时代文学》2014 年 11 月号）

从地宝圈式悖论看陈丽萍小说《宝地》的历史价值

关于女作家陈丽萍最新出版的小说《宝地》,你可以说其中有着浓厚的理想主义色彩,它所构筑的那个地宝圈作为一个当代中国的“化外之地”太过乌托邦,而它所书写的城市又太过复杂、太过血腥,其间包含了作者太多情感化、立场化的内容。而作者以其洋洋洒洒的叙事行为,试图完成的说服任务,注定是极其艰难的,因为她所面对的大多数读者,对她所表达的那种理想、那种情感、那种立场已经感到十分陌生,甚至根本就是抵触的。从这个角度讲,《宝地》传达出了一种知其不可为而为之的悲壮。

你也可以从另外一个角度说,在《宝地》中作者借她的叙事建构起的由温情内敛的地宝圈与它身边极具侵略性的城市组成的那种极具张力的艺术空间,具有很强的隐喻性。作者其实不仅在表达一种理想、情感与价值立场,而且还表达出了对于以地宝圈为代表的整个中国乡村文明以及由这种文明衍生出的乡村生活方式的前途与命运的担忧。正是这种担忧,促使作者在作品中展开了对其出路的执着探索,这种深刻而具有现实依据的担忧与探索,都在表明着作品的及物性,表明了作者思考的深度以及这种思考的当代价值。

在《宝地》这部小说中,地宝圈与它身边的那个城市的对立,似乎表现得十分明显:

地宝圈所代表的社会及其价值取向,由这样一些关键词组成:耕读传家的田园情趣、共同富裕的小康生活、建立在血缘关系之上的人际关系、靠领袖人物的人格魅力实现的管理方式(或曰统治形式);附着于其上的具有明显价值色彩的词汇是人与自然的和谐、诗意、温情、安逸、睿智、道义担当、临危受命、众志成城……而城市在小说中则代表了另外一种社会形态及价值取向:灯红酒绿的花花世界、贫富悬殊的社会现实、建立在金钱之上的人际关系、靠心计与暴力维持的社会结构;附着于其上的则是人的孤独感、价值空虚、赤裸裸的欲望、虚伪、阴谋、背叛、仇杀……

这种价值判断十分鲜明的城乡对立,从中国现代文学的乡土书写开始,就是一种不断被重复的叙事模式,假若仅仅如此,《宝地》这部作品可能会被减去很多的分量。而实际上,《宝地》一书对于这种城乡二元模式的书写是有突破的,这不仅表现在作者在作品中塑造了到城市打拼且取得成功的陈拴地这样一个村首接班人形象,同时还表现在小说设置了陈文地进行改革,试图使地宝圈适应新时代,融入新时代的情节。显然,小说作者已经意识到了现代城市文明对乡村文明的诱惑力是不可抗拒的,在这种诱惑面前,乡村文明必须有所改变,甚至是吸纳城市文明中的现代性因素,才能够求得生存。这使得本书关于城乡二元模式的书写,具有了自己的深度。

但我认为,作品表现出的深度并不到此为止。在作者所虚构的那个"化外之地"地宝圈里,我们看到的并不完全是平静、和谐与诗意,而是一直深藏着种种巨大的危机。认真分析起来,这种危机,可能超出了小说中智者村首陈文地的想象,也超出了作者的想象。特别是,这些危机几乎是没有办法在作者设定的"传统与现代"、"乡村文明与城市文明"这样的二元价值结构中加以选择就可以解决的,因此它们是悖论性的,一种"地宝圈式的悖论":

在作品中,陈文地被刻画成一个几乎无所不知、无所不能,道德高尚、思想超前的神人。在神人的背后,还有一个更神的陈老太爷。他们是地宝圈的灵魂,是地宝圈人的精神靠山。人们自觉地维护他们的形象与权威,对他们的智慧与能力佩服得五体投地。然而,透过作品的叙事我们也感受到了在这种英雄崇拜的氛围中,许多人心中的那种压抑感。这种压抑感不仅来自于年轻的一代,而且来自于中间一代,如陈景地、陈开地和陈复地。作者极力要说服他小说中的人物,也说服读者和自己,这种压抑感以及一些人内心中对权威的怀疑与挑战权威的隐秘冲动,会成为一种危及地宝圈和谐的十分危险的力量,因而必须把它们消灭在萌芽的状态。她让小说中几乎所有有此想法的人都为此深深自责,深深忏悔,甚至吃尽苦头,但这种因村首威望过高、权力过大而产生的压抑感,以及由此产生的怀疑与挑战的冲动,许多年来依然像幽灵一样在地宝圈上空飘荡,挥之不去。它甚至发生在村首最亲近的兄弟陈景渊身上。这不能不让人感到,这种不祥之气,或不稳定感,很可能是害怕十分开明的威权政治必然带来的衍生物。

在地宝圈,威权人物统治的合法性,不仅来源于他的道德、智慧以及血统,还来源于他掌握着太多不为一般的团体成员所掌握的有关自然、家族历史甚至是财富的秘密。领袖人物的神秘性以及小说中那种浓厚的神秘氛围,都与这种秘密的隐约存在而又不为大多数群体成员所知有关。而在地宝圈内部,对只有村首才掌握的秘密的窥视与窃取的冲动,构成另外一种十分不祥、极具挑战性、破坏性的力量。

陈复地、陈泽地一家与村首之间延续了两代人的深刻矛盾，就是由此而引起的。也正是它的发展，几乎从内部将地宝圈彻底摧毁。而这种领袖人物的神秘性，权力动作的不透明性，也同样恰恰是害怕十分开明的威权政治必然带来的另一种衍生物。它给威权政治带来的威胁，似乎也不是由现代城市文明诱发的，因而也就不可能在乡村与城市这样的二元对立结构中求得解决。

隐藏在小说叙事情节中十分显眼的悖论还包括：在道义与现代资本逻辑的较量中，地宝圈作为道义力量的代表，在它打败庄启运的关键一役中，竟然利用的是操纵股市这种最具有现代资本动作色彩的手段；另外，小说中还写道，陈文地实际上早就在暗中建构起了一个包括矿业、海远业等在内的庞大商业帝国——这个商业帝国及其所积聚的财富，实际上也是只有村首才掌握的诸多秘密的重要组成部分。且不说这个暗藏的商业帝国在形成过程中有没有资本原始积累的罪恶，但是它的存在本身，就是地宝圈一个巨大的不稳定因素。在小说中，两代村首之间曾经讨论过这样巨量的财富被村首隐藏起来，可能会带来被私吞的危险，而作品提供的那种以人格做担保的解释路径，很难令人信服。

另外，我们发现，作为现代城市中邪恶力量代表的庄启运——正是此君作为地宝圈的对立力量，打破了地宝圈的平静，坚决要把地宝圈纳入到现代资本逻辑中——则在自己公司内部，实行着另外一种形式的威权统治——一种靠暴力与欺骗，而不是像地宝圈村首那样靠温情与诚信进行的威权统治。而且，他的助手与部下，直接把他称为皇帝，真心地对他崇拜与服从。这使人相信，庄启运与陈文地的对立，在另一种意义上可能也是中国传统的暴君与明君的对立，而假若这样理解的话，就会在很大程度上解构对《宝地》进行城乡文明二元对立这一解读的努力。同时，它也就揭示出了另外一种我们不得不面对的真实。

相对于作品表面的叙事逻辑以及作品中那些理想性、情感性、立场性的表达，在读《宝地》这本书时，我更关注，也更看重上面所列举的那些几乎无处不在的悖论。这些悖论有些看来像是作者有意植入的，然而，更多的悖论则是作者在叙事中不经意间带进文本的。它们散布在作者精心组织的情节之中，虽然细碎，却由于其潜在的对作品主体叙事逻辑所具有的那种偏离与质疑，而具有更强的意义生发功能。这些赫然存在的“地宝圈式的悖论”，其实比作品中理想化、情感化、立场化的表达更具深度，更有力度，更能体现作品的价值。无论在时间上，还是在空间上，它们都具有极强的穿透力，可以把许多严肃而又棘手的问题带到我们面前来。也正是它们的存在，表明了现实的复杂性，表明了一部文学作品可能具有的意义的丰富性。而这，正是《宝地》这部以当下社会为书写对象的小说的历史价值所在。

（此文为2014年4月17日在济南召开的威海女作家陈丽萍女士小说作品研讨会上的发言稿，后发表于《山东作家》2014年夏季卷）

一部有深度有信念的作品

尽管《审计风暴》这部小说被冠以“政治小说”、“官场小说”、“反腐小说”等名头，而且书中也不乏此类小说常见的官场斗争、商人投机、清官救世的情节，但真正吸引我的，却是故事中那些身处权力结构底层、社会生活边缘、现代都市阴影中的“小人物”：郁郁不得志却满怀责任感的审计员谢文清；在遭受乡村生活的贫穷的同时，还要被城市商人的贪婪所愚弄，却仍然不失对生活的希望的鸡屎村的乡民；被金钱与男人的兽欲摧残后，仍然顽强求生、仍然葆有善良天性的风尘女子小董子、白艾琳……作者在他们身上，似乎寄寓了远比那些大人物更多的喜爱与同情，因而使他们的形象在作品中远比那些大人物显得饱满、生动。即使是作为“反面人物”出现的暴发户门玉冰及他从发廊招来的“六姨太”小六子，也能够被作者写得有血有肉，给人留下十分鲜明而又丰富的印象。

相反，与许许多多“草根人物”比较起来，那些高高在上的省长、市长们，无论作为正面人物还是反面人物出现，都似乎仅仅是一些符号，在小说中只是承担着推动情节发展的功能。显然，作者并没有把上层的生活作为小说的中心，并没有刻意去编造一些权力斗争、财富争夺、情色交易的“秘闻”，而是老老实实地写了自己熟悉的人、熟悉的生活。与一般的“政治小说”、“官场小说”、“反腐小说”比较起来，这部小说少了许多豪门大户的恩怨与灯红酒绿的场景，也没有那些肉欲色情的渲染。对小人物的命运、普通人的情感的热切关注，加上一些真实生动的乡村生活、民风民俗，使这部小说溢出了通俗小说的范畴，成为一部有人性深度与生活厚度的“严肃文学”作品。

可以感受到，在塑造林林总总的人物、描写纷繁复杂的社会现象时，作者选取了底层视角。他关注的重心在底层，他同情的对象是底层人，他褒贬善恶、判断是非的价值标准，同样来自底层。渗透在字里行间的底层视角，使这部作品一下子拉近了与千千万万普通读者的感情距离。

然而，史怀宝并没有因为采用底层视角，而使作品停留在展示人生的灰暗、抱怨命运的不公、宣泄对社会不满的层面上。这是《审计风暴》这部作品另外一个值得称道的地方。

的确，在小说的前半部里，作者把年轻的主人公谢文清怀才不遇的故事演绎得可谓淋漓尽致；同时，作者也毫不掩饰地写了权贵一手遮天，机关人事倾轧，“官少”、“富少”庸俗无能却在仕途上、商场中占尽先机的情节。我们从中感受到一种出身平民、没有背景、靠个人努力在社会上苦苦拼搏的人才能体会到的那种愤懑不平、痛苦压抑之情。正是这一切，使这部作品具有了很强烈的现实批判色彩。然而，整部作品给人的基调却并非是一味地怨天尤人、愤世嫉俗、悲观消沉。相反，读者在作品中时时能够感受到一种在逆境里昂扬向上、积极进取的精神。读小说《审计风暴》，你会感到一种邪不压正、善恶分明的正气洋溢于字里行间，你会被主人公谢文清秉持的那种执着坚韧、绝不轻言放弃的人生信念所感动，为谢文清、陈大河、文卉燕、仝莉莉等普普通通的审计人员那种“位卑未敢忘忧国”的胸襟所感动。而渗透在作品故事情节与人物命运中的那种悲天悯人的情怀，加上作者以浪漫的诗人气质不时在作品中营造的抒情氛围，更使这部“问题”小说时时闪现出理想主义的光芒。

当然，这部小说，离艺术上成熟的境界还有一段距离，有些时候人物语言还显得不够灵动，有些人物性格还有明显的概念化的痕迹。但是，生活内容的充实与面对文学、面对读者时的那份真诚，在很大程度上弥补了上面的那些艺术上的不足。相信只要史怀宝不脱离生活，随着艺术上的日臻成熟，他必将在艺术的道路上走得更远。

（此文发表于《文艺报》2011 年 9 月 26 日）

读长篇弹词小说《天雨花》

一

《天雨花》是一部两百多年来在民间很有影响的弹词小说，它洋洋洒洒近百万言，不仅堪与《儒林外史》、《歧路灯》、《桃花扇》等同期小说、戏剧的艺术成就比肩，而且在审美格调上独树一帜，足堪作为案头文学巨著来读。只是由于烙着讲唱文学的印记，又是韵文写成，研究明清小说的人多不屑于在它身上用力，遂使之几乎被埋没。

《天雨花》的作者、具体写作年代均系悬案，但从它的整体框架、思想内涵、语言修养及贯穿其中的许多首唱和诗词所表现出来的才气看，当是一个有很高文学修养的文人创作出来的。作者不仅要借主人公的悲欢离合，演成一段故事来悦人耳目，而且还寄托了自己悲凉的家国之思，鲜明的道德评判、政治理想与人生追求，这一点，与清初汉族知识分子的思想状况及整个清初文坛的氛围十分合拍。

本文无意对于这部文学巨著作全面的剖析，只就其美学价值谈点粗浅的看法，以期引起研究者对它的关注。

二

也许因为中国历史从远古到近代一脉相承的缘故，中国古典叙事文学一直未脱尽人类童年的稚气与天真。且不讲小说萌芽时期的魏晋志怪与唐人传奇，就是成熟期的作品，如《西游记》、《水浒传》、《封神榜》等，也带了先民们创世纪的古朴与浪漫情调。小说中恢宏的场景、壮阔的气势、粗犷的演史风格及英雄人物为理想而上天入地的追求精神，与古希腊的英雄史诗在精神上实有不少相同的地方。《天雨花》不仅带有这种特色，而且是韵文写成的，正如前人所言，八十万言一韵到底，说它是一部英雄史诗，是当之无愧的。

全书三十回，围绕主人公左维明富有传奇色彩的一生展开。像许多半人半神的英雄一样，他感梦而生，其母42岁时，“夜来忽梦一瑶星。赤色有光，从天而坠”，仰而吞之，是以受胎。12岁时，便在乐善村为民除害，剪除了兴妖作乱的恶人，及至后来，在朝则出将入相，辞官则荫庇家庭、乡民，奸巨贼子、土匪强盗、地痞无赖、妖魔鬼怪全都在他的神威与智谋面前不堪一击。这个集智、勇、威、德于一身的形象，凝聚着芸芸众生在世俗乱离中对超人的崇拜与渴望。

左维明这一形象，在古典小说人物系列中，具有很强的独特性。半人半神，观天象，识星斗，知前生，测来世，以忠臣良将的角色介入到一个时代的历史变迁之中，然而，他并没有让自己陷在政治角逐的漩涡中不能自拔。他一生仅仅为官十来年，且曾两度辞官，数次诏而不仕，主动地离开了世俗的权力争斗，因而可以站在一个更高的立足点上去慨叹历史，多了点英雄的自由与洒脱。然而，他又不是孙行者、李逵那样无牵无挂、横冲直撞的浪子英雄。他是一家之长，百官之首，是万民仰望、朋友敬重的轴心人物，身上肩负了更多的道义与责任。通俗文学往往具有十分浓厚的封建正统思想，男主人公往往被塑造成古板、冷酷、道貌岸然的卫道者形象。然而左维明给人的感觉则亲切得多，有血有肉。他兢兢业业，鞠躬尽瘁所肩起的，不是冰冷的封建纲常伦理，而是整个家庭的秩序、利益、安全。整个大家庭的男男女女只知纵情地玩乐，一次次地招灾惹祸，然后把消灾免祸的责任加在他的头上。他可以为了几个女眷免遭妖怪的袭击而深夜守在窗外，让她们放心地去安然入睡；可以不远千里微服入京，给儿子女婿们当保镖，使他们免于奸党暗算。他以自己的力量、智慧、威望、恩德，成为一个大家庭的核心，在这一人物身上，积淀着原始社会末期对男性氏族首领的许多品质要求。

从全书的整体构架来看，演史的意义是十分明显的。它写了一个人的一生，开篇是左维明的诞生，末篇是左维明沉江，首尾呼应，然而作者又不仅仅是写一个人，而是把这一半人半神的形象放到明朝末年朝代因革、翻天覆地的历史舞台上，把个人命运与历史紧紧糅合在一起。左维明的悲剧，带有历史性。他明知明朝气数已尽，行将灭亡，却肩负着剪恶除奸，昭示忠良的重任。君不可佐，退而治家、保乡，在不可逆转的历史悲剧面前勉力支撑，直到最后率众沉江殉志。虽然左维明这一人物是虚构的，然而他生活的历史背景(从万历十一年到明亡六十年时间)却采用了写实的手法，第四、七、十一回所写的外戚专权；第二十一回、二十六回所写的阉党专政，从人物到事件，历史上都有据可考。六十年中所发生的宫廷政变、皇权更替、边境战争、农民起义等大事，都在小说中得到反映。左维明的生命史，成了明朝六十年风云变幻的历史的浓缩，虚虚实实，相互交映，确实是一种大手笔。弥漫其中的那种明朝气数已尽、回天乏力的悲凉气息，具有很强的艺术感染力。这一点，是另外几部以女才子为题材的弹词小说望尘莫及的。

三

《天雨花》作为一部以明末严酷的政治斗争为背景写成的小说，读起来却轻轻巧巧，犹如行云流水，这与作品独特的叙述形式很有关系。作品把语言和故事情节都放在了一套程式中来展开，因而只要读者进入小说特有的氛围，读起来便宛如荡舟于明丽的江心，顺流而下，给人一种心旷神怡的艺术享受。

在语言上，作品八十万字基本上是用七言句的韵文写成，以真文韵为主，交叉使用东钟韵。由于弹词本身要求明白易懂，力避文言字、生僻字，因而韵脚用字实际上是几个十分有限的常用字，如真文韵中的人、身、门、君、心、分等，东钟韵中的情、明、厅、动、生、行、形等。以作品第 250 至 251 页来计，共 58 组句子，用上面所列的十个常用的韵脚 46 处，占 82%。这样，作者不可能对人物的情态、语言做富有个性的刻画、描写，在铺排叙述时，用词也受到很大限制。于是，一些泛指性的词便频频出现，同时一些特指性的词也具有了泛指的意义。词在这里仅仅用以象征、暗示，达意为止，不求精确，规范。这便造成了一种很奇特的语言效果：

其一，那回环往复的韵脚，造成一种鲜明的节奏与韵律，整个阅读过程，几乎就是一种在形式上追求语言平衡的过程，中间突然插进的一些道白，倒让人极不适应。这种形式感的不断期待与期待的不断满足，大大加强了阅读的快感。

其二，语言的简化，使读者始终忘不了自己的阅读是一种游戏，与作品中的人物和故事本身始终有一种奇妙的距离感，使阅读过程充满乐趣。

其三，简化的语言有一种返璞归真的魅力，仿佛一下子又回到了人类的童年，确有古希腊史诗的神韵意味。

由于语言的简化，给人物塑造带来了很大困难。七言句式的限制，几乎不可能写出个性化的人物语言与心理活动。于是，铺叙故事情节，以情节来吸引人，成了作品的必然选择。小说中情节的衍生，也是在程式化中进行的。如占大半篇幅的左家家庭生活，就基本上以下面的程式衍生情节：

（一）左维明戏妻——桓氏夫人恼怒——夫妻妥协。

（二）左维明用计——左贞与父斗智——父女和解。

（三）左家众男女闯祸——左维明出马——灾祸免除。

作者的功力在于，能在这程式化中翻出新意，不落俗套。如左维明与恒氏之间展开的情节，虽系男妇私情，写来却清纯典雅。这种情节的程式化，同样构成作品行文明丽、晓畅的艺术特色。

程式化是中国民族艺术的一大特点。它以达意传神为旨归，不求形似，不求精雕细刻。读《天雨花》，令人想到中国的戏曲艺术。作品仿佛是用有限的几个道具，来上演一出规模宏大、背景广阔的戏剧，由于作者深厚的文字修养与高超的审美创造力，遂使这出戏演得轻盈洒脱，淳朴天真，气韵盎然。

四

《天雨花》这部作品以清初一般老百姓正统的善恶、美丑观为参照系进行道德针砭、审美评判，这与它作为一部弹词有很大关系。然而作品的价值恰恰在于不少地方对正统观念的超越。作者并没有让自己的作品淹没在封建正统观念的背景之中，而是在其中融入了自己进步的审美理想。

作品中的女主人公——大小姐左仪贞，是一个无法用封建道德标准来衡量的人物。她与当时社会所标榜的贞、德、贤、淑的妇女形象实在相去太远，其性格带有较强的叛逆性。只有她敢于同左维明不近人情的一面进行针锋相对的斗争，甚至在第二十九回中，左维明要用沉池去惩罚恶女左婉贞时，当面斥责他“人而不及虎狼心”，“堪笑爹爹枉做人”。丈夫桓楚卿在她面前则相形见绌。这样一个公然对父权、夫权进行挑战的女子，作者却赋予她天仙一般的美貌，把她写成一个聪明伶俐、琴棋书画、诗词歌舞无所不精的才女，连新科状元向她求婚，都被认为才情“尚欠三分”。与之相比，另一个温柔典雅的女子二小姐左德贞，在作品中却时时处在受嘲笑的位置上。作者着力在女子身上发掘的是聪颖、美丽、直率、纯真，正如第一回中作者借男主人公之口说出的，“我思女子之中，若通些文艺，毕竟脱俗，就是不美，自有一种文雅可观”，“必然言谈举止，都带些林下清风”，他所欣赏的，是可与须眉一争高低的才女形象。这种审美观，在当时那个只知摧残妇女的时代，显然有其鲜明的进步意义。

在作品中，作者并没有否定封建社会那种读书求仕、封妻荫子的人生追求，然而却通过左维明这一形象，同时表现出另外一种功成身退、隐居林泉、追求个人人格完美的人生理想。作为人臣之楷模来写的左维明，却极其厌倦官场倾轧，时刻向往一种“或交朋友游山水，或览群书观古今，闲情一概多不管，真是高明旷达人”的自由自在的生活。40 岁以前正当官运亨通时,便两度辞官。40 岁以后即称疾在家,屡招不出。作者在左门众多男女中,选择历经几生几死,对世俗功名富贵已大彻大悟,只求早登仙界的左永孝来承继祖宗香火,确实并非一种不经意的安排。

当然,在《天雨花》这部作品中,追求个人人格完美只是一种隐含倾向,左维明这个人物身上,毕竟有太多封建正统观念。难能可贵的地方在于,作者并没有让自己心爱的主人公被封建正统观念,被世俗的功名利禄所吞没。从一般老百姓的审美心态来考虑,作者大可不必让左维明功成身退,隐居林泉,也许把左维明写成一个真正的忠臣良将,战死疆场,谏死朝廷,更能赢得一般人的赞扬,更符合通俗文学的特点。作家借左维明所表现的,是一种对人生更高层次的理解,更高层次的追求。这一点,恰恰是一般通俗文学所缺乏的东西。

一部文学作品的成败,与作家本人的审美情趣有极大关系。通俗文学往往因为作者审美情趣的低下,使作品流于庸俗。《天雨花》这部作品之所以比不上一流的古典小说,就是因为作者毕竟没有摆脱那个时代的审美观、价值观、道德观的束缚,而有太多迎合的地方;这部作品之所以在今天还值得一读,还能给人以审美的愉悦,则是因为作家毕竟在那个充满血腥、死气沉沉的时代,通过作品凸显出人性中清新、健康的东西,表现出若干人本身的尊严与价值。

五

《天雨花》对清代其他弹词小说的影响是深远的。清人有“南花北梦”之说,把《天雨花》比之于古典名著《红楼梦》,虽是溢美之词,也可见人们曾经对它喜爱的程度。只要把它与其他几部清代弹词小说对比着读一下,就可以发现它们之间继承与发展的痕迹。

清中叶以来形成的长篇弹词小说有以才女为主人公的传统,与《天雨花》这部小说有关。《天雨花》不是以写才女为主题的小说,它主要写的是左维明。然而在作品中,左仪贞这个才女形象却极其活跃,成了这部小说凸显出来的副题。后来,无论是《再生缘》中的孟丽君,还是《笔生花》中的姜德华,都多多少少带有左仪贞的影子。

在形式上,另外几部长篇弹词小说显然是在《天雨花》的基础上进行了改造、加工。其最突出的表现,一是在行文中,不断变换韵脚;二是在七言中频繁地加入三字作衬。

这里需要强调指出的是，后来弹词小说对《天雨花》的改造与发展多是不太成功的。

在《天雨花》中，作者只是在作品中表现出自然的对青年女子钟爱的感情倾向，左仪贞这个形象，虽然才气过人，却无意于男子那种功名利禄的追求，因而保留了少女的纯真与可爱。她那所谓的惊天动地的刺杀奸党的事业，是在被虏受辱，后退无路的形势下逼出来的，基本上符合人物性格发展的逻辑。到了后来，当才女这一题材成为弹词小说的主题时，却导致了这一题材的异化。《再生缘》中的孟丽君，她的惊天动地的事业，只不过是像男子那样获得一种"蟒王威风过一生"的入仕机会。且不讲这种理想实现的途径——女扮男装——有多少幻想的成分，它产生的本身就是以对男权社会中男子权威的认可为前提的。如果说孟丽君这一形象还具有一定叛逆精神，因而还有一定价值的话，由于对男子事业理解的不同，到了《笔生花》中，女扮男装的姜德华，就成了一个地地道道的封建伦理纲常的维护者，自己成了自己的敌人。最后，终于还是脱下男装，甘心情愿地做男权社会的奴隶去了。

弹词小说以才女为题材固然是可以的。但把主题限定在这一题材上，却是弹词小说的一大失败。在《再生缘》之后，人物形象越来越落俗套，思想内容越来越庸俗，创作的路子越走越窄，与这种作茧自缚有很大关系。

形式上的改造，也有些弄巧成拙。固然，在行文中不断变换韵脚，比一韵到底在选词组句上有更大的自由；加入三个字做衬，也更利于叙事与人物塑造。然而，改造后的韵文最终达不到散文小说在人物塑造与叙事上的成就，反倒脱去了《天雨花》语言的那种可爱的稚气，成了非牛非马的东西。长篇弹词小说后来的发展，基本上走的是民间文艺的老路：形式发展愈精巧、娴熟，就愈趋向刻板、僵化，直到最后，在形式技巧的顶峰跌入美学的深渊，走向灭亡。

（此文发表于《传奇百家》1993 年第 6、7 期合刊）

不断演义是经典生成与存在的必要方式

一

最近，电视剧《红高粱》的热播引起了不少人的关注。关注它的人当中，除了国产电视剧原有的观众群体（据说这个群体以 40 岁以上，且有时间在晚上 8 点到 10 点这一“黄金时段”坐在电视机前的女性居多）之外，还包括了许多很少看国产电视剧，甚至根本不看电视剧的群体。

个中原因很清楚：第一，电视剧《红高粱》的拍摄，是莫言获得诺贝尔文学奖这一事件所引起的一系列社会轰动效应的延续；第二，它还与一部同名的电影有关，这部电影早在二十七年前，就夺得了西柏林国际电影节最高奖——“金熊奖”。而当年此奖授予中国电影在国内国外引起的轰动，并不亚于前年莫言获得诺贝尔文学奖。

因此，许多人都很想看看，继莫言的小说、张艺谋的电影之后，电视剧《红高粱》会是一个什么样子。其中，有满怀期待的人，有心存疑虑的人，也有想看笑话的人。

其实，电视剧的制作者当初能够做出拍摄《红高粱》的决定，恐怕正是因为看到了这一点：无论怎样，拍摄《红高粱》本身就是一个一定会引起强烈关注的事件。更何况，电视剧还有小说、电影之外的另外一些“卖点”，用制作方的宣传口吻讲，就是它吸纳了国内“教父级”的导演郑晓龙、最著名的编剧赵冬苓、大满贯影后周迅、电视剧“一线小生接班人”朱亚文以及曾经大获成功的《甄嬛传》原有班底，等等，等等。

明眼人都可以看出来，与当年莫言写作《红高粱》系列小说、张艺谋拍摄同名电影时的架势不同，这次电视剧《红高粱》的拍摄，充满了商业运作的因素，而且注定是一次极聪明的商业运作。这种不同的姿态，不仅与两个时代完全不同的艺术创作理念与艺术生存环境有关，也与电视剧这种不同于小说与电影的表现形式有关。

对此，导演郑晓龙在接受采访时说得很明白：“你们老说我迎合观众，迎合观众有错吗？作为电视剧，有电视剧的规律和特点。”

郑导演说得一点不错，电视剧属于大众文化，其规律和特点是由与大众文化密切相关的大众化、通俗化、娱乐化、商业化、市场化等等因素决定的。

从这个角度讲，此次电视剧《红高粱》的拍摄，是对已经可以称为经典的同名小说以及电影的一次大众文化意义上的“消费”，其“借光”的意图十分明显。既然如此，我们就不能苛求它成为继小说与电影之后的另一个经典。如果非要从维护经典的角度去立论的话，倒是可以考察一下，除了“借光”经典所获得的大众消费文化意义上的成功之外，这次消费经典的行为能够给它所消费的经典带来什么影响。

二

消费经典，其实是德国著名文化学者汉娜·阿伦特在她的著作里经常提到的一个话题。而且，按照阿伦特的理解，对文化经典的消费的后果主要是消极的，甚至是可怕的。

在阿伦特看来，指责以娱乐为目的的大众文化缺少恒久的品质，或者指责它审美上的贫乏、道德上的贫困，根本就是文不对题。因为娱乐文化与其他生产出来被用于一次性消费的商品，比如时装、化妆品，甚至是食物都没有什么本质上的区别。大众文化最应该受到谴责的地方，虽然是与时装、化妆品、食物一样作为一种商品被生产出来，它却没有属于自己的原材料，而是不得不经常盗用那些具有永久价值的文化经典，将之加以改变，加工成供一次性使用的消费品。而我们赖以生活的共同世界，正是由这些经过时间考验，包含永久价值与魅力的文化经典组成的。对经典的消费，其结果是掏空了人类共同世界的文化基础。

对阿伦特上述立场，我本来是认同的。因此，当我去观看《红高粱》这部电视剧时，不仅没有对它抱什么艺术上的希望，而且带着一种挑剔的眼光。我想寻找出电视剧与小说、电影之间的差距，进而去印证阿伦特女士的判断。我相信，在中国，不少人都持类似阿伦特这样的文化立场。他们对《红高粱》改编成电视剧的担心乃至于抗拒，也是受到了这种立场的影响。

但是，随着剧情的展开，我却发现自己越来越被它吸引，并逐渐产生认同。而且，电视剧播完之后，观众与业界的好评都占据了上风。这迫使我不得不去思考阿伦特的观点是否有些太过绝对，抑或根本就是错误的。

三

当然，你完全可以说，电视剧与小说、电影之间有着太多的不同：

比如，小说更多采用的是民间的价值立场，电影更多采用的是精英艺术家观照民间的立场（20世纪90年代也有人把它称为“后殖民主义”的文化立场），而电视剧则渗入了更多正统文化甚至是官方的立场。因此，在小说与电影中根本不存在的官与匪身份的纠结，在电视剧中则得到了突显。

再比如，小说想突出的是历史本身意义的丰富性，电影想突出的是人物身上原始的野性，电视剧想突出的则是人的社会身份的复杂性。因此，在小说、电影中相对统一的人物性格，在电视剧中就出现了更多的矛盾之处，九儿既被余占鳌吸引，又对单家二少奶奶的身份有着深深的眷恋；县长朱豪三既草菅人命，又爱民如子……

但是，这些不同，很难一概地理解为电视剧与小说、电影之间的“差距”，因为有些不同与时代的转换有关，有些与艺术表现形式的转换有关。作为一部长达60集，至少要用20天时间才能在一家电视台播完的连续剧，电视剧很难像小说那样，设置一个固定的叙述者，用第一人称的语气，边叙边议地去讲述一个比小说情节要复杂得多、戏剧冲突也要激烈得多的故事；同时，长篇电视剧也不可能像90分钟的电影那样，每一个镜头都精雕细琢，通篇贯穿一种浓重的诗意。

客观地讲，电视剧还是尽量保持了与小说、电影之间精神血脉上的关联. 小说中原来要着力表现的历史的复杂性、电影中原来要着力表现的人的原始生命力，在电视剧中都得到了相当程度的保留；许多细节，也仍然可以让你体会到小说中原有的那种民间立场的表达，以及电影中对民俗的审美化处理。

至于电视剧中追加的大少奶奶、朱县长、俊杰少爷等人物以及新增的大量情节，在满足电视剧剧情需要的同时，也以其鲜明的人物个性、尖锐的戏剧性冲突，给观众留下了很深的印象。而且，据说这些增添的内容，也得到了小说作者莫言的认可。甚至有消息讲，莫言不仅十分同意增设县长朱豪三这个人物，而且亲自参与了此人物的设计。从莫言愿意为电视剧做推广广告来看，这些说法应当不虚。

假若电视剧对于小说与电影中一些核心的东西，采取了尽力继承，而不是刻意消解的态度；而且，在继承的同时，对原著的空白与缺失，还进行了补充与完善，那么，我们有什么理由说，它的产生对于它所消费的经典的影响，完全是负面的呢？

四

其实，经典本身就有两种存在方式，一种是在不断被还原中存在的，一种是在不断被演义中存在的。前者是一个提纯的过程，它保证了经典意义的稳定性；后者是一个扩散的过程，它保证了经典持续的影响力。

从经典被演义的角度看，无论是西方的经典，还是东方的经典，在传播过程中，实际上都经历过各种形式的变异。《圣经》由原来的拉丁文被翻译成不同民族的文字；莎士比亚的剧本被不同时代不同国家以各种各样的语言演出；《佛经》变成“俗讲”；《三国志》变成《三国演义》，《三国演义》变成各种各样的三国故事与三国戏，直至变成后来不同版本的影视作品，都是经典传播的正常的方式，甚至是必由之路。而其结果，就是经历了一段历史过程之后，在每一个经典文本的周围，都会产生大量的衍生性文本。不再产生衍生性文本的经典，往往会成为被世人遗忘的经典、死亡的经典。

从这个意义上讲，《红高粱》这部小说当初被改编成电影，可以算作其走向经典之路的第一步。二十多年之后，电视剧《红高粱》的出现，既是它已经成为经典的重要标志，也是其进一步被经典化的必由之路。如果在这一过程中，发生了对原有精神的稀释与对原有意义的变异，那也应该看作是经典在传播过程中必然要付出的代价。正因为如此，才会出现相反的还原经典的努力。你不能指望每一个人都通过经典本身了解经典，况且，经典本身的接受，多数时候也不可能是对经典原意的接受。

而且，经典的演绎与经典的还原，也并非完全是相互对立与相互消解的过程，而是可以相辅相承的。据青岛新闻网 10 月 28 日的一篇报道说，电视剧《红高粱》10 月 27 日晚黄金时段在山东、北京、东方、浙江四大卫视强势首播时，央视索福瑞收视数据显示，其在 50 个城市取得了收视率破 1% 的成绩，这是 2014 年唯一一部首播破一的电视剧。你能说这些数量相当可观的观众中，不会有人因看电视剧而产生读小说原著，看同名电影的冲动？如果有的话，无论他是重温还是初次接触，都是一次返回经典本身的努力。

如此看来，经典的被不断演绎，哪怕是基于商业原则的娱乐性消费，也并没有那么可怕，它同样可以被理解为经典生成与存在的一种方式。

（此文为本人博客文章，作于 2014 年 12 月 3 日）

当艺术同时面对青春的激情与心灵的苦难

一

对青春激情的表现与对人生苦难的书写，是贯穿新中国文艺作品的两个重要母题，在这两个母题下，诗歌、小说、电影、戏剧都曾经产生过不少让人印象深刻的经典之作。然而，对艺术家而言，这又是两个颇具挑战性的表现领域，如果处理不当，它们也会成为导致创作失败的两个陷阱：前者很容易在表现青春的诗意、理想的浪漫时，失去历史的质感与思想的深度，失去对生活的理性观照与对人性的冷静反思；后者则容易在强调环境的险恶、时代的荒谬、人性的异化中，营造出一种过于灰暗的色调，让人看不到正义的力量与人间的温情，失去生活的勇气与人生的信念。对于这两个方面的问题，当今的批评界，曾经有人做过深刻的反思与激烈的批评。

然而，文艺作品完全回避青春的激情与人世的艰难这样一些严肃主题，同样会出现问题。一段时间以来，国内的许多影视剧、小说甚至是诗歌，都在走“反崇高”、“平面化”的路线，在日常生活的琐屑中，寻找着平庸的幸福、编织着没有激情的“浪漫”。这样的东西看一篇两篇，一部两部，可能会让人感到轻松与快意，一旦看多了之后，则会让人感到重复，感到厌倦，甚至感到憋闷。

也许正是意识到了当今受众的那种厌倦与憋闷，著名作家梁晓声与著名电视导演张新建合作，于最近推出了长篇电视连续剧《知青》，在这部声称“拒绝娱乐化”的电视剧中，编导们试图把青春激情与心灵苦难同时作为自己表现的对象。

在观看这部电视剧的过程中，笔者在敬重编导们所持有的那种严肃的创作态度的同时，也着实为他们捏了一把汗，因为当他们试图在一部作品中把青春激情与心灵苦难融为一体时，不仅是一种双向的超越，同时也将面对双重的挑战。

二

在《知青》一剧中，一代青年人在那样一个特殊年代所遭遇的心灵苦难与所怀有的青春激情，的确都有所表现。就前一方面而言，有作为“黑五类”子女的周萍遭遇的刻骨铭心的屈辱，有作为“思想者”的赵曙光等一批人体验到的精神孤独与压抑，有整个知青群体在极端恶劣的自然环境与政治环境下所产生的迷惘以至绝望；就后者而言，有一帮城市青年投进大自然怀抱时无比的激动，有劳动竞赛带来的热情与自豪，有男儿卫国戍边的壮怀激烈，有热血青年以国家民族为己任的远大抱负，还有热烈的爱情、火热的友情……

如果谈《知青》一剧的突破的话，笔者认为，对于《知青》一剧的编导们而言，表现那样一个特殊时代人们心灵遭受的深重的苦难是一种突破，带着怀旧的心理表现那样一个荒诞年代里一代“知识青年”青春的激情，也同样是一种突破。由于身处特定的历史环境，知青一代人的激情与浪漫，是与极左政治，与狂热的个人崇拜，与历史的荒诞纠缠在一起的。在许多人看来，这样的青春只能是可笑的，盲目的，甚至是罪恶的。正因为如此，在当代文艺作品中，这已经成为一个极难把握，极少有人愿意触碰的主题。

然而，一部以《知青》为名字的电视剧，当它试图以全局性的视野，把中国20世纪发生的“知识青年上山下乡运动”这一历史事件作为直接的表现对象时，不去表现他们那一代人青春的激情与浪漫，将既不符合历史，也不尊重那一个时代知青的真实感受。对“文革”的反思与批判，包括对“文革”一代年轻人曾经有过的盲目的政治热情的反思与批判，在知青题材的文艺作品中，是十分必要的。但是，我们不能够因此而去否定那个时代所有热情与梦想的价值，嘲讽那一代人在追忆他们的青春梦想时表现出来的那种真诚。

其实，就一个人而言，无论贫富贵贱，都会有属于自己的青春时代，有伴随青春时代而产生的热情洋溢的青春体验，以及对未来、对异性、对新天地的向往与憧憬。就一个时代而言，无论是贫瘠的时代还是富足的时代，正常的时代还是荒诞的时代，治世还是乱世，都会有一代人，正在经历他们的青春岁月。他们青春的激情、他们懵懂的爱情、他们的理想与希望，必然会伴随这个时代一起生长，打上这个时代深深的烙印。《知青》这部电视剧直面一代人的青春激情，并把它们表现出来，至少不应该成为该剧受到指责的理由。

三

如果说《知青》一剧有什么不足的话，笔者认为这种不足在于它对知青生活的

“文革”时期险恶的政治环境、社会环境以及人际关系的表现，还不是十分到位。也许是为了刻意强调在那样一个荒诞的年代里人们仍然葆有的善良天性，强调苦难中仍然存在的温情，该剧对于“文革”那个特殊年代里社会环境与人物关系的表现，有很多想当然的因素。

我们发现，在电视剧中，整个北大荒除了吴敏这样一个不尴不尬、人人讨厌的“极左”符号外，从兵团司令部一直到七连、再到山东屯，似乎所有的人都在明里暗里抵制“文革”的“极左”路线。因此，周萍这样一个“黑五类”子女得以处处受到保护，几乎被所有人喜爱，最后还如愿以偿地当上了兵团战士；而吴敏的“造反”行为，最后甚至要动用“中央文革小组”这样一个更为抽象的政治符号，才让她得逞。从黑龙江兵团到陕北，知青们之间、知青与兵团管理者之间、知青与村民之间，包括知青的家人之间，有的只是纯洁的友情、纯朴的乡情、浓厚的亲情；这种友情、乡情、亲情可以使大家共同保守许多事关身家性命的政治秘密，除吴敏这个早就被大家排除出圈子的“反面人物”之外，人与人之间除了一些无关原则问题的误解（这些误解最终也都得以化解）之外，没有出卖与背叛，没有精神上的相互伤害，甚至没有一点自私的政治投机行为。落实到人物命运与剧情上，我们则发现，不单周萍、冯晓兰这样有出身问题的知青后来或者进入兵团，或者参军；武红兵这样因打伤“革委会”干部被打成“现行反革命”的知青，有人为他疏通关节，提前出狱；就是排长张靖严这样因参与“四五运动”而被抓的政治犯，也居然被鄂伦春猎人“劫走”保护起来。如此多的幸运发生在“文革”那样一个荒诞的年代里，其真实性是十分令人怀疑的。

也许，正因为《知青》一剧的编导们太想避开因表现苦难而导致“过于灰色”这样的艺术陷阱，太想在作品中传达一抹亮色、一点温情、一丝希望，结果在不经意间将亮色、温情与希望放大。这样一来，“文革”恶劣的政治氛围、残酷的社会环境以及不正常的人际关系，就没有得到充分的表现，对周萍、赵曙光、冯晓兰等知青群体在“文革”这场大灾难中所经历的心灵苦难的揭示，也因此缺乏了应有的力度与深度。这不能不说是《知青》这部电视剧留给人们的一种遗憾。

（此文为本人博客文章，作于2012年7月）

电影《菊豆》与刘恒的小说

电影《菊豆》脱胎于刘恒的中篇小说《伏羲,伏羲》。经改编后,时代背景淡化,故事发生地点由田野农家转到染房,确实于电影艺术表现特长的发挥很有利;改编后的情节也更精致而富有戏剧性,造成了一种惊心动魄的欣赏效果。但看完影片,又总觉着缺少原小说中一些很重要很深刻的东西,没有充分凸现出原作中所着力开掘的丰富的文化心理内涵。

在原小说中,杨天青自杀,是一头扎在水缸中闷死,死得很惨、很绝望。杨金山的突然风瘫,似乎是上天特意为男女主人公除去了一大障碍,杨天青可以和他的小婶子无所顾忌地相好下去了。然而,读者却无论如何没想到,这恰恰是抽去了他们的精神支柱。男女主人公对命运的反抗都并非出于真正的自觉。出于对残暴的杨金山的报复心理,菊豆可以毫不犹豫地主动投进侄子的怀抱;出于对叔叔的憎恨,杨天青也可以接受这种感情。然而,突然之间,杨金山成了一个需要人照料的废物,他们的憎恨与报复失去了目标。于是,乱伦的恐惧感、对于弱者的负疚感、面对儿子的羞耻感,以及在道德面前的自卑感、罪恶感,便紧紧攫住了两颗善良而懦弱的心。炽烈的情欲化作了相互间痛苦的精神折磨,化成了将他们毁灭的冰冷的深渊。杨天青正是陷在这样一种自造的天罗地网中不能自拔,又被儿子踢了一脚,失去最后一点精神寄托之后,彻底绝望,自己结束了自己的生命。而在电影中,男女主人公不仅相爱了下去,而且还爱得津津有味,内心的不安已经很淡,以至到最后,只好借杨天白的棍子来结束杨天青的生命,这实际上是在某种程度上对一场建立在乱伦基础上的感情纠葛进行了过于浪漫化的处理。特别是让女主人公引火自焚,为男主人公殉情,显得太壮烈了点。

在原小说中,杨金山也不是被儿子无意中害死,他是寿终正寝,而且死后还带着微笑。这一细节看似荒谬,实则很有深度,可惜也被电影舍弃了。在两个男人的一场较量中,失败的恰恰是得到女人有了儿子的杨天青,这一点杨金山死前看得很清楚。他快意于"奸夫""淫妇"惶惶不可终日地活着,坚信并期待着冥冥中一种力量对他们的惩罚,自以为在道德上有一种优越感,可以去蔑视他们,嘲笑他们。他临死的微笑,标示着强大的邪恶势力借血腥的传统杀人时的淫威与自信心。

由于特定的历史背景，杨天青跟自己小婶子的爱情注定不是一个浪漫的爱情传奇，而只能是两个鲜活的生命在传统势力面前的一场自戕。电影编导们也认识到了这一点，但远远没有小说对这一点表现得充分、深刻。

这一切，与编导们过于器重杨天白这个人物，有意要借他构成一些戏剧化的情节，让他太有作为有关。杨天白这个人物，在影片中最难以让人接受。他的“弑父情结”，已不再是潜意识，而成为一种神圣的使命。他的仇恨，几乎是从娘胎中带来，没有什么现实的根据。特别是看到杨金山落池拼命挣扎时他脸上的笑容，更是没有道理。为追求性格与情节的怪异而削足适履终非好事。

（此文发表于《文化艺术周报》1992年10月24日）

戏拟古典:一种后现代主义的修辞术

在涉及后现代主义的艺术特征时,人们往往会过多注意到其所表现出来的反古典主义的一面,这种倾向使它在狂躁不安中远离古典主义的古朴与典雅、浪漫与温馨。其实,反古典主义只是后现代主义所使用的修辞术的一个方面。后现代主义者并非总是借给蒙娜丽莎加一撇胡子,用叙事技巧颠覆一个故事的意指层,或在音乐中掺杂噪音这种方式来进行创作。他们有时候也可以制造出小桥流水似的田园风光,编织出让人沉醉的"love story",甚至释放出一种浓厚的历史感,让后现代人在怀旧的情愫萦绕下,不知斯世何世,斯年何年。然而,受众一皱眉,后现代主义者就发笑,因为人们这时候已经又落入了他们的叙述圈套。在这里,我们发现的仍然是从文本到文本的拼接组合这种典型的后现代主义修辞策略。我们可以把后现代主义者这种对古典主义的模仿称作"戏拟古典"。

艺术中模拟古典的倾向,在中国可以追溯到20世纪80年代。大陆作家汪国真与台湾作家席慕蓉、琼瑶的诗歌、散文、小说是其中最突出的代表。在汪国真、席慕蓉的诗歌与琼瑶小说的接受过程中,一方面许多其实并不缺乏艺术鉴赏能力的大学生为之神魂颠倒(笔者在90年代初曾目睹过汪国真到大学中文系演讲时的那种狂热场面);另一方面,来自精英阶层的批评家们,不管是基于先锋立场,还是基于正统立场,又都对其表现出不屑一顾的态度。这种接受差异颇令人费解。与王朔小说中表现出的玩世不恭(这被视为一种典型的后现代主义态度)不同,汪国真、席慕蓉与琼瑶的文本更多地给人的是一种类似于真诚的东西。特别是,它们使为之倾倒的那部分读者体验到了一种在后现代语境中已经十分陌生的对世俗人生的远距离审视与浪漫超越。那里有诗意的自然与诗意的人生,有在自然与人生中获得的哲理与禅意,有淡淡的怀旧情感与审美忧伤。

就汪国真而言,古典氛围的营造主要靠对中国古典诗词意象的借用来实现。而如果把席慕蓉的诗与汪诗混在一起,风格的极其近似使人很难再把它们分开。汪国真本人写过很多古典诗词,对古典诗词的常用意象相当熟悉。在他的小诗中,随处可见风、花、雪、月、孤独、寂寞、往事、恋情、远方、少女这样的词语;类似"如果你是壮丽的晨曦/不必问我的浩瀚在哪里/如果你是峥嵘的峰峦/不必问我的出岫在哪里/如果你是大漠的孤烟/不必问我的笛声在哪里/如果你是长河的落日/不必问我的奔流在哪里”（汪国真《永远一起》）这样的诗句，主体意象都是从中国古典诗词中衍生出来的。一个多愁善感的抒情主人公形象也是在模仿古典时必需的，于是有了“一座古亭/有谁记得曾令多少须眉憔悴/一湾绿水/有谁记得曾照过多少红颜妩媚”（汪国真《问》）这样的诗句。其实，类似“为了一个遥远的等候/不知在风中立了多久/又一次心仪/群山和夕阳握手/又一次歆羡/黄栌向秋风致意点头”（汪国真《遥远的等候》）这样的诗句，对于刚刚接触文学的青年男女，应该是十分动人的，然而，真正懂得古典的人，又会觉得它所表现的哲理太肤浅、表达的生活态度太矫情，审美风格太甜腻。在这部分人看来，汪诗最多可以叫作“伪古典”——一种后现代人凭借对古典的一点模糊记忆制造出来的赝品。

在今天充满中国各级电视台的古装丽人剧、都市情感剧中，我们读出的是另外一种模拟古典的方式。与带有先锋意义的后现代作品所追求的叙事的晦涩、意指的暧昧、历史感的消失、人物性格的平面化不同，这类电视剧往往借用大量传统叙事作品的修辞术，如叙述一段旷世奇恋（在古装剧中可能是男女主人公跨越巨大社会地位差异的恋情，在都市情感剧中可能是男女主人公中一方得了绝症）、设计一位或几位具有高贵气质且美艳绝伦的女主角或不谙世故清纯至性的女主角，制造一种忧郁感伤的情调或明丽欢快的情调、订立一个海枯石烂的爱情盟约或设置一些扑朔迷离的多角关系，另外还有波澜起伏的剧情、极投入的人物对白、浪漫的背景音乐与灯光……然而，这些文本中也隐藏着大量解构古典的信息，如人物身份与语言（包括行为）的极度不协调、符号化且漏洞百出的场景设置、对严肃题材的世俗化处理、为好看也为了拍到足够的长度而人为地节外生枝、对明星与美女效应的过分倚重……而且，与汪国真等人不同，这些电视导演并没有试图抹掉文本拼接的痕迹。对于他们而言，对古典修辞术的借用不过是赢得观众、提高收视率的诸多有效手段中的一种，他们本无意于为创造一种完整的古典审美氛围而牺牲掉其他一些也十分有效的赢得观众的修辞术，因为后现代社会对艺术成功与否的评判是以受众的量为标准的。

作为一种有效的修辞术，模拟古典的方法，尤其是对古典式的爱情的模拟，在大众化的影视作品中得到了普遍的应用，甚至像《还珠格格》那样极端游戏性的作品，也要借助于它。对于这一点，你只要留心一下它们的主题歌歌词、它们当中包含的爱情故事、它们的男女主人公对爱情的执着态度以及那惊天动地的爱情表白就可以十分清楚。“戏”是一种极其后现代的态度，在纯游戏性的影视作品中，历史事实与经典文本已经被拆解得七零八落。但是，在设计爱情戏时，导演的观念却可能相当“前现代”。而这类作品之所以能够拥有巨大的受众群，一个重要的原因就在于它对古典爱情模式的戏拟。这种戏拟某种程度上也可以说是成功的，至少，一个十二三岁的小女孩在看这些电视剧时是很认真也很投入的。她们之落入戏拟古典这种后现代修辞术的圈套与成年人落入都市情感剧的圈套、大学生落入汪国真等人的圈套、评论家落入进口大片的圈套，其实只有量的差别而没有质的差别。

如果说现在的都市情感剧与古装丽人剧对古典的戏拟属于通俗文艺的戏拟的话，香港导演王家卫在他的电影文本中对古典的戏拟则是一种在先锋旗号下的戏拟。而且，应当承认，王家卫对这种修辞术用得最到位、最成功。

王家卫的电影《花样年华》具有很多先锋意义上的后现代文本特征：影片没有完整的叙事，呈现给人的只是一些无法拼接的故事碎片；作者没有为人物的行为设定任何道德评价的坐标，从而消解了对一个奇特的婚外恋故事的意义进行指认的可能；在观看影片时，观众沉溺于眼花缭乱的影像中不能自拔，而任何对文本进行整体把握的企图实际上都遭到拒绝。然而，在这部电影中，有一种东西是确定无疑的，那就是影片弥漫着一种感伤怀旧的美学意蕴，具有一种华贵高雅的古典神韵。而这恰是这部影片令受众着迷、获得票房收入的关键因素。王家卫把先锋性与古典性如此“和谐”地杂糅在一起，使《花样年华》这部影片既不失艺术上的品位，又不失对观众的卖点，实在令人叫绝。

在王家卫的文本里，古典不再是传统意义的爱情故事，不再是煽情，不再是悬念，而成为一种“历史感”，具体来讲是一种对“60 年代上海人在香港的生活氛围”的营造。

其实，当代人的历史感往往是相当虚假的东西。正如后现代主义的批判者杰姆逊所揭露的，“怀旧电影从来就不是过去那种对历史内容的再现，相反，它是通过带有独特风格的内涵，以虚拟的意象传达一种‘过去性’，通过某些时尚特点来表达所谓的‘30 年代感’或‘50 年代感’”（杰姆逊《晚期资本主义的文化逻辑》）。批评家已经指出，王家卫的确并“不准备告诉我们真正的 60 年代，大陆饥民逃港、六七暴动等香港 60 年代发生的大事都没有进入王家卫的视野，王家卫聚焦在那个历史阶段，目的是把过去变成过去的形象，而不是过去本身”（王海洲《现代主义与王家卫电影》，《北京电影学院报》，2001 年第 3 期，第 11 页）。历史感在王家卫的文本中是一种修辞效果，它是为导演需要的古典风格、雅致情调服务的。60 年代生活在香港的上海人的生活氛围在影片中变成了几个简单的符号被着力渲染。据称，女主角苏丽珍的旗袍在影片中换了23件；剧组里有擅长做上海菜的厨师，可以设计出数套食谱供拍摄；饰演女主角的张曼玉的发型在每次开镜前要有专门的发型师最少花3个小时做出来。以旗袍为主体的影像世界，加上张曼玉特有的古典气质，作为放大了的符号，渲染出的是一种小资情调、对美的瞬间体验、感情生活的尴尬及感官愉悦……这些可以跨越时空的都市生活幻象，奇妙地让经历过这种生活与没有经历过这种生活的当代都市男女都"仿佛回到了从前"。

正如很早就开始关注后现代主义的学者哈桑所言，"自己跟自己作对"、"自我质疑，又相互反诘"，是后现代主义的最本质特征。本来，古典主义是作为后现代主义的一个对立面而存在的，但是后现代主义者借对古典的戏拟而包容了古典，使古典主义的严肃、高雅、浪漫与后现代主义的戏谑、通俗、功利，奇怪地结合在了一起。后现代主义声称以放弃特有的风格为风格，它因此失去了统一性，同时也因此具有了很强的包容性。而后现代主义者如此看重戏拟古典这种修辞术，把它作为一种赢得受众的重要手段，也许恰恰证明了人们在后现代浮躁的文化语境中对一个正在逝去的时代、一种正在被冷落的情感及一种正在显得陌生的审美观的留恋。

（此文发表于《东方艺术》2002年12月号）

英雄的堕落

“英雄”(hero)一词在英语中有三种意义:(一)神话中半神半人的角色;(二)勇士;(三)文学、戏剧作品中的男主人公。这三种意义连起来,既道出了英雄原型的渊源,也显示了英雄退化的轨迹。

最近几年,中国叙事性文艺作品有一个很突出的现象,就是男主人公的世俗化、非正统化乃至恶魔化。这种世俗化、非正统化、恶魔化,又不像西方现代派文学那样,出自作家故意表现人生荒谬、人性堕落的意图,而是作家寻回的男子汉形象,是作家制造的当代英雄崇拜神话。这种现象波及叙事文学的各个方面、各个层次,从小说到影视剧,从纯文学到玩文学到俗文学。这些人物或是军阀特务、江洋大盗,或是行会头头、土匪侠客,甚至是骗子偷儿,实在可以称作堕落的英雄。

在新时期文坛上,当刘思佳、赵蒙生、高加林等人物形象站在中国读者面前时,曾引起了人们心灵的震颤。人们惊诧于英雄也可以玩世不恭,也可以有私心杂念,也可以喜新厌旧。然而那是一个把神还原为人的岁月,人们马上接受了、喜欢上了这些人物。有了这个过渡,当郑义的《老井》、莫言的《红高粱》被拍成电影并风靡影坛时,观众已不屑于去对影片中的人物作道德评判,而是完全沉醉于黄土高原上人们古朴执着的追求和齐鲁大地如火如荼的生命活力构成的审美境界之中了。

然而,《老井》和《红高粱》完成了两个人们并没有自觉到的突破:(一)主人公不再是奶油小生;(二)主人公把传统习惯、传统道德当成了抗争的对象。这是一种进步,同时又意味着一种危险。电影《红高粱》粗犷、刚健、悲怆,给人一种淋漓、清新的感觉,莫言的小说由于故意用了一种调侃的语言,无形中倒给作品罩上了一层浊雾。然而莫言毕竟是一个严肃的作家。他没想到他创造的这个空间,成了人们后来驰骋的绝好天地:当文学不再是神圣的事业时,当东南风终于压倒西北风而兴风作浪、为云为雨时,这确实是个大有作为的天地。

王朔曾轰动一时并被拍成电影的小说《一半是火焰、一半是海水》,以第一人称的方式写了男主人公——一个很有人格魅力的流氓诈骗犯——前后两个传奇般的艳遇。在小说中,两个纯情女孩(其实不如说是一个)相当天真可爱,然而这天真可爱不是从女人的角度,而是从男人玩赏的角度被赋予的。这些女孩可以轻易地被勾上手，哪怕你向她们声明你是一个流氓、骗子；她们既可以满足你高层次的精神需求，又能在刚刚接触时便轻易地献上少女的贞操，而且爱得死去活来，甘为男主人公殉情。然而，这一切实在不过是一种男人的现代神话。男主人公那种赤裸裸的玩世不恭、那些赤裸裸的魔性，淹没了被作者所努力发掘的那种良心的自觉，使作品失去了应有的重量！

当代作家和读者、观众都在苦苦地寻找着男子汉。他们不满于庸庸碌碌的人生，更不满于假大空、高大全。他们不屑于去写阴盛阳衰、斯斯文文的白面书生，便向深山老林、历史深处，向社会的一些特殊阶层去开掘。然而，由于作家审美情趣的限制，由于作家一味地迎合观众、读者，结果使自己的人物脱不了时代的俗气，反而又带上了传统的腥气。以牺牲女性的尊严来张扬英雄本色，表现所谓的男子汉气概，实在是人性的倒退，英雄的耻辱。

以现代文学史上一篇同名小说为线索改编的电视连续剧《死水微澜》，从表演艺术的角度来看，从编导者们的艺术追求来看，都不算是一部粗制滥造之作。但在格调上，总给人一种滞浊的感觉，让人感到压抑。男主人公是个行会头头，为人十分豪侠，颇富英雄本色。然而他与茶馆老板娘的爱情瓜葛，作者本来是想作为个性解放来表现的，屏幕上的情节却让人很倒胃口：这位江湖好汉居然利用"傻子"（茶馆老板娘的老实巴交的丈夫）的憨厚，接受他的邀请，搬进他家的上房和他的老婆调情做爱，居然在"傻子"设下酒宴款待他时，趁"傻子"酒醉不醒时和他的女人到屋里去颠鸾倒凤。这里不是为了所爱而刀光剑影上天入地的浪漫故事，没有死去活来的爱情波折，有的只是两个充满欲望的聪明人背着一个"傻子"丈夫偷情。仗义的英雄变成了卑琐的庸夫。

正如蒙昧时代产生了英雄神话一样，文明社会也产生了英雄文学。英雄的价值在于他能把人们从现实的地面带向理想的天空，使七尺之躯在英雄上天入地的事业中得到无限的伸张，庸碌卑琐的自我体味到一种崇高、浪漫的情调，受压抑的人性得以热烈地张扬。这是一种很高的审美境界。文学作品对生活的超越是双向的，一方面是对传统道德观念、习惯势力，对正常生活秩序的超越，在这里，人成了本真的人，有爱，有恨，有情，有欲；一方面是对卑琐的、渺小的、自我的超越，在这里，人成了神圣的、享有崇高尊严的人。西方现代不少作家痛感于物质压迫下人性的萎靡，痛心地惊呼人被异化了，变成了卑微的甲虫、可怜的机器、退化的猿猴。中国也有不少人疾呼"阴盛阳衰"，要寻找男子汉，寻来寻去，令人目瞪口呆，寻回的居然是庸人与恶魔结合后生下的怪胎。这些所谓的英雄，对生活的超越往往是斜向的，甚至是反向的，他们不仅没有真正超越自己的时代，反而加强了自己时代的庸俗气；他们不仅没有表现出人格理想，反而导致了人性的倒退。这，实在是时代的悲哀，英雄的悲哀，作家和读者观众们的悲哀！

（此文发表于《文化艺术周报》1992 年 7 月 18 日）

现代主义戏剧中的另类主题

一

一提起西方现代主义戏剧,形式的离奇怪诞之外,人们还会想到其主题的颓废,认为它宣扬的都是生存的荒谬、价值的虚无、希望的惨淡之类的内容。这是对现代主义戏剧的一种误解。实际上,现代主义戏剧的主题可以分为三类:有一类戏剧传达的是一种无望的消极情绪。有一类戏剧继承了19世纪批判现实主义文学的传统,在展示现实的黑暗与人的异化处境的同时,作家对所展示的内容表现出明显的否定态度。这类戏剧并非完全是消极的,它们借否定的方式曲折地表达了作家具有积极意义的价值评判。还有一类戏剧,在现代主义的外在形式下,主题却是相当积极的,它们直接肯定与张扬的是一些对人类具有正面意义的生存态度,比如生活的信心、献身的热情、不懈的追求精神等等。与前两类主题比较起来,这类主题在现代主义戏剧中比较少见,因此我们可以称之为现代主义戏剧中的“另类主题”。但如果因其少就对其视而不见,我们对现代主义戏剧的认识将是不完全的。

我这里将引证三部戏剧,以证明现代主义戏剧中这种另类主题的存在。

二

法国剧作家埃里克·韦斯特法尔(Eric Westphal)有一部戏剧名叫《沉船》。剧本讲了这样一个故事:

一场沉船的灾难性事件发生后,一对幸存的男女青年分别被海水冲到两个距离很近却又被大海隔开的荒无人烟的小岛上。左边小岛上是一个男青年,他是轮船上的司炉。在船只遇险的警报拉响时,他为了履行作为一个司炉在紧急时刻必须履行的职责,而在锅炉的爆炸中双眼失明。右边的小岛上是一个女青年,她是船上的乘客,她本来是要跟自己的父亲到国外旅游的,现在父亲已下落不明。男青年因双目失明而痛苦万分,女青年却告诉他,他实际上是幸运的,“首先,你本来会淹死,而你现在还活着,这就不是小事。其次,你本该是一个人在一个荒无人烟的小岛上,而你现在却有个女伴”。时间过去十七八个钟头了,没有船来搭救他们。男主人公陷入绝望之中,向女伴说:“我们必须正视现实,我们俩将会相继渴死、饿死,被太阳烤死,也可能在昏迷癫狂中死去。”女主人公却努力向男青年证明,生的希望依然存在:“我也像你一样渴,像你一样饿。但是有些东西在告诉我,这种情况不会继续太久,会有人来救我们的。”“你想想吧,在我们这个时代,有各种交通工具,一艘载有两千个乘客的大型客船沉没了,这不会不被人注意到。”

剧作中出现的第三个人物是扮作园丁的天使。天使启发不会游泳的女青年跨过海水,走到男青年身边,给他以精神的慰藉。她告诉女青年,只要有信仰,就能创造奇迹。女青年听从了她的话,并把这话传达给了男青年。男青年于是不仅树立起生的信心,而且燃起了重见光明的希望。在天使的帮助下,他的愿望实现了。

这是一部超现实主义戏剧,剧作家赋予作品许多现代主义戏剧常有的怪诞色彩。一方面,人物是高度抽象的,许多对话也重在哲理的启示而不顾及人物的身份与生活的逻辑。另一方面,戏剧中许多情节都介于梦幻与现实之间,比如男女主人公被分隔在两个小岛上却能方便地对话;苍茫的大海上,突然有一园丁凌波而至。最具现代主义戏剧特征的地方是,剧作有一个对全剧的真实性进行解构的结尾。然而,从主题上来看,这却是一部谈论生活的信心与希望的戏剧。这部作品所传达出的希望的讯息不仅实实在在,而且令人感动,以至在戏剧结尾时,剧作告诉人们,这是两个身患绝症的人在做的一个关于沉船的游戏时,希望之声不仅没有被抵消,反而被奇妙地放大了。

三

如果说《沉船》这部戏剧强调的是人类在困境中要保持对于前途的希望的话,爱尔兰作家叶芝(William Butler Yeats)的象征主义戏剧《凯瑟琳伯爵小姐》,则歌颂了一位在危难中挺身而出,为拯救别人而献身的女英雄。

剧本由一个古老的爱尔兰民间传说改编而成。天灾导致的大饥荒在爱尔兰大地上流行,凯瑟琳伯爵小姐以其深切的悲悯之心,倾尽自己的所有赈济着灾民。这时候,两个魔鬼扮成的商人来到村里,偷空了伯爵家的金库,买去了许多村民的灵魂。伯爵小姐为了重新赎回村民们被骗走的灵魂,要回被偷去的赈灾的钱财,不惜向魔鬼抵押上了自己的灵魂。

在剧中，凯瑟琳小姐是一个充满了献身精神的人物。为了拯救村民，她不但舍弃了财产，而且也舍弃了爱情与安逸的生活。迷恋着伯爵小姐的诗人艾立尔一直在劝她离开这场灾难，“和几个仆人住进山里，在音乐声和粼粼的波光中生活，直到罪恶过去”。凯瑟琳小姐听到的却始终是灾民的哭声。为了不再听到这哭声，伯爵小姐毫不犹豫地在魔鬼购买自己灵魂的凭证上签了字。

对于这部戏剧，人们当然可以把它作为一部象征主义戏剧去进行抽象的解释，从中读出诸如灵与肉的冲突、善与恶的冲突等内容。但是，也许是取材于民间传说的缘故，戏剧中伯爵小姐的形象十分突出，因而民间传说中固有的歌颂献身精神的主题也就十分突出。同时，此剧的场景、事件、人物关系都是十分具体的。戏剧里几个主要的人物，也颇具个性化。这在象征主义戏剧中都比较少见。在戏剧的结尾，甘下地狱的灵魂被天使接进了天堂。人们听到的是天使的歌声。这里呈现出的光明的色彩，与一般现代主义戏剧的灰暗色调形成很大的反差。

四

比利时作家莫里斯·梅特林克（Maurice Maeterlink）有一部戏剧叫《青鸟》，写的是生在贫穷的樵夫之家的小男孩蒂蒂尔与小女孩米蒂尔，为了救治邻居家的小姑娘，从仙女那里得到一个镶着具有魔力的钻石的小绿帽，和一群精灵一起，上天入地，寻找青鸟的故事。与叶芝主题相对简单的戏剧相比，这部戏剧给人留下了的阐释空间要大得多。从这部戏剧里，可以发现多个具有积极意义的主题：你可以说这是一部写亲情的戏，两个小兄妹在思念之地见到了他们已经过世的祖父祖母，祖父祖母告诉他们，“每次你们想念起我们，我们就会醒过来，又看到你们”；在幸福之园里，他们突然发现自己终日操劳的母亲原来是那样美丽温柔，他们知道了，被母爱抱吻的地方就是天国，而他们的每一次微笑，都将使母亲变得更加年轻。你甚至可以从中读出中国人熟悉的忠与奸的主题：可怜的小狗蒂洛对小主人忠心耿耿，为主人赴汤蹈火，换来的却总是严厉的呵斥；居心叵测、暗中作恶的小猫蒂莱特，却凭借自己的如簧巧舌处处得宠……但最具积极意义的，还是作品中表现出的两个小孩在寻找青鸟的过程中那种不懈追求、锲而不舍的顽强精神。

在戏剧中，青鸟的神奇在于它知道所有自然的奥秘。为了保住这个秘密不被人类发现，许多力量联合起来与两个孩子作对。然而，两个小孩寻找青鸟的动机则单纯得多，他们仅仅是为了邻居家小姑娘的病才寻找青鸟的。这种纯洁的动机给了他们面对各种考验的巨大的勇气与力量。他们"上穷碧落下黄泉",中间既经历了各种各样的恐怖、危险,也经历了许多幸福与亲情的诱惑,但始终都没有放弃。

我们不能不为两个孩子为解救另一个生命而寻找青鸟的坚强意志与勇敢精神所感动。在与祖父祖母见面的那场戏中,正处在融融亲情中的两个孩子一想起自己的使命便毅然离去,甚至等不及吃完奶奶为他们精心做的李子馅饼与白菜汤;曾经因为贫穷而不得不以隔窗看别的孩子享受圣诞美餐来解馋的主人公,在幸福之园里,当"最肥胖的幸福"邀请他们加入不散的丰盛筵席时,他们却拒绝了。

当然,困难与危险是更大的考验。在森林里,他们受到众树与众动物的围攻,差点丧命。在墓地里,他们感到了从未有过的阴森与恐怖。在夜之宫里,他们被明确地告知:"有的洞门打开就是深渊。"在最后一扇门前,夜这样威胁他们:

> 你听着,凡是打开这扇门的人,哪怕只打开头发丝那么一条缝,一到日出,没有一个生还的……因为这个深渊没有人敢给它一个名字,人的目光一接触到它发出的威胁,便要危及生命,比起它最轻贱的威胁,一切可以想象的恐怖,人间的一切可怕的事物,便都没有什么了……

然而,为寻找青鸟,他们仍然义无反顾。

这部同样被称作"象征主义"的戏剧,实际上带有明显的童话剧的特征。剧中类似面包精灵、火精灵、糖精灵、胖子幸福、母爱欢乐等角色的设计,极符合儿童的审美心理。儿童的视角还使整个世界变得极为单纯,就是作为负面力量而出现的小猫、树精、感冒精灵等角色,引起的情感体验也不是厌恶而是有趣与可爱。整个剧作更是充溢着一种天真、浪漫、温馨的童趣,而丝毫没有现代主义戏剧常有的那种压抑感。

五

现代主义戏剧产生在一个怀疑论哲学盛行的时代,在那个时代,虚无与颓废作为一种时尚,弥漫整个西方思想界。其实,上面几部戏剧都没有完全摆脱这种时尚的影响。不仅在《沉船》中,剧作家凭空给剧本增添了一个有些暧昧的结尾,在《青鸟》中,青鸟最后也飞走了。而在《凯瑟琳伯爵小姐》一剧中,开始时众人对女主人公的善行是不理解的,他们宁愿去求助魔鬼。然而,光明的色调在这些戏剧中并没有因此而暗淡。因为这种色调并不是作者凭空加给戏剧的,它在每一个时代都会存在。而这正是人类的希望所在。

（此文发表于《上海戏剧》2003 年第 7 期）

一个戏剧故事的文化内涵

一

陈宪章先生在传统豫剧的整理与发掘方面的确独具慧眼，他几乎仅仅凭一种直觉便能在良莠杂陈的传统剧目中发现一个个亮点，然后将它们放大开来，搬上新中国的戏剧舞台。他的工作不仅仅满足了观众的艺术欣赏，同时也救活了好多剧目，实际上是传承着一种文化。《司马貌告状》这个具有深刻文化内涵的戏剧故事，便是经陈宪章先生之手发掘、整理而得以保存下来的。

这个戏叙述了这样一个怪诞而又感人的故事：贫穷的书生司马貌与弟弟一起赴京赶考，二人凭着出众的才华高中状元与榜眼，然而放榜时却被同乡富豪许氏兄弟夺去。司马貌的弟弟不服，被主考官斩首，当司马貌抱着弟弟的首级悲愤地回到家中时，发现妻子也因受许氏兄弟的凌辱而悬梁自尽了。悲痛欲绝而又走投无路的司马貌于是写下十张大状，纵火赴死来到阴间告状，众神灵包括玉皇大帝都成了他的被告，把天宫搅了一个天翻地覆。其悲壮，其气势，其大胆的夸张与浪漫的幻想，堪与元杂剧里感天动地的窦娥的故事相媲美。

《司马貌告状》是一个很有意蕴的戏剧，很值得作深入的研究。

二

自从人类社会产生了强权，便有了以强凌弱、仗势欺人，于是申冤与复仇，便成为一个表现下层民众呼唤正义与公道的最常见的主题。一个个申冤与复仇的故事，既记录着一个民族曾经受过的屈辱与苦难，也表现了一个民族的追求与理想。从这个角度来看，司马貌的故事，无疑淋漓尽致地表现了一个普通平民面对社会的邪恶与不公正所表现出来的希望世界来一个天翻地覆的改变，用自己的双手去拯救自己的强烈愿望。其展示的积极的意义与其他类似的题材相比十分突出。

元杂剧中的窦娥虽然曾经发出了“地也，你不分好歹何为地？天也，你错勘贤愚枉做天”的悲愤呼号，然而她最后毕竟仍把希望寄托在了天理昭彰上面，而且最后也真的天遂人愿了；蒲松龄笔下有一个赴阴司告状的席方平，虽然他在阴间也曾感叹“阴曹之昧暗尤甚于阳间”，然而他毕竟只是苦于“无路可达帝听”，仍对阴间的最高统治者抱有幻想，而且最后也真的在阴间遇到了一个“清官”，申了冤，报了仇，并返回阳间消受了仇人的家财。而在《司马貌告状》这出戏里，司马貌之所以要赴阴间去告状，并不是对阴司抱有幻想，希望冥冥之中的一种力量为他主持公道，而是要把复仇的怒火燃向阴曹地府，燃向玉皇大帝的宝座。在功名落空，兄弟被杀，妻子自尽，家破人亡，走投无路，呼天天不应叫地地不灵时，司马貌一下子从自己的私仇——与许氏兄弟的不共戴天之仇——中醒悟与超越了出来；认识到了与自己形成对立的，实际上是整个社会的统治秩序，于是他在告状时说：

头一状挥笔不用想，
九重天先告张玉皇。
你既在上方把权掌，
怎不与黎民除灾殃？
人人说天心无私主公道，
依我看你枉为至尊在天堂！

这实际上是对统治者所标榜的公道与正义本身的怀疑。如此豪迈的语言，无论是自称“铜豌豆”的关汉卿，还是标榜抒写“孤愤”的蒲松龄，都没有让他笔下的人物讲出来。

司马貌叛逆性格的彻底性，很容易让人想起鲁迅先生笔下的复仇故事《铸剑》中的人物——眉间尺与“黑衣人”，也很容易让人想起神话故事中大闹天宫的孙悟空。他们有一个共同的特征，就是不对统治者抱任何幻想，而是依靠自己的力量去给自己深恶痛绝的统治秩序以迎头痛击，哪怕为此付出生命的代价也在所不惜。

大闹灵霄殿一场戏，是司马貌反抗性格发展的高峰，其痛快淋漓，给观众的感觉确实可与《西游记》中大闹天宫一节相仿佛。在这里，司马貌得到一个机会，彻底地发泄了自己的满腔仇恨与不平。他先是制裁了自己的仇人许氏兄弟，而后便把复仇的矛头指向阳世的最高统治者及其帮凶：

洛阳城先拿汉灵帝，

再带百官文武卿；
三宫六院都带净，
一个不留上法绳。

接下来，复仇的烈火越烧越旺，那以往受到人们顶礼膜拜的众神也成了他复仇的对象：

财神罚银十万担，
城隍罚你坐天牢。
魁星充军南海岛，
文昌削职脱锦袍。
真人下凡运粮草，
土地贬你看禾苗。
灶君贪吃行不肖，
永免刀头与酒肴！
阎罗作恶多霸道，
我把你投入油鼎烈火烧。

这种“以命偿命”、“以牙还牙”的制裁原则，反映着受压迫的下层民众向社会讨公平时的典型心理。而敢于向玉皇大帝提出“你失公道我坐朝”的要求，则赋予司马貌这一人物超越一般反抗者的另外一种英雄气概。

三

在西方基督教文化中，天堂是一个幸福与和平的居所，上帝是公理与正义的象征。他们用全部宗教热情创化出一个生命永恒的归宿。在中国人的观念中，却没有这么一个可以作为生命永恒归宿的安然居所，尽管中国文化中也有天堂与上帝的概念。

在《司马貌告状》这个戏中，由玉皇大帝和它的幕僚组成的那个天堂世界，实际上成了一个“百丑图”。在这里，玉皇大帝不仅主持不了正义，反而像人间的皇帝一样昏聩无能；众神也像人间的那些贪官污吏一样只知道耀武扬威，一遇到事情便官官相护,或者相互推诿,拼命保自己的官职。这里的天堂,实际上只是人间的一个影子而已。

这是一种很值得研究的文化现象。类似的描写在中国的神话小说、戏剧以及民间故事中还有很多。令人感兴趣的是,这出戏中的玉皇大帝形象很具有一种原型特性。在中国古代的民间传说中,玉皇大帝与王母娘娘这两个统治者,常常要扮演一对很不讨人喜欢的尴尬角色。他们常常或拆散男女间纯洁的爱情,使他们天各一方;或偏听偏信,处事不公,造成许多贤者被贬黜、恶人得以横行的混乱。这些与西方文化中的全知全能的上帝也形成鲜明的对比。

这一切,很可能与我们这个民族历来注重现实、现世,不对现实之外的力量抱过多幻想的理性精神有着深刻的关联。《司马貌告状》中的有关情节设计,即突出体现了这么一种民族文化心理。

在《司马貌告状》中,玉皇大帝与众神是被捉弄、受嘲讽的对象,而捉弄与嘲讽玉皇大帝与众神的,竟然是凡间一介穷儒司马貌。该剧对司马貌与玉皇大帝及众神之间矛盾的处理,大刀阔斧,令人拍案叫绝,忍俊不禁。你看:司马貌先是十张大状告下他们,然后被传到天宫与他们对质,从他们手中骗得执掌地府大权的权力,然后处置了许氏兄弟,又要发落汉天子,惩罚众神,到最后居然与玉皇大帝分庭抗礼,对天兵天将发号施令,乃至哈哈狂笑,扬长而去,留给玉皇大帝的宝座一个轻蔑的"呸!"。的确,司马貌不可能真的将统治秩序颠覆,无论是天宫的还是人间的。他的反抗在这一点上显得有些无力,只不过是出了一口恶气而已。然而,这口恶气又出得实在痛快,实在潇洒。他身上那样一种藐视一切权威的气概,既带着一个下层平民反叛的骨气,又带着中国传统知识分子身上普遍具有的那种傲岸与不羁!

司马貌这一形象的典型意义在这里表现得很突出。一般来讲,彻底的反叛者形象,像孙悟空,像眉间尺,像梁山好汉李逵,多是身怀绝技的豪杰武士;文人的孤傲,则往往表现为一种明哲保身的狂放与洒脱。司马貌这一形象却将两种类型的叛逆性格糅合在了一起,他反得彻底,反得痛快;也反得机巧,反得洒脱。也许,这样一个形象在民族文化心理中具有更广泛的代表意义,应该得到更多人的认可。

四

《司马貌告状》的整个情节绝大部分是构筑在神鬼世界的基础之上的。对这些情节,我们可以称它为一种合理的艺术想象与夸张。但是,如果换一个角度,从遭受了巨大的打击而精神崩溃了的司马貌的感觉世界出发，我们又可以说这是主人公所经历的真实的幻觉；司马貌本人那种无所顾忌不合常规的行为，也可以用精神错乱状态下对自身社会角色的解脱与超越来解释。当然，这是一种具有积极意义的超越与解脱，正如鲁迅笔下的“狂人”，“歇斯底里症”反而使他具有了一双常人所没有的锐利的眼睛，更深刻地洞察了历史与人生。

司马貌一出场便表现出一系列怪异行为，他“无奈何才掮着兄弟首级，悲悲惨惨一步一叹转回家园”。一路上与自己兄弟的首级对话，还不时地为兄弟的头颅拭泪，并要兄弟“阳世告他不下，就到阴间去告”。这些细节我们可以理解为作者让死人流了泪，是一种艺术夸张，但同时也可以理解为司马貌当时在精神恍惚中产生了幻觉，作为一种幻觉来解读这些情节，它们便不再显得怪诞，而是真实可信的。

在剧本的第四场，司马貌经历了第二次沉重的精神打击。他先是发现了妻子的尸体，悲痛欲绝的司马貌向左邻右舍询问妻子的死因，然而左邻右舍畏于许氏兄弟的权势，都不敢告诉司马貌事情的真相。此时的司马貌精神实际上已彻底崩溃，因而接下来他去土地庙问土地，到家中问灶君，就也成了一种完全可能真实发生的行为。在土地、灶君也毫不理会他的冤情时，他写下了十张大状，状告玉皇大帝及天上众神，狂笑着撒向天空，纵火烧毁家园。在这种情况下，作为一个精神已经错乱了的病人，他也完全可能产生后来戏中出现的游历天宫、搅乱天庭那样的幻觉。

从作者的艺术夸张来讲，我们可以称这部戏是一部魔幻剧；从剧作展示给我们的那个怪异的世界来看，我们可以称这出戏是一部荒诞剧；从主人公司马貌的精神经历来看，我们又可以称这出戏是一部难得的心理剧。……这样一部别具一格的戏剧，实在应该在戏剧史上占一个地位。

实际上，质朴的剧作家于有意无意之间向我们提供了一部十分富有文化意蕴与理论价值的剧作。在传统戏剧中，类似《司马貌告状》这样携带有丰富的民族文化基因的作品是很多的，它们对历史、文化、民族心理等诸多人文学科的研究具有十分独特的价值，如果我们的理论界忽视了这么一个领域，将会造成许多无可弥补的遗憾。

（此文收入荆桦、吕有宽、蓝纪先主编的《陈宪章戏剧艺术论》一书，中国戏剧出版社，1994 年出版）

“吐槽”春晚与庸俗化的艺术批评

假若你怀着期待去赴一场盛宴，席间却发现有人始终在挑剔，在大揭食材的老底、厨房的老底、厨师的老底，你的胃口一定会被彻底败坏，即便面对的是一桌无与伦比的美食，也难以激起品尝的兴致。

这种不尴不尬的事情，近年来我却经常遇到。不是在宴席间，而是在试图进入某个艺术欣赏过程的时候。

不怕大家说我“老土”，我是央视春晚绝对忠实的观众，从十几岁开始，三十年来一届不落，从开场歌舞一直看到带字幕的片尾曲《难忘今宵》终止。

很长的时间里，我都能够十分投入地享受这样的时刻：一家人难得地围在一起看同一个节目，有时被逗得捧腹大笑，有时被煽得热泪盈眶，有时被美轮美奂的歌舞场面深深吸引，有时为奇妙无比的杂技绝活拍案叫绝，放松地跟着节目的基调，感叹一下岁月，展望一下未来，体味一下亲情，嘲讽一下现实，打个问候的电话，发个拜年的短信，然后，在零点的时候站起来，独自走到阳台上，和着漫天飞舞的烟花与铺天盖地的鞭炮声，迎来大自然一个新的春天，同时也迎来自己生命中一个新的周岁。此时此刻，我会久久地沉浸在感慨与感动之中，思绪难平。

回过头看，对我而言，那些有点雷同的“春晚记忆”，很像是在线性的时间上绾起的一个个绳结，把生命中散碎的日子串联成了一个整体。我甚至十分庆幸每年都能看到春晚，几乎没有想过还有什么更合适的方式可以取代这种已经习惯了的跨年仪式。

然而，近年来，我发现在不知不觉中，自己看春晚的心境却发生着变化，准确地讲是遭到了破坏：每当我正要投入，正要赞叹，正要感动的时候，会忽然想到媒体上那对春晚年复一年的大起底、大吐槽、大拍砖，进而怀疑自己是不是太幼稚、太“out”，欣赏水平太低下了。

而今年的春晚过后，当有人在专业的编辑机上通过一帧帧的画面分析，终于找到原本让我感到十分精彩的魔术节目的漏洞，当刚刚被我通过春晚才知晓且十分喜爱的明星“小彩旗”也被硬生生地搜索出“绯闻”，我有些实在看不过去了。我忽然感到，真正有问题的不是我，而是有些人那过于强烈地想知道幕后故事的猎奇心，那过于吹毛求疵的观赏态度，以及那为吐槽而吐槽，不论好坏都要吐槽，只有吐槽才能证明自己水平的心态。而在其背后隐藏更深的，是一种非要把所有美好的东西都摧毁而后快的施虐心理。

我不是说，也不敢说今年的春晚办得就比往年多么出色，而是说假若观众抱着如此不正常的心态，遇到再有水平的春晚节目，也没有办法去真正地欣赏，因为他们本就不打算把春晚节目当艺术欣赏，或者说还没有学会艺术地去欣赏。而当一个社会普遍地以揭艺术家的老底为乐、以在艺术品面前吹毛求疵为乐，以在观赏艺术品之后吐槽为乐，乃至常常把揭老底、吹毛求疵、吐槽拍砖演化为一场场极具杀伤力的全民狂欢的时候，其对艺术的摧残、对艺术家创作热情的打击、对一个社会艺术趣味的破坏、对其他人正常的艺术欣赏的干扰，是可想而知的。

其实，无法完全投入地看春晚，只是近年来我个人遭遇的审美心境被破坏的事件之一。类似的事件还经常出现在面对一部电影、一部小说，或者是一首本来感觉很好的歌曲的时候。而大众对春晚的大揭底、大吐槽，也令我想到了这些年来文艺批评领域的一种风尚，叫作给艺术家与艺术品“去魅”，或者叫“还原历史”。

上面讲的这种类型的文艺批评，常常把其探索的触角伸向艺术家最为私密的个人生活领域，计较与争论的多是类似于“作为私生子的达·芬奇其母亲是黑人还是白人”、“凡·高曾经与几个妓女有过交往”、“沈从文的师生恋是否像传说中的那样美好幸福”、“徐志摩除自己的妻子外还与哪些女人有过婚外情”这样的话题。通过这种“去魅”与“还原”，得出的是类似于“生活中的尼采原来不过是一个疯子”、“巴尔扎克是为还债才去从事小说创作的”、“胡适发动白话文学革命只是出于哗众取宠的动机”、“鲁迅在为人处事上过于敏感与记仇”这样的结论。

这种类型的文学批评能够产生的效果，就是一些艺术家在历史上原有的崇高地位被无情地颠覆，受众心目中曾经建立起的艺术家的高大形象轰然倒地，与他们名字相关的艺术品，其价值似乎也因此大打折扣。

而这，正是让那些热衷于此种批评的学者们最为得意、最感快意的地方。

我们完全可以说，文学艺术家也是人，也有许多人性的弱点、人格的缺陷。但一个伟大的文学艺术家之所以创造出了伟大的作品，一定是因为他的人性、人格中有能够超越平庸、战胜世俗的东西。投射到他们的艺术作品之中，并让受众感动的，正是这些东西。艺术研究如果不能够将这些东西发掘出来，相反地却要津津乐道艺术家世俗、平庸的一面，刻意要把美好的东西毁掉，最终只能使自己的批评活动也不可避免地庸俗化，不但离自己批评的对象越来越远，而且会对受众产生极大的误导，对艺术存在与生长的环境造成极大的破坏。

令人遗憾的是，那种可以被大众娱乐媒体直接拿来当“八卦”而且也确实经常拿来当“八卦”的文字，在当下一些严肃的艺术批评刊物与论著当中，却大量出现，有时还堂而皇之地占据大学文学艺术课堂的大部分时间。与此同时，包括文科大学生在内，人们对那些大师们创造的艺术作品、对他们的艺术观点与艺术追求，却越来越感到陌生，无法真正理解与欣赏。

谁能够说清楚，我们这个时代，是因为丧失了对艺术大师们那作为经典的艺术品欣赏的能力，才去津津乐道地“八卦”那些大师；还是因为太习惯于“八卦”式故事的阅读，而最终丧失了理解与欣赏大师们创造的经典作品的能力；而热衷于这种路子的专家们的批评，与那些以起底春晚为乐事的大众文化消费者的吐槽，在心态上、在方式上、在效果上、在审美趣味与审美层次上，又有什么区别？

（此文为本人博客文章，作于2014年2月）

第四辑

知其人不读其书,可乎?

孟老夫子说过一句影响深远的话:“读其书,诵其诗,不知其人,可乎?”孟子在这里提出的“知人论世”的原则,不但贯穿在中国的解释学思想中,也贯穿在西方的解释学思想中,似乎具有绝对的真理性。对照这一标准,作为一个居于偏僻一隅的学人,常常为读了一个人的书而无缘与作者结识或谋面感到遗憾。尤其是当那些身在京城或者从国外回来的朋友,开会时可以叫出几乎所有与会学者的名字,在我面前谈起一段又一段的名人轶事如数家珍时,更让人有点自惭形秽了。

然而,前几年的一个学术会议上,在有幸聆听了希利斯·米勒(J. Hillis Miller)的一个讲演之后,我却对孟老夫子的话发生了怀疑。

米勒是国际文学理论学会主席,美国解构主义代表人物“耶鲁四人帮”之一,算得上当今学术界一个超级大腕。我曾在一段时间里,硬啃过他的文章,虽然似懂非懂,仍然受到巨大的启发。因此,在米勒讲演开始前,我早早地到会场寻了一个合适的位置。同时我发现,国内的几个颇有名气、没有安排自己发言时一般不到会的学者,这次也在听众群里静静地坐着等待。

然而,在米勒一个多小时的讲演过去之后,我却有一种若有所失的感觉。尽管米勒的大师风度是很足的,尽管他的讲演与其他人的讲演比较起来仍然可以说是相当精彩的,我仍然感到没有读他的文章过瘾。演讲的内容无论如何是无法与他在文章中表现出的丰富、深刻、睿智、犀利相比的。

于是,我开始怀疑通过听演讲这种方式(包括其他的方式,如与作者日常的谋面、作者耳提面命的教诲等)来了解一个主要以书写传达自己思想的人,是否能做得到;知其人,能否代替读其书。

重新回到孟子的命题上来。

如果我们把孟子的话理解成在读一个人的书(诗)的时候,对一个人有一些了解可以帮助你更多地理解文本的内容,那么这句话有部分的真理性。有些时候,了解一个人是有利于理解他的思想的,然而,你不能排除有些时候,也可能会因为对一个人了解太多而影响你进入他的思想,因为你总是无法把日常生活中的作者与进入思想状态的作者分开。

如果我们把孟子的话理解成必须既读其书，又知其人，才算真正了解了一个思想家，那么，他的要求一方面显得有些苛刻，另一方面也没有道理。因为对一个思想者的理解，读其书与知其人两条途径所获得的东西，无论就量上而论，还是就质上而论，都实在不在同一个水平上。比如，对于米勒的学术思想，通过书本是可以直接接触到的。如果米勒的书你读了，有没有接触过这个人，有没有亲自聆听过其报告，实际上无关紧要；如果你根本没有认真读过米勒的书，那么通过这么一次演讲，对他的思想，你实际上仍然几乎是一无所知，尽管当你告诉别人，你见到过米勒，亲自听过他的讲演时，可能会引来一阵羡慕的唏嘘，好像你因此而得了米勒的真传。

对一个主要靠其著作而存在的人而言，只知其人，不读其书，是不会真正理解他的。而在读其书这个问题面前，人人平等。因此，最好千万不要先轻易地被“我是某某人的入门弟子”、“我亲自聆听过某某大师的教诲”之类的话吓倒。

（此文为本人博客文章，作于2005年2月）

我们从自己的经典中解读出了什么？

一

金圣叹戏仿儒家的经典传统，试图建立一个以他的“六才子书”为核心的新的经典体系。他既是一个经典的解构者，又是一个经典的建构者。令金圣叹想不到的是，三百年后，他对六才子书的阐释连同他阐释的“六才子书”一起，成为新的供人们不断阐释的经典。在整个20世纪，金圣叹这个名字不断在中国学术思想界被提起，每一次重提时他的身份都会发生明显的变化：从有反清倾向的汉人到封建反动文人，从现实主义、浪漫主义文学理论家到中国的形式主义者。而20世纪金圣叹在中国学术视野中身份的转换折射的恰恰是百年来中国学术观念与范畴的转换。

金圣叹被作为一个纯粹的文学理论家对待是很晚的事情。19世纪末金圣叹开始进入近代学者的视野时，主要是与反清排满这一政治话题有关。关于金圣叹，人们最初讨论的热点主要是“哭庙案”。从新中国成立后到20世纪80年代以前的这段时间里，金圣叹之所以会不断地成为学术界的话题，也主要是由于文学之外的政治原因。笔者根据日本学者井上浩二所作的《金圣叹研究论文目录》①统计发现，20世纪50年代初到20世纪70年代末这段时间里，中国大陆发表的96篇金圣叹研究专题文章中，像傅懋勉的《金圣叹论“那辗”》、《金圣叹论夸张》以及刘大杰、章培恒的《金圣叹的文学批评》这样，比较纯粹地从文艺理论角度研究金圣叹的文章，只有大约5篇，其余的大多是《金圣叹是封建反动文人吗?》、《金圣叹继承李卓吾反封建斗争的传统吗?》、《不应该拿“哭庙案”来为反动文人金圣叹翻案》之类的文章。

① 这是一个包括中国大陆、中国台湾地区及日本19世纪末到20世纪末金圣叹研究的一个相当完整的论文索引。国内曾有学者据罗宗强等作的《古代文学理论研究论文目录索引》统计得出“金圣叹研究在20世纪近百年的时间里发表论文180篇以上”的结论（见魏中林、王晓顺著《20世纪金圣叹小说戏曲理论研究》，《学术研究》2001年第2期），而井上浩二的索引收录的大陆学者的金圣叹研究文章仅1980至1989年这10年间就有281篇。笔者是通过与作者的私人通信得到这份索引的。

从这个意义上讲,20 世纪 80 年代以后的金圣叹研究的确有"拨乱反正"的意味。

我们可以根据井上浩二的《金圣叹研究论文目录》看一下 20 世纪后 20 年金圣叹研究的情况:1980 至 1989 年这十年间,中国大陆发表金圣叹研究文章 281 篇,其中 130 篇是比较严格意义上的文艺理论探讨文章,占文章总数的 46%,比 20 世纪 80 年代以前大有好转;1990 至 1999 年这十年间中国大陆共发表金圣叹研究文章 145 篇,其中 107 篇是较严格意义上的文艺理论探讨,占文章总数的 73%。这些统计数字表明,20 世纪 80 年代以后,金圣叹研究开始复位。很明显,这一复位的过程是逐渐完成的。

进一步分析,我们发现在 20 世纪 80 年代以来的金圣叹研究中,还有一个颇有意味的现象。最初,国内学者主要是用传统的现实主义理论以及 20 世纪 80 年代才兴起的心理学理论去阐释金圣叹的文艺思想,关注的主要是金圣叹对人物性格、创作过程等问题的看法。我们经常遇到的是类似《金圣叹现实主义小说理论探深》、《也谈金圣叹的文学典型观》、《试论金圣叹关于小说审美中想象和情感活动的见解》这样的文章。到 20 世纪 80 年代末及 20 世纪 90 年代,金圣叹关于"文法"的意见则越来越多地进入到研究者的视野。于是,我们便经常可以看到类似《金圣叹的小说重复论》、《金圣叹的小说节奏论》、《金圣叹的小说技法论》、《金圣叹的叙事美学》这样的论文题目。具体的统计发现,20 世纪 80 年代从"文法"方面研究金圣叹文学理论的文章不足金圣叹研究文章总数的 5%。而 20 世纪 90 年代的十年中,这方面的研究文章已经占到金圣叹研究文章总数的 25% 左右,近年来这个比例还有增加。

产生这种变化的主要原因是国外的形式主义理论在 20 世纪 80 年代中期以后逐渐被国内的理论家所熟悉,并被认为是文学理论发展的新方向。于是,像最初为肯定金圣叹而用金圣叹的文学理论与现实主义、浪漫主义文学理论相印证一样,后来的不少学者倾向于将金圣叹的理论与西方的形式主义理论,特别是叙事学理论相印证。也就是说,20 世纪 80 年代与 20 世纪 90 年代的金圣叹研究虽然内容有所变化,但研究问题的前提是一样的,即还是在采用"六经注我"的方式(这里的"我"其实并非是具有独立思考能力的主体,而是时代流行的观念)进行理论研究,研究者仅仅是希望从金圣叹的理论中寻找到与当前的文学观念相符合的东西,从而证明:三百年前的金圣叹就已经如此如此了。

我们知道,在学术研究中,这种研究不仅常常是一种人为地剪裁对象以削足适履的研究,而且也是一种生产新知识最少的研究。

二

在新中国成立后的金圣叹研究中,有一个问题是值得一问的:金圣叹文学批评的形式主义因素是一个巨大的存在,只要我们翻开他评点的《水浒传》或《西厢记》,就不得不首先面对它。为什么在相当长的时间内,国内从文学理论角度研究金圣叹的学者很少讨论这一问题?

原因可能有以下两个:

其一,五四学者特别是鲁迅很早就从这方面对金圣叹进行了坚决的否定,而后来的研究者在相当长的时间里一般不愿越过鲁迅等五四学者的成说对这一问题进行新的探讨。我们发现,鲁迅等20世纪的前辈学人关于金圣叹所说的一些话在后来的学者中是具有高度权威性的。研究者常将鲁迅等五四学者的观点作为正面的论据搬出来,以图在有关问题的争论中,置对手于绝境。就连一向以敢于突破禁区,敢于写翻案文章著称,对20世纪的金圣叹研究做出过很大贡献的张国光教授,在他的文章中也曾用这样的方式讲话:“至如强调70回本不是《水浒》原本,这乃是鲁迅在日本学者的帮助下得到的结论,罗氏(指罗尔刚先生。——引者注)翻得了此案吗?”①“金圣叹腰斩《水浒》说,是由鲁迅创立,又经俞平伯、胡适、郑振铎先生验证认可后,才得以被学界认定的。因此,从30年代起,在我国只有根据‘腰斩’说来把金圣叹指目为‘反动文人’之说,以及笔者力辩金圣叹腰斩《水浒》实有大功而非大过之论,但却没有任何学者怀疑‘腰斩’说的正确性,这就是历史的结论。”②既然鲁迅考证的金圣叹“腰斩水浒”一说已经被当作“历史的结论”,他所说的金批《水浒传》使得原作的“诚实之处,往往化为笑谈,布局行文,也都被硬拖到八股的作法上”这一观点当然也就被视为历史的结论,相当长时间内很少有人去对它进行质疑。

其二,金圣叹文学观念中的形式主义因素在相当长时间内与国内学者的艺术观是不相容的。从20世纪30年代开始,我们的文学理论不断强调文学与现实社

---

① 张国光:《“两种〈水浒〉说”与“两截〈水浒〉说”,究竟谁是谁非?——回顾我和罗尔纲先生之间历二十年之久的一场论争》,《零陵师范高等专科学校学报》2000年第2期。

② 张国光:《鲁迅等定谳的金圣叹“腰斩”〈水浒〉一案不能翻——兼批周岭袭据罗尔纲抄自周邨的误说之谬》,《湖北大学学报(哲社版)》2001年第1期。

会、阶级斗争、民族解放甚至政治运动的必然关系,在此过程中,反映论的文学观与工具论的文学观在现实主义的旗号下被作为绝对正确的观念肯定下来。新中国成立后国内的文学理论界也不断有理论上的争论与交锋,但这种交锋主要是作为主流文学观念核心的反映论与工具论文学观之间的争论与交锋。在这种交锋的过程中,有时可能也会触及诸如审美、文学中个人的情感表现等与主流的文学观念距离较近的问题,文学的形式问题,则因其与主流的文学观念相距太远而成为一个被长时间尘封的话题,甚至没有资格进入到争论当中。20 世纪 80 年代后,主体论的、作家中心论的、审美中心论的文学观念的出现,也只是改变了反映论与工具论文学观念一统天下的局面。实际上,它们与反映论、工具论的文学观念都属于另一个更大的文学传统。在这一文学传统中,文学的形式仍然被认为从属于内容(现实内容、心理内容或审美内容)而无关紧要。因此,即使在 20 世纪 80 年代对金圣叹的定位已经由一个反动文人转化成了一个具有进步思想的文艺理论家,人们仍然按照自己的意愿,或者把金圣叹解释成一个现实主义理论家,或者把金圣叹解释成一个浪漫主义理论家。形式主义的东西则被认为是金圣叹文艺理论中的一个瑕疵而不愿被从肯定的角度研究金圣叹的学者提及。只有到后来,当国外的形式主义理论传入国内之后,理论家才发现,形式主义原来是一种很"超前"的理论。于是,一些学者开始为三百年前金圣叹的理论也有这方面的特征而感到"吃惊"与振奋,从而开始对这部分内容加以关注。

国外形式主义理论在 20 世纪 80 年代的传入,对中国当代文艺学研究的发展起过相当积极的作用。它刺激当时的理论界对 20 世纪中国文学理论研究的方法进行了全面的反思,使中国当代的文学研究开始走出庸俗社会学的误区,走向对文学自身规律的关注与研究。在这里,笔者想提出的问题是:为什么在 20 世纪 80 年代促动文学理论观念发生决定性变化的契机根本不可能在面对诸如金圣叹这样的形式主义倾向很明显的中国古代理论家的理论时发生,而非要等某种外来理论的刺激才能发生?中国古代文艺理论在某一方面的价值,为什么非要以某种外来理论为参照时,才能够被发现?

我们发现,国内学者许多时候其实并非是带着自身的问题去接触、思考、研究、吸纳各种理论的,因而也就不是以能否解决自己面对的问题去判断一种理论的价值的。当然,更不可能排除各种偏见,客观地去认识某一理论的价值。我们对一种理论的价值的判断,实际上依赖的是这种理论在整个话语结构中所处的位置,"唯西"、"唯新"、"唯权威"的倾向十分明显。一种弱势理论,只有与符合这种价值观念的某种强势理论可以对接时，才会引起研究者的重视。

实际上，俄国形式主义理论，甚至包括英美新批评理论、结构主义理论，在传入中国时，在它们的原产地都已经是明日黄花。而中国学者在接受的过程中，之所以对之表现出了极大的热情，其中一个很重要的原因是把它们都误认为是一种超前的理论。当国内学者意识到在形式主义理论之后，国外还有更新的各种“后理论”、“新理论”时，对形式主义的热情马上就被追逐更新的理论的热情所取代了。

至少就人文学科而言，学术史上的许多原创理论，大多是在对属于自己所在的文化传统中的经典著作、经典理论重读的过程中产生的。20 世纪的许多学术大师，像海德格尔、福柯、巴赫金、德里达的理论建树莫不如此。而要想在经典著作、经典理论的阅读与研究中产生出原创的理论，独立的思考与发现是最关键的因素。假若在面对自己的传统与经典时，只会拿它去与已经存在的观念相比附、相印证，研究者与传统、与经典之间真正的视界融合就不可能发生，原创性的理论也就不可能出现。

回顾 20 世纪中国学术思想史，原创理论的匮乏是一个不争的事实。而这一切，与我们在面对自己的传统、自己的经典时所采取的态度应当是有着直接的因果联系的。

三

其实，当我们把金圣叹放在他的那个时代去看的话，会发现这么一个人物的出现绝对不是不合逻辑的，甚至是必然的。就其小说评点而言，近年来不断有学者撰文指出，无论其形式还是内容，都有很强的继承性，而不是凭空产生的。

学者们指出的促成金圣叹小说戏剧评点的因素至少有以下几个方面：

（一）宋代的文章评点。比如，有人指出，宋代吕祖谦的《古文关键》、谢枋得的《文章轨范》、楼钥的《崇古文诀》三种古文评点本已经奠定了小说评点的基础：其文本分析的根本用意在于揣摩古人作文之法，使后人能师其法而作文。这些文章评点对文本的读解、品评相当精细，而且已经形成三个比较固定的部分：卷前看文作文法、每篇前的总评、伴随行文的随处批语和重点句子的圈点。日后以金圣叹为代表的小说评点大体上正是承袭了这种形式。①

① 林岗：《明清之际小说评点考论》，《学术研究》1997 年第 12 期。

（二）诗词评点。在我国古代的诗歌批评中，对诗法的研究向来十分重视，各种诗论都少不了对表现技巧的考察、探讨。比如，后来文章与小说评点中常用的起承转合这些概念，就最早见于元人诗法，且从元代以来一直在蒙学诗法中主宰着人们对作品结构的理解。后来，这些诗法被移植到八股文的基本理论当中，并进而进入小说评点家包括金圣叹的语汇里。

（三）史传传统。有学者指出，由于史传本身包含有小说因素，对小说创作产生了巨大影响。小说家对史传从思想内容到修辞技巧都加以借鉴、模仿，使它们之间建立起诸多血缘关系。对此，小说评点家金圣叹有充分的意识，他的小说批评体系，在很大程度上是依赖史传这个参照系统而建构的，有很浓厚的拟史批评色彩。如金圣叹对《水浒传》那些成功地表现人物个性的情节赞不绝口，认为得到了“史公笔法”的真传。他在讨论《水浒传》的结构时，反复强调第某某回是某某传，显然是受《史记》这样的传记体史书的启发。他认为《水浒传》的方法，都从《史记》出来，并认为《水浒传》对宋江犹如司马迁对汉武帝，表面肯定而暗用“深文曲笔”予以讥刺，是典型的“春秋笔法”。①

（四）儒家经学传统。有学者指出，从形式上看，金圣叹的小说戏曲评点承袭了古典释经学的集注、集笺、集释与文本共同印行的方式。而从内容上看，金圣叹的六才子书系统是对儒家四书五经经典系统的模仿与对抗。金圣叹和李贽一样，对于经学传统采取“敬鬼神而远之”的姿态，他们分别以“童心说”、“才子说”建构了小说评点的知识谱系，消解了读书法与儒家经学传统的“胶着”状态，使读书法能够独立于“传经”、“传道”的经学传统，形成了崭新的小说理论话语。②

以上这些研究从不同角度想要证明的问题只有一个：金圣叹的评点从形式到内容都不是凭空产生的，它属于一个特定的文化传统与知识谱系。

由此我们可以说，一些五四学者对金圣叹的反感与否定，实际上来自于他们对金圣叹所在的那种特定的文化传统与知识谱系的反感与否定。从这一方面讲，五四学者自有他们的道理。当我们今天面对金圣叹的理论感到新奇与陌生时，恰恰说明我们与那个文化传统与知识谱系之间发生了严重的断裂。而这个文化传统与知识谱系中的某些东西，对于解决我们今天面对的一些问题，补充我们今天的某些缺失，又是极具启发意义的。

就文艺理论来讲，形式主义传统对于五四学者而言，是中国陈旧的文学传统的

① 王峰：《史传传统与金圣叹小说观》，《明清小说研究》1999 年第 3 期。

② 吴子林：《小说评点知识谱系考索》，《浙江学刊》2001 年第 2 期。

一个组成部分,这种传统发展的恶性结果就是八股文法,它在封建社会后期已经成为严重窒息中国文人的创造力,阻碍中国文学与文化向前发展的力量。而在以后的几十年时间里,被五四学者作为进步观念引入的社会学方法,由于各种历史机缘的推动,在中国占据了独尊的位置。在这个过程中,对文学研究同样十分重要的形式问题,反而被深深地遮蔽了。此时,发掘中国文学的形式主义传统,对纠正文学研究中存在的问题就有很强的启发意义。在形式主义这一问题上,我们与五四学者正好站在了一个相对的位置上。

问题在于,我们没有能力带着自己时代特有的问题去重新审视自己的传统,而是必须等待一种外来理论的刺激。因为在我们的观念中,一种中国自己的传统,如果不是与一种时新的外来理论相印证时,那它只能是旧的、落后的、没有价值的。

四

在近年来的金圣叹研究中,将金圣叹的小说评点理论与西方 20 世纪形式主义理论相比附,拿西方的形式主义理论框架与范畴去整理、解释金圣叹的小说理论这一研究倾向是很明显的。这种倾向不但普遍地存于西方的汉学家中,而且也存在于不少国内学者的金圣叹研究当中。比如,有的学者就将金圣叹的小说理论完全放进叙述角度、叙述顺序、叙述节奏、叙述频率这样的西方叙事学框架之中进行论述。

这种研究不能说没有价值。有时候,借用西方的概念与理论框架去研究与总结中国古典理论确实能收到相当好的效果。但在这样做的时候,我们必须充分意识到,金圣叹的小说理论与 20 世纪西方诸种形式主义理论产生于不同的文化语境中,因而它们之间是不可通约的。在讨论两种理论之间的相通性的同时,必须充分意识到两者之间的深刻的差异。而无论我们是抱着古为今用的研究态度、中西对话的研究态度还是还原真相的研究态度去研究问题,对这种差异性的发现与强调都是十分必要的。

认真分析起来,金圣叹的小说戏剧评点与西方 20 世纪各种形式主义理论之间,至少存在着这样一个原则性的差异:西方 20 世纪形形色色的形式主义文论多是建立在"作者之死"前提上的,而金圣叹的小说戏剧理论则建立在寻求与作者进行精神沟通的前提之上。金圣叹把他想要评点的六部古典名著称为"六才子书",他的艺术见解也主要是围绕着"才子"问题阐发的。"才子"问题是金圣叹文艺思想的出发点,对文学创作主体的惊羡与追求,则是金圣叹艺术理论的一个重要特征。

金圣叹竭力要在文学阅读中寻找“文法”,除受诗文评点传统的影响外,还基于这样一种认识:“才子”的“才”,是经由创作活动物化在文本中的。在阅读过程中,读者可以经由对文本中形式与技巧因素的领悟,去感受创作主体的才华与魅力。金圣叹所谓的“度人金针”,不完全是像八股选家那样教给人一种简单的可以重复的操作法则。实际上,他所追求的形式与技巧,恰恰是对固有的话语方式与叙述结构的突破。在强调文学阅读要关注“文法”的同时,他极力反对那种毫无创新精神的“印板文字”,时时为作家出人意料的文字与想法而拍案欢呼。在《读第六才子书西厢记法》中他说:

> 今后任凭是绝代才子,切不可云此本《西厢记》我亦做得出。便教作者而在,要他烧了此书,重作一本,已是不可复得;纵使当时作者,他却是天人,偏又会做得一本出来,便别是一本,不复是此书也。

对金圣叹而言,文本已经深深地打上了创作主体的烙印,文本中所叙述的内容,实际上已与原始素材(文料)之间产生了质的差异,成为渗透了作家智慧与心性的“绝世奇文”。而作家的独特价值,就表现在这里。

与形式主义一样,金圣叹要求读者在面对《水浒传》中那个生动的人物形象世界时,不要沉溺其中;但形式主义者是要求读者回到文本,金圣叹则要求读者时刻想着作者的存在。如在经金圣叹评点与修改过的《水浒传》第十九回中,叙述到林冲上梁山后,派人打探妻子消息,得知“娘子被高太尉威逼成亲,自缢身死,已故半载”时,金圣叹批道:“完林冲娘子。”并说:“颇有人读至此处,潸然泪落者,错也。此只是作书者随手架出,随手抹倒之法,当时且实无林冲,又焉得娘子乎哉?”在这里,金圣叹提请读者注意的,不仅仅是林冲娘子自缢这一情节在整个林冲故事进展中的功能,更重要的是想让读者注意小说作者构筑故事的才能。在另外的地方,金圣叹更加明确地讲,“要知宋江点将,都是耐庵点将,则为善读书人也”。这些思想显然比西方形式主义理论多了一层东西。

对文学形象运思过程的探讨,是金圣叹文艺思想中另外一部分十分深刻的内容。在对这一问题探讨时,金圣叹仍是以他的“才子理论”为核心而展开的。金圣叹认为,《水浒传》“所叙一百八人,人有其性情,人有其形状,人有其声口”,特别是

"写淫妇居然淫妇，写偷儿居然偷儿"，甚至连老虎扑人都写得惟妙惟肖，同样表现出的是作者难得的文学创作才能，这种才能便是"格物致知"的功夫。对"十年格物而一朝物格"的作者而言，"以一笔写百千万人，固不难也"，写一百零八人，"不过小试笔端而已"。

在如何把握事物的因缘关系问题上，金圣叹具体提出了"动心"说，认为作家化身为笔下所描写的对象，设身处地地进行内心体验的功夫是从事艺术创作的"才子"们才能的重要表现形式。在金圣叹看来，正是这种才能给创作主体的想象活动开辟出无限自由的空间，使之在"动心而为"中，超越了现实之我的局限性，获得了心性的自由与创造的自由。

对创作主体投注的极大热情，使金圣叹的小说戏剧理论极富古典英雄主义与古典浪漫主义色彩。这不仅与西方20世纪冷冰冰的形式主义理论形成了很大差异，也与同时代那些充满迂腐气的八股选家的理论形成极大差异。

金圣叹在20世纪能成为一个长盛不衰的学术话题，其中一个重要的原因就是其理论的驳杂性——无论什么人，持什么样的观点，似乎都可以在金圣叹的著作中找到足够的论据支持自己。强调金圣叹是反动文人的人有足够的证据，强调金圣叹是一个启蒙思想家的人似乎也有足够的证据。强调金圣叹是一个现实主义理论家的人可以自圆其说；强调金圣叹是一个浪漫主义理论家的人也有自己的理由。当然，近年来强调金圣叹是一个形式主义理论家、一个创立了中国叙事学理论的理论家的人，更是在金圣叹的著作中找到了足够的支持。而实际上，当我们换个角度思考问题时，会发现金圣叹总是比后来的理论家给他的命名多出一些什么。其中的原因，除金圣叹是一个伟大的、富有创造力的理论家之外，可能还因为金圣叹的理论是在三百年前的中国文化土壤中发育起来的，携带了中国文化的所有基因，包含了太多的可能性。但是，金圣叹的理论与思想又是不可能与三百年后无论是中国还是外国的任何一种理论与思想相重合的。对此，从事金圣叹研究的人应有充分的意识。

（此文是2005年5月提交"文化研究语境中文学经典的建构与重构国际学术会议"的论文，后收入童庆炳、陶东风主编的《文学经典的建构、解构与重构》一书，北京大学出版社2007年出版）

一个现代儒家学者的跨文化之思

> "玄谷"是美国科罗拉多州南部一个群山峥嵘的胜景。置身其中,目及山势的潜伏和层峦的脉运,突然想起石涛画谱中刻画山川及海涛两篇文章的共同意境……山不再是孤立寂静的峰岭,而是石涛笔下波澜壮阔的潮汐了。……王阳明诗中"山灵应秘惜,不许俗人看"的句子不禁脱口而出。为什么这个美国中西部的"自然环境"竟带来了许多毫不相干的联想?难道这是受文化熏习之后不能超化的"自缚"?

这是杜维明先生1974年在美国著名的加州大学伯克利分校任教时写下的一篇游记的开头,收在他最近由北京大学出版社出版的三部随笔集的第二部里。读到这几句话,不禁让人发出会心的微笑。在这一组句子里,我找到了贯穿他三部随笔作品思想旋律的基调:一个置身于美国的中国学人对外面奇异的文化风景的惊叹,以自己的语言与文化背景为参照对异域事物进行命名与评价的冲动,由文化错位产生的困惑以及对自己文化身份局限性的反思。

不错,洋洋洒洒的三卷本随笔,基本上可以视为这一组句子所蕴含的思绪的扩充、语气的延展、节律的反复与变奏。

杜维明先生是当代学术大家,新儒学思想的最具代表性的人物。与他那十几部"纯正"的学术著作相比,收在这三册随笔集里的文字似乎有些太"小儿科":它们全部是作者20世纪60年代初期到80年代中期写下的一些"率性"文章,有记自己在欧美一些地方游历经过的,有记自己与一些学者同人、名媛雅士交往故事的,有自己读书思考所得,也有由身边事物引发的一些启迪与感悟,大多文体随意,篇幅短小,随兴而发,点到即止。

读这样的文字,当然不用正襟危坐,苦思冥想,你完全可以以一种悠然自得、轻松随意的阅读心态去面对它。但是,阅读的收获却未必不如读那些"严肃文字"所得,因为一方面,许多精彩的思想可以在看似随意的漫谈中与你陡然相遇,而且会让你因始料不及而印象深刻;另一方面,许多不适合在长篇大论的理论文章中呈现的话题、发表的议论、表现的情趣,却可以写在这样随意的文章之中,让人领略到作者学术论著之外别样的思想风致。

对于这些文章可能体现出的别样的思想风致，作者自己也有所察觉。谈到自己这些随笔文章写作的缘由时，杜维明先生讲：置身于英文的环境，常感到一种无名的文化疏离。只有在深夜或清晨用方块汉字来传达心声的时候，才觉得真正地亲近了自己的根源。收在这三本随笔集中的文章，便是作者在用英文写作思考的间隙，试图借方块汉字的书写，去亲吻自己的文化之根时的学术“副产品”。

也许正因为如此，我们在这样的文字中，更能感受到一个在美国学术圈子里研究儒学的中国学者所面对的那种文化身份的焦虑，面对欧美现代文明的方方面面时内心产生的那种震动，以及试图把中国以儒家思想为代表的传统文化引入欧美的文化语境，让它们与现代文明对接、对话时，那种时而自信、时而痛苦地自我审视与自我反思的矛盾心态。

关于儒家文化的当代价值，作者讲，跨文化的语境，使他超越了民族文化认同的儒家论说，进入了在轴心文明的视域中反思儒家人文精神的场所，但这非但没有迫使他离开自己生长的精神家园，反而使他扎根中华文化的意愿加深了，自觉性更高了，对“具有全球意义的地方知识”不仅心知其意而且深有体会了，进而不断地想象“儒家的话语”如何在当前西方文明中获得新生命，提供新思路。他谈道，西方马克思主义和西欧及美国产生的种种抗议运动，如新左翼、妇女解放有一共同点，即是坚持人的存在具有真实而完善的价值，这种从“自觉人之所以为人”处立论的精神，和中国儒家以立人为基础的仁学确有不谋而合的地方……

然而，作者又不得不承认：东亚社会人与人之间的交通靠礼，这个礼并不是指礼貌，而是一套习俗语言，它往往可以很不道德，对家庭内部，什么事都行得通，对外却斗争惨烈；中国的儒者，都是以道德理想转化政治，即将政治道德化。中国的政治文化往往表现出儒家的政治化：政权势力利用儒家的力量来维系，不让社会有动力，只求安定和平，但不发展。所以，忠孝节义这些观念都用以维持其政权……

作者甚至使用了“儒家的女性主义”这样十分时尚的概念，试图去发掘儒家话语中包含的与西方20世纪六七十年代女权运动中的进步主张一致的内容，但除了从“妻者齐也”这样的文字学角度发现的一点线索外，实在难以找到更多的让自己可以信服的理论支持，所以最后不无气馁地承认，“儒家虽有放诸四海皆为准的仁学，乃至以天地万物为一体的胸怀，但儒家历史在女权运动方面不仅无法和基督教相比，而且远逊佛教和道教”。

当然，正如“新儒家学者”只是长时间身处美国社会的杜维明所扮演的诸多角色之一一样，他在自己的这些随笔文章中，也并不是只一门心思地思考儒学问题，而是把思想的触角伸向了社会生活的各个方面：大到知识分子的定义与知识分子的社会作用、“工业东亚”崛起的原因及其可能的未来、西方科技文明的限度、生态问题、女权运动等等，小到日常人际交往中应注意的问题、美国大学的教授考评制度、对美国社会里学习汉学学生的印象，与一些我们耳熟能详的人物如徐复观、熊十力、梁漱溟、唐君毅等人交往的经过以及对他们学问人品的评价，都有涉及。在一些大问题上的观点，当然可以和他严肃的学术著作里表达的思想相互印证、相互补充，而一些“小问题”上提供的信息、生发的见解，也时常让人或拍案叫绝，或心生唏嘘。

比如，讲到人际交往，倡导学会倾听时，他说：专靠骇人听闻的怪论来抬高身价的趋时者，常患律己甚宽而责人极苛的通病。他们在宣扬自己的观点时气势颇为雄壮，好像有一股真理在这里荡漾的信念；到了抨击不太合口味的学说时，却摇身一变成为挑剔的能手，坚持论敌一无是处的立场。他们多半能说善道，但却和听的艺术了无关涉……在这里，你不得不佩服作者对生活敏锐的观察，对人性深刻的剖析；

又比如，讲到美国20世纪60年代大学的评价体制，他说：衡量教师职称升迁的标准本来有两种：一种是教育学生的情形，一种是著作出版的表现。但是，因为前者难以评价，重点很自然地转移到比较容易客观化的后者。因此，美国的学术圈流行着一句“不出版即灭亡”的口号。不生产的教授就好像不生蛋的母鸡一般，难免有被宰割的危险……联系中国当下大学教育的现状，难免有强烈的时空倒错，时空穿越，不知今夕何夕的惆怅。

作者在本套随笔的再版序言中，谈到儒学时表达了这样的观点：一个儒者修养的形成，与做人的过程是统一的，单纯靠读书与学术研究远远不够。对儒家而言，“生活世界中一言一行举手投足都是学习做人的机缘。学问要在心上做也要在身上做”。从这个意义上理解，如果说杜维明先生那些纯正的学术论著，体现出的是他作为一个当代儒家思想的代表人物，从事学术研究与思想探索，在“心上做”学问的成就的话，那么收录在这三册随笔集里的文章，体现出的更多的是他作为一个当代儒者，且行且思，在日常生活的语境中，面对生活世界思考儒学，践行儒家人格理想与社会理想，“从身上做学问”的结晶。把它们合在一起，你才能真正进入一个身在美国的现代儒家学者那种深刻、生动的跨文化之思当中，在心中构建起一个当代儒家学者形象的全貌。

（此文发表于《晶报·读书周刊》2013年7月20日）

东方文化视界中的美国与西方文化视界中的中国

一

从外在的视角看，胡适是一个充满矛盾的人物。起初，他是以一个中国五四时期的知识者特有的视界进入西方的。这时，由中国自己的问题而产生的焦虑感以及从中国旧式教育中获得的国学基础是他进入西方文化的前见。他所理解的美国社会、美国文化与美国精神，具有强烈的中国现代学者的主观色彩。然而，胡适又是一个美国化很彻底的中国学者，重新回到中国的问题上来的时候，他的视界又在很大程度上是西方的。在使用英语，面对西方世界发言时，他被认为代表的是中国文化；在使用汉语，面对中国发言时，他又被认为是一个西化学者，代表的是美国文化。对中国人的身份认同与对美国的文化价值认同之间的内在矛盾处处显现，难以克服。这一切，使得胡适成为中国现代性的人格化身，成为现代以来中国知识者的一种原型。

二

胡适的美国情结在他一生中根深蒂固。然而，胡适对美国的热情自始至终又都是一种为中国的问题寻找答案的热情。就他自己而言，忘掉中国自己的问题，完全作为一个美国人去生活与思想几乎是不可能的。在这一点上，胡适的传记作者，美国人格里德看得十分清楚。他在《胡适与中国的文艺复兴》一书中说：

> 虽然他在美国的大学生活了七年，但在内心深处，他还是一个中国人，还欣赏他自然继承来的那种理性传统，并且对那些重重压在他这一代人精神上的种种问题，依然保持一种持久的关心。

美国社会是一个各种思想观点、各种文化并陈的大杂烩，对于20世纪初的绝大多数中国人而言,这肯定是一个巨大的异己存在。令人吃惊的是,年轻的胡适进入美国社会的过程则似乎显得异常轻松:他几乎没有经历多少困惑便喜欢上了这个国家,融入了这个国家,甚至很轻易地在这片土地上获得了成功。然而,仔细分析不难发现,胡适眼中的美国带有很大的主观性,他实际上始终面对的是自己制造的那个简单化的、理想化的美国。

离开美国若干年后,胡适用英语回忆他初入美国社会的感受时说,“美国人出自天真的乐观与朝气给了我很好的印象。在这个地方,似乎无一事一物不能由人类智力做得成的”。[①] 对美国社会的这一美好的印象在胡适后来的观念中永远没有再被抹掉。而这种印象,一是由于当时中国社会与美国社会形成的强烈反差造成的,这种反差使他在惊羡之中不可能去发现美国社会存在的种种问题;一是由于胡适离国前期心情的灰暗,对自己在国内生活的深深失望造成的。这种失望使胡适对于新的环境、新的生活产生了强烈的渴望。

除了对美国社会这种“乐观主义”精神的赞赏之外,胡适在美国还发现了建立在实证基础上的科学思维方式;建立在民主政治基础上,地方享有高度自治权的联邦制政体;完善有效的法律体制;一个游离于政府与政治之外,自由表达自己的思想与学术见解的知识分子群体……我们发现,这一切,通通被他写进了他后来为中国社会的改革所开的药方之中。比如,在国家政体上,胡适主张在中国实行美国式的地方自治的联邦制,甚至说“根据于省自治的联邦制,是今日打倒军阀的一个重要武器”。很明显,民族焦虑感使他在观察美国社会时,始终带着近代以来中国知识分子特有的追寻目光,因而,他在美国看到的不过是一个构思中的中国的影子。

胡适在美国之所以放弃农学改修哲学,之所以对杜威的实用主义哲学情有独钟,除了为中国社会寻求现实的疗救的药方之外,与胡适具有宋学传统的家学渊源也不无关系。胡适就读的美国康奈尔大学哲学院是唯心主义哲学的重镇,胡适曾在这里研读过近代唯心论者布拉特莱、鲍桑葵等人的著作。但是他们提出的问题从未引起他的兴趣。他也研读过基督教的思想,同样没有对它发生太大兴趣,他仍然是一个坚定的无神论者。他之所以在诸多可能的选择中信奉了杜威的学说,把杜威哲学当成了美国精神的化身,正因为实证哲学中有一些成分与他所继承的宋代儒学传统十分接近。格里德看到了这一点,他说:“在一些关键问题上,儒学家的反应和实证主义者的反应是十分接近的,并足以使从这个学说到那个学说的跳跃

① 胡适:*My Credo and Its Evolution*.《中国的文艺复兴》,北京:外语教学与研究出版社 2001 年。

成为一件相当容易的事情。”胡适本人在后来也意识到了这一点，说，“我后来的思想走向赫胥黎和杜威的路上去，也正是因为我从十几岁时就那样十分看重思想的方法了”。胡适对杜威哲学的理解，被他宣讲成了类似“大胆的假设，小心的求证”，“有几分证据说几分话，有七分证据就不要说八分话”这样的格言（实际上这本身就是对杜威哲学的简化甚至误读）。“大胆假设”要求的是一种怀疑精神，“小心求证”要求的是建立在对事实的收集及实验基础上的论证，强调的是人的经验的可靠性。这种思想，实际上在胡适少年时代接受中国古典教育时，就已经植入了他的大脑。胡适小时候在整理其父的遗稿时从他的父亲那里学来了宋代学者张载的一句话：“于不疑处有疑，则学进矣”，他从他父亲那里还接受了这样的遗训：“穷理致知，返躬践实。”这些话也都是他一生中最喜欢引用的语录。因此，胡适说，怀疑精神是中国文化传统中固有的东西，而且，中国的思想自由和批评精神，就是在这个“合理怀疑”的伟大传统中培养起来的。

三

然而，在中国现代思想史上，胡适给人的西化学者的印象并非全是误解。在美国学习七年之后，回到中国，在观照中国的现实与历史时，他又始终是以美国、以西方为参照的。

胡适是中国白话文运动的发起人与领导人之一。在这场语言革命中，胡适之所以表现得十分坚决，是因为他比国内许多学者更清醒地意识到，这场语言的革命不仅是中国社会向现代形态转化的一个突破口，而且也是中国社会现代化的一个重要前提。他在美国看到了书面语言与口语的统一给社会交往，特别是给文化与现代科学技术知识的普及带来的巨大便利。而且，他还在西方历史中看到，西方现代民族国家的形成，与几百年前学者们抛弃已经没有生命力的古拉丁语，使用民族语言（俗语）有着密切的关系。他曾以当初意大利、英国、德国、法国摆脱古代语言，借“俗语”而确立起了生动的“国语”，从而不仅带来了文学的繁荣，而且走上了现代民族国家之路为论据，对中国的白话文运动的合理性与迫切性进行论证。他对白话文运动前景的自信，也与他对西欧民族语言的形成与发展历史的熟悉有关。他认为，书面语言与口头语言合一，有其历史必然性，代表了文明发展的方向。

胡适对中国传统的解释，往往体现的是一种把中国历史纳入到西方历史框架中去的努力。他说，若没有欧洲各国活语言做新工具，欧洲近代文学的勃兴是不可能的。接着他便说,中国文学史上几番革命也都是文学工具的革命。他花了很大功夫去论证俗文学在中国文学史上的正统地位,并得出结论说,“白话的文学为中国千余年仅有之文学,中国文学凡是有一些价值的有一些儿生命的,都是白话的或是近于白话的。其余的都是没有生气的古董”。五四新文化运动时期,胡适在他公开发表的《文学改良刍议》、《寄陈独秀》、《建设的文学革命论》、《历史的文学观念论》等文章与书信中都表达了类似的观点。之所以会出现这种漏洞十分明显的结论,除了要为白话文学寻求历史支持外,与他把西方文学发展的模式移植到中国文学研究中来的方法论失误有很大的关系。

依照西方文明进化的历史进程重建中国自己历史的努力,在胡适研究中国问题时不断显现。比如,他在中国发现了一场几乎与西方同步发生的文艺复兴与思想启蒙运动——这场运动的主角被胡适指定为宋明理学家(胡适称“新儒学家”),其主要任务也像欧洲的文艺复兴一样是与中世纪宗教的蒙昧作战。他说:

> 如果我们民族今天并未像世界其他民族那样表现出宗教性,那么,这也仅仅是因为我们的思想家,我们的伏尔泰,我们的赫胥黎,很久以前就与宗教势力进行艰苦的战斗了。如果中国至今未能得到真正的人道主义的文明,那也仅仅是因为,中国思想中的理性的和人道的倾向不止一次地被这种巨大的宗教力量所阻挠了。①

对于胡适而言,中国文化的价值观只有与西方的文化价值观相印证时,才被视为积极的。这一点与梁漱溟等人的看法刚好相反。胡适从中国丰厚的历史遗产中精选出了一些与他希望在中国形成的现代西方观念一致的成分,然后把它们放大成了中国历史的主要内容。如为了在中国推行美国式的建立在地方高度自治基础上的联邦制政体的幻想,他在中国古代社会中发掘出了“地方自治精神”,认为这种精神曾经使古代的中国人“享有统一帝国生活的种种权益,而不受政府过分的干涉”。在同样的思路引领下,他在中国古代社会发现了“彻底民主化的、无等级的社会结构”,“两千年客观的、竞争性的官吏考试甄选制度”,“政府创立其自身反对面的制度和监察制度”。

以西方为参照思考中国的现实,使得胡适有时候能够尖锐地指出一些从中国

① 格里德:《胡适与中国的文艺复兴》,南京:江苏人民出版社 1996 年,第 179 页。

文化自身的视角去看时被遮蔽的问题。在白话文问题上,他表现出的见识远比那些坚持要保存国故的保守派学者深刻高明。但是,由于中西方问题的不可通约性,以西方为立足点思考中国的问题,也会使他在面对中国具体的历史与现实时,表现出削中国问题之足以适西方概念之履的盲目。比如,把新儒学的复兴看成是本土的儒家思想与外来的佛教之间一场你死我活的斗争,把它与欧洲反对宗教迷信,恢复古希腊理性主义传统的文艺复兴运动相提并论,实际上忽略了在宗教问题上中国表现出的特殊性,忽略了佛教与中国本土文化交融的事实以及由此而产生的积极意义。在这样的问题上,他的见识远不及梁漱溟等人。对于胡适而言,解释历史也就是解释现实,就是为现实问题的解决制订方案。然而,将中国历史与西方历史相比附的结果,使他的研究常常忽视中国历史与文化自身的特殊性,掩盖了中国面对的问题的实质。从这样虚假的前提出发所开列的疗救中国现实的药方,有时会显得迂腐。

四

胡适在美国与欧洲的政界、知识界身份十分独特,他常常是作为中国知识者的化身、东方文化的代言人,甚至是中国政府的代表而出场的。胡适也确实忠实地在履行自己的这一文化与政治合一的使命,用流利的英语对西方社会发言,介绍着中国,试图实现中国与西方世界的沟通,赢得西方世界对中国的理解、尊重与支持。这时候,胡适真诚地相信,中国是一个有着悠久的历史、博大精深的文化、光明的前途的可爱的国家。他把中日之间的战争看成是文明的、民主的生活方式与野蛮的、军国主义的生活方式之间的冲突,他要向西方人证明,20 世纪三四十年代"太平洋区域问题的关键,和西方世界所面临的,毫无二致。那便是极权统治下的生活方式,与民主生活方式的对垒"。而且,胡适还试图向西方世界证明,中国的自由、民主、和平观念与理想早在先秦时期就已经随学术与哲学上的成就而产生,它们"与西方古希腊思想、文明的兴起,颇有异曲同工之妙"。他在论证中国与西方在价值观念上一致的同时,也在努力维护以中国为代表的东方特有的价值观念,这些观念包括无为哲学以及与此相关的无为政治、自然的宇宙观、理性的而非宗教的人生态度……在批驳威尔士在《中国史纲》中所持的中国文明在公元七世纪以后已经衰落、乏善可陈的观点时,胡适试图向西方世界证明,中华文明从来没有丧失过生命力,"七世纪的唐代文明绝不是中国文明的巅峰,而是好几个世纪的持续发展进步的开端”。

然而，在国内，面对中国的现实，面对自己的国民时，胡适向我们表达了另外一种态度—— 一种对西方文化全面认同及对中国文化进行深刻反思与无情批判的态度。

与其他五四新文化运动的领导人不同，胡适在更多的时候，对中国的历史与文化并没有采取完全否定的态度。他从他的导师杜威那里接受了这样的观点：“在每个无论是一个人还是一个社会所遇到的问题中，理性的职责就是在旧习惯、风俗、制度信仰与新的环境之间起一种积极的联系作用。”因而，胡适总是试图去发现历史与现实的联系，在历史中寻找中国现代化能够成功的条件，从而证明在永久进化的过程中，现实“只是一个自觉意识到的并具有过去根源的阶段”。然而，在攻击起传统时，胡适也是毫不留情的。他说，中国最大的危险在于“不肯睁开眼睛来看世间的事实现状。明明是男盗女娼的社会，我们偏说是圣贤礼仪之邦，……明明是不可救药的大病，我们偏说一点病都没有”。他曾不止一次给国人历数中国传统文化中滋生出的毒瘤，它们包括味同嚼蜡的文学、妇女缠足、男人纳妾、阉人、五世同堂、为贞节烈女立牌坊、地狱般的监狱、在御前鞭打国家高级官吏的习惯……正是在否定传统文化这一立场上，他与陈独秀、李大钊、鲁迅、钱玄同等人站在了一起。

胡适的这种文化态度从五四时期到他的晚年是一贯的。对于近代以来流行的认为西方文明注重物质层面，东方文明注重精神层面，因而可以相互补充的观点，胡适坚决反对。早在1926年，他就说，东方文明是“受物质环境的拘束与支配，不能跳出来，不能用人的心思智力来改造环境改良现状的文明，是懒惰不长进的民族的文明，是真正的唯物的文明”[①]。1961年，即去世的前一年，在东亚区科学教育会议上，他又说：“我认为我们东方这些古老文明中没有多少精神成分。”“一个文明容忍妇女缠足那样惨无人道的习惯到一千年之久，而差不多没有一点抗议，还有什么精神文明可言？”相反，他认为以美国为代表的西方社会所表现出的，不仅仅是物质文明，同时也是精神文明，“科学和技术决不是物质主义的，乃是高度理想主义（highly idealistic）的，高度精神的”，“这个现代文明正是歌颂人生的文明，正是利用人类智慧改善种种生活条件的文明”[②]。这种对以美国为代表的西方文化的全面认同表现出的是坚决的西化立场。

① 胡适：《我们对于西洋文明的态度》，《胡适文存·三集》，合肥：黄山书社1996年。

② 胡适：*Social Changes and Science.*《中国的文艺复兴》，北京：外语教学与研究出版社2001年。

五

表面看来，胡适似乎能够游刃有余地出入于中西文化之间。1938 年，在胡适出任驻美大使时，《纽约时报》发表社论说，“没有人能像他这样有资格向美国说明中国并向中国说明美国了”。他自己也曾自信地说，于家庭之事从东方人，于社会国家政治之见解从西方人。然而，我们发现，胡适实际上却是生活在与中国社会和美国社会的双重疏离之中。一方面，胡适的民族身份对西方世界是毫无疑问的。在那里，他除了在极短暂的时间里扮演过政客的角色外，始终是作为一个学者在知识圈中活动。无论是作为一个学者还是一个驻美的大使，他其实都是因为自己的民族身份以及其所代表的文化身份而得到承认、受到欢迎的。就胡适自己而言，在美国生活时，也从来没有在民族身份的认同上产生过疑问。在西方世界，他注定是一个客居者；另一方面，在一般中国民众的眼中，无论是生活习惯，还是思维方式、言语方式，他都更像一个美国人。在中国的文化精英中，他也以美国文化、美国精神的代表而存在，而受到重视（或被尊重，或被批评）。而且，他自己也是以这种文化身份去发言，去启蒙大众的。正是与自己同胞的疏离，与自己的国内同事的疏离，使他常常在自己的国家里也会产生深深的孤独感。其实，对胡适而言，承担双重的身份并不十分轻松，它带来的是深层的人格分裂。作为一个学者，胡适的学术见解常常不仅漏洞很大而且相互抵触；作为一个演说家，他也常常在一个场合否定自己另一个场合的观点，甚至对同一个论据做出两种完全相反的解释，给人一种言不由衷的感觉。这是其分裂着的文化性格的自然流露。

胡适不仅生活在与两个现实社会的双重疏离中，而且他的关于美国的观念同关于中国的观念在解释学的循环中相互渗透，相互折射，最后在他的思想中造成的是双重的幻象。他理解的美国不过是他心目中中国的影子；而他理解的中国，又是他心目中美国的影子。无论是他要改造的中国还是他作为改造的样板的美国，都是一个具有很强的主观性的观念。这就使得他在面对无论是中国的还是西方的具体而又复杂的现实时，常常感到困惑与茫然；在提出解决实际问题的方案时，常常脱离实际；在现实的改革中常常遭遇失败。

胡适所遭遇的解释学困境实际上是中国的现代性所遭遇的困境；胡适在民族身份认同与文化价值认同之间表现出的矛盾与危机，在中国近代以来相当一部分知识分子中间具有普遍性。对于先是在中国文化的环境中成长，后来又接受了西方文化的深刻影响，希望中国走西方的现代化道路的一代中国知识分子而言，胡适其实极具文化原型意义。

（此文发表于《河南师范大学学报》2004 年第 2 期）

沉沦的自然及其拯救

一

大自然因何而成为对人具有审美价值的风景？这是一个不能一概而论的问题。不同的人，会以不同的方式观照自然。

莎士比亚《爱的徒劳》一剧中有这样的诗句：

旭日不曾以如此温馨的密吻，
给予蔷薇上晶莹的黎明清露。
有如你的慧眼以其灵辉耀映，
那淋下在我颊上的深宵残雨。
皓月不曾以如此璀璨的光箭，
穿过深海里透明澄澈的波心。
有如你的秀颜照射我的泪点，
一滴滴荡漾着你冰雪的精神。

在莎士比亚的笔下，旭日、蔷薇、皓月、海洋是完全被拟人化的。而对自然事物的拟人化描述接着便以比喻的方式纳入了对情人的赞美之中。这里首先是人把自己的情感投射到了自然之上，自然因与人的情感相契合而成为人的审美对象。自然不过是人的另外一个身体，另外一种存在方式。

在有些人的眼中，自然是与人的现实生活相对立的存在：

我躺在恐怖之中
度过了多少个黑夜！
啊，造物主，
创造夜与昼的神！

我只想在第二天早晨
去漫游冰天雪地,
倾听吱吱嘎嘎的冰雪下,
微弱、平静的呼吸
蛇,蚯蚓,蚂蚁……

在这首美国当代诗人 Galway Kinnel 的诗中,人所生存的现实世界被描写为恐怖的暗夜,自然则被写成一个洁白、静谧、安详的处所。诗人从现实逃向自然,就是从地狱逃向天堂,从丑逃向美。这里的自然不再是一种可以与现实的人性相交融的拟人化的存在,不再是人的喻体,而是一个关于理想的符号,以象征的方式指向一种远离人间现世的终极存在状态。

美国当代黑人女作家 Rita Dove 有一首叫《石中鱼》的诗,是这样写的:

石中的鱼,
渴望落回
大海。

他厌倦了
分析卑微的
可以预言的真理。
他厌倦了光天化日之下的
等待,
他那被一道白光
捣碎的形象。

我们发现,在这首诗里,人所面对的,既不是作为人的对象化的自然,也不是作为文明的对立面的自然。实际上我们在这首诗中已经找不到感性的自然,自然变成了一块化石,变成了一个没有所指的干瘪的能指,勾起的是人们关于自然的一种隐隐约约的记忆。

如果说莎士比亚眼中的自然是古典主义者的自然,Galway Kinnel 眼中的自然是现代主义者的自然,那么 Rita Dove 眼中的自然则是后现代主义者的自然。正如主体是在文化中生成的概念一样，自然也是在文化中生成的概念。由于文化语境的转变，古典主义、现代主义、后现代主义美学谈论的自然是不相同的。而且，由古典主义美学走向后现代主义美学的过程，同时也是感性的自然离我们日渐远去的过程。

二

古典主义美学建立的基础，一是理性主义，一是人本主义。它在设定了审美的主客体之后，坚持认为客体是为主体而存在的，主体赋予客体以意义，审美活动是建立在主体基础上的主客体的统一。“美”作为客体，要么是人在客体中见到的人的观念的外化或情感的投射，要么是人的实践在客体上打上的烙印，其本身并不具有独立的价值与意义。于是，在古典主义美学家看来，审美活动面对的客体，只能是人文化的客体。在审美活动中，人在客体中见到的是人自身的影子，读出的是自己的本质。

对于古典主义美学而言，首先，美总是指那些能够被人的理性认识与把握的对象，关于美的判断与关于知识的判断、关于道德的判断密切相关。审美或者是求知行为（多以山川草木之名），或者是建立在自然与人之间的联想。自然本身不能够单独成为美，凡是不能为人的理性所认识与把握的对象，无法进入人的审美视野。其次，客体人文化的深度与其作为美的对象的等级密切相关。因此，在自然、社会、艺术、理念的等级秩序中，自然永远居次要地位；而自然作为人的审美对象，其美的程度也与其同人的关系的疏密相关。原始的自然因其作为非人文化（异化）的对象而存在，常常被判定为丑（如被人称为蛮荒之地），排斥在人的审美视野之外。

古典主义美学的“和谐”概念，许多时候是一种世界与我不分、以我观物的状态，其实质是把自然看作是自我这一有机体的延伸。这种状态被古典主义认作是一种人性内部以及人与自然的高度和谐统一的状态，用席勒的话讲，在这种状态下，诗人就是自然。他模仿自然，就是模仿人性，表现自己的天性，因而诗人的作用必然是尽可能完美地模仿现实，这样他们写出来的诗就是素朴的、现实主义的。

然而，近代以来，随着这种建立在人本主义基础上的人与自然的和谐状态的消失，人与自然处在了分离的状态之中，古典主义美学视野中的那个自然也就随之消失。“诗人或者是自然，或者寻求自然”，近代诗人由于处在与自然的分裂之中，自然于是对他们变成了一种观念，他们实际上只能向理想中去寻找自然。

对人类文明,尤其是西方近几百年来的工业文明的反思与批判,是现代主义美学的出发点。从这个意义上,的确可以把古典主义美学称为"肯定的美学",而把现代主义美学称为"否定的美学"。如果说古典主义这种把人类的文明成果作为正面价值来对待的"肯定的美学",总是希望在自然中发现人、发现文化的话;与之恰恰相反,现代主义作为否定的美学,把文明与人性的异化、扭曲联系在了一起,他们希望在自然中发现的是远离文明的东西。现代主义者总是把从现实世界中发现丑作为自己的第一要务。在他们眼中,人所生活的现实世界是一个病态的、丑恶的世界。而自然作为文明的对立面,作为现代主义者的理想,总是因为其远离人类文明,还没有被人类文明所污染而被赋予特殊的审美价值。

表面上看,在现代主义美学家的审美视界中,自然不再是现实的影子,不再是人的对象化的存在。自然就是自然。自然的原始性(而不是人文性)成为美之为美,自然之为美丽的风景的重要条件。而且,事物美的程度与其自身原始性保存的程度(而不是人文化的程度)成正比,与其对人而言陌生化的程度(而不是被人认识与把握的程度)成正比。然而,如果认真分析的话,现代主义美学中的自然绝对不是感性自然本身,它甚至比古典主义美学中的自然还要抽象。

在现代工业与现代科技作用下,人对自然的"人化"实际上表现为对自然的征服与奴役。古典主义者所追求的那种建立在人本主义基础上的人与自然的和谐已经不复存在。一方面,人在自然面前应当具备的丰富的感觉趋于僵化;另一方面,人所与之打交道的自然(现实)也已不再能够作为人的存在的确证而完整地映现出人类自身。因此,在现代主义者看来,现代化的过程不仅是一个人被异化的过程,也是感性的自然被虐杀的过程。

人的孤独感,是现代主义文学艺术表现的一个最重要的主题。产生这种孤独感的重要原因,就是人与自己的生存环境——自然与文化的双重的疏离。人们在卢梭的遗稿中发现了他生命最后日子里的一些文稿,这些文稿被称作"一个孤独的散步者的遐想"。在手稿里,到处可以看到这样的感叹:

> 如今,我在世上落得孤零零一个人了。除了我自己,再没有兄弟、邻人、朋友、社会。一个最好友谊、最重感情的人,已被同心协力地驱除出人类。

> 对于我,他们都成了局外人、陌生人,最终不存在了。今后,我身外的一切都和我无缘了。

> 我活在地球上，恍如活在一个陌生的星球上，我可能是从我原来居住的星球上坠落于此的。

> 当我把目光投向我接触的身边之物时，总会发现某个东西令我义愤、轻蔑，使我悲哀，愁苦。①

这种文明人才有的精神苦恼与卢梭眼中的人类曾有的那么一种纯朴、自然、和谐的生存状态放在一起，形成了鲜明的对照。许多现代主义的文学作品也告诉人们，人生活在一个异化、荒诞、冷漠的世界上，在这个世界上人只能顾影自怜；他无所依归，无所求助，也无处倾诉；只能像幽灵一样在到处是高楼大厦的城市大街上游荡，或者像困兽一样在社会的牢笼中无望地左冲右突。要么就是作为一个局外人，盲无目的地在熙熙攘攘的人流中穿行。

如果说卢梭仅仅是以感性的方式表达了人类现代文明开始时就已经产生的心灵的孤独的话，席勒则以他冷峻的分析，试图找出现代人心灵孤独的内在根源。这种追寻是建立在古代艺术与现代艺术比较的基础上的。在《论素朴的诗与感伤的诗》中，席勒指出，现代文明的发展，打破了人与自然原初的和谐，现代的诗人心灵深处的孤独感正是由于人与自然的分离造成的。在现代社会中，自然对人而言，已经成了一个代表了我们曾失去的可爱的童年的意象。真正的自然已经从人性中消失了，我们只能在人性之外，在无生命的世界里，才能认识到自然的真相。我们依恋自然，正是由于在社会关系、生活情况、道德习俗方面我们违抗了自然，脱离了自然，对于与自然已经十分疏远的现代人来讲，他只能沉浸在观念的世界中。所以，在古代诗人那里，打动我们的是自然，是感性的真实，是活生生的现实；在近代诗人那里，打动我们的是观念。而在单纯观念的世界中，人很难获得心灵的平静。

显然，现代人的孤独感一方面来源于内在人性的分裂及人与社会的疏离，一方面来源于人与自然的疏离。因此，现代艺术中的自然只不过是一种抽象的自然，要么，自然是丑陋的现实的象征物，更多的时候，自然是一个世外桃源，是人的理想的象征符号。“越是原始的自然，越具有审美价值”这一现代主义美学的自然观，其实是一个跟现代主义美学思潮密切相关的美学范畴，只有在现代主义美学的理论框架内，才能够真正理解它的含义：在这里，自然只是一个人们批判现实、表达理想

---

① 卢梭：《一个孤独的散步者的遐想》，长沙：湖南文艺出版社 1992 年，第 1—8 页。

的符号。德曼曾一针见血地指出,浪漫主义作品中的自然“远非现实主义的自然背景,而是文体化的象征”。与古典主义一样,浪漫主义强调的人与自然的契合与共鸣,“与其说适用于某一客体与某一主体之间的关系,毋宁说更适合于各主体之间的关系。于是,人同自然的关系便代之以一种间性主体的(intersubjective)人际关系,而这一人际关系,归根结底,是主体与自身的关系”。以自然的优先性为基础的浪漫主义所标榜的人与自然的关系,实质上“完全进入了主体的内部”,这里根本没有自然的位置。①

三

如果说在古典主义那里,自然因人本身而美;在现代主义美学那里,自然因人的理想的象征而美的话,在后现代主义者那里,自然则只有转化成文本才能进入人的审美视野。

实际上,把自然变成一个个风景名胜的过程正是原生态的自然被剪裁、被概念化,从而成为一个个后现代人的文本的过程。这一文本被当代人阅读的方式就是观光旅游。在接触自然的风景旅游活动当中,古典主义与现代主义者独自面对自然时的那种丰富独特的审美感受已经显得不再可能,代替这种感受的是一些流行的关于某一风景名胜的类概念。这些类概念(比如黄山的秀美、华山的奇险、泰山的历史)先是通过旅游促销广告注入后现代人的大脑形成类像;在风景名胜地,游客处于失语状态,既不能用古典主义那种理性的方式在自然中发现人,也不能用现代主义那种感性的方式通过体验自然而超越现实。此时,只有导游的讲述与游客心目中已存的类像轻松地发生吻合,引起旅游者对风景名胜的千篇一律的感叹与唏嘘。

把自然变成一个个概念化的风景名胜,把人对自然的独特感受变成千篇一律的流行观念,是后现代主义文化氛围中人欣赏自然的最重要的方式。

后现代人把自然变成风景名胜的过程,同时也是自然被商品化的过程;游客的旅游同时也是一种购买旅游公司服务的商业行为。花最少的钱购回最多的服务,成为符合后现代社会商业原则的必然选择。于是,在最短的时间里游历最多的地方(匆忙的一日游、三日游、五日游)成为时尚,对自然的欣赏最终变成了消费风景

① 德曼:《解构之图》,北京:中国社会科学出版社 1998 年,第 13 页。

名胜的旅游快餐(套餐)。结果,一方面,在这种来去匆匆的旅游消费中,人们不再可能有时间对自然加以“品味”;另一方面,商业的操作也使得人在面对自然时很难产生纯净的无功利的审美心境。后现代人在自然面前的审美感受是散漫的,缺乏深度与持久性。先前那种面对自然时的古典的惬意心态、现代的浪漫情怀,后现代人都很少能够体验到。

实际上,后现代人的观光旅游已经使得几千年来人类“看”自然的方式发生了本质的变化。在以观光旅游的方式面对自然时,人们不再通过自已的感官直接与自然接触,游客与风景之间不仅隔着广告片、导游的解说词这些文本,而且还隔着照相机、摄像机这些物质性的媒介。后现代人眼中的自然是通过物质媒介,由一个又一个相互分割的镜头组合起来的,后现代人对于自然的印象只能是一幅由许多碎片拼贴起来的变形图画,自然的完整性在后现代人的审美视野中消失了。同时,在导游的引导下,通过照相机、摄像机,旅游的过程还是一个二次文本、多次文本产生的过程。这些由碎片构成的关于一个个风景名胜的文本被游客带到家中,在以后的日子里,作为一种化石,会不断地勾起后现代人对于自然的种种模糊而又遥远的回忆。

更为典型的是,后现代人眼中的自然有时候干脆是一个个人为制造的关于风景名胜的缩微景观和一部部关于各个风景名胜地的风光片、摄影集。许许多多的人会在一个个风景名胜的赝品面前流连忘返,满足于足不出户而览尽天下名胜的惬意。真实的自然对这些人来讲,因此也就更加文本化,更加虚无缥缈,可望而不可即了。

四

生态美学是一种吸纳了以往的古典主义、现代主义、后现代主义美学的理论成果,同时又表现出强烈的反传统性(这一传统包括了后现代主义的美学传统)的美学形态。从吸纳的角度讲,生态美学的人与自然和谐的思想得益于古典主义美学,其反现代性的立场得益于现代主义美学,其对人类中心主义的解构得益于后现代主义美学。从超越的角度讲,它试图颠覆长期以来形成的主体与自然的关系,把自然从人的替身、从象征物、从文本化(从本质上讲文本即文化即人)的处境中拯救出来。

当代生态主义思潮的起因,是环境的持续恶化给人类的生存带来了极大的威胁。生态主义的目的是试图借重新调整人与自然的关系而拯救人的生存环境。然而,生态灾难与生态危机的产生,不仅与现实层面上人类的工业化实践有关,同时也与长期以来人在自然面前所秉持的哲学态度、审美态度、伦理态度有关。因而,生态问题的解决就不仅是一个实践领域的问题,它同时也是一个哲学领域、审美领域、伦理领域的问题。生态美学其实就是试图对在审美关系上长期以来形成的人类中心主义加以颠覆,使在科学理性主义世界观观照下日渐失去其动人魅力,日渐干枯与沉沦的自然重新以生动的、富有生命力的形态呈现在人的审美视野中来,重新唤起人亲近自然的天性,唤起人对自然界各种形态的生命的珍爱之情,唤起人对自然界造化之神奇的惊羡甚至敬畏之情。这种审美态度的确立,是生态运动在精神层面的展开,也是生态运动最终能否取得成功的关键。

尽管如我们前面所说,古典主义美学所说的人与自然的和谐实质上是一种以我观物的状态,其实质是把自然看作是自我这一有机体的延伸。但生态美学还是把属于古典主义美学的这一核心概念经改造之后纳入到了自己的美学体系之中。人与自然和谐相处的思想是当代生态主义美学的一个十分重要的理论支撑点。不过生态美学家强调"和谐"应当建立在人与自然平等的理念之上,它"不仅是人对自身生命价值的体认,也不只是对自然审美价值的发现,而且是所有生命的共感与欢歌",它"超越了审美主体对自身生命的关爱,也超越了役使自然而为我们所用的价值取向的狭隘",把人与自然的关系引入了一个全新的境界。

生态美学的另外一个支撑点是对现代性的反思与批判。生态美学家像许多现代主义美学家一样,对人类近代以来工具理性的世界观,对建立在人类中心主义基础上的主客二分的思维方式,对物质主义、功利主义的生存态度,以及对在工业化过程中自然资源的过度开发与利用,都持激烈的批判态度,认为这一切都应该为人类面临的生态危机与生态灾难负责。他们在做这样的批判的时候,只是比现代主义美学家少了一些悲观、抱怨的情绪,而始终在积极地寻求着解决问题的方法。

生态美学最具争议性,也最具颠覆性之处,是其对人类中心主义的攻击。而这一立场显然并非是生态主义美学家的发明。正如包括生态美学家在内的许多学者都曾经指出的那样,对人类中心主义的解构以及"非人类中心主义"概念的提出,都与后现代主义思潮相关。然而,生态主义美学与后现代主义美学的不同之处在于,后现代主义的"非人类中心主义"不过是其以解构一切价值为特征的虚无主义态度的另外一种表达方式,而生态主义美学家却甘冒"重新落入二元对立思维的圈套"、"回到了本质主义"之讥,明确提出要以"生态中心"这一概念置换"人类中心主义"这一概念。这种颇使人诟病的做法,其实表现出的正是生态美学家不愿在一些关键问题上玩模棱两可的概念游戏的严肃态度。他们在解构的同时,有着强烈的建构的冲动,有着后现代主义者无论如何都不具备的使命感。从这个角度讲,把生态主义美学看作是后现代主义思潮的一个组成部分,与把生态美学看作古典主义美学思想的回归或者现代主义美学思想的余波,可能都是成问题的。

正如国内学者所说,由于生态问题已经危及人类自身的生存.与传统的人类中心主义相比,"'生态中心'恰恰是最能维护人类自身的权利和地位"的新的世界观。[①] 显然,生态主义美学把自然的拯救看作了人的拯救的途径,它试图在一个新的高度上实现自然主义与人本主义的统一,表现出的恰恰是一种深刻的人文情怀。

(此文为"人与自然:当代生态文明视野中的美学与文学"国际学术研讨会提交的论文,后来发表于《江苏大学学报》2006 年第 6 期)

---

① 曾繁仁:《生态存在论美学论稿》,长春:吉林人民出版社 2003 年。

中国化马克思主义文论的特色

一

任何一种成熟而系统的理论，都会有其基本的理论支撑点。就马克思主义文艺论而言，建立在历史唯物主义哲学基础上的反映论文艺观；建立在人的意识能动性理论之上，强调用文艺改造现实社会的功利性文艺观；以及建立在人的精神自由与人的全面发展基础之上，用理想观照与批判现实的人本主义文艺观，都是马克思主义文论体系当中的，它们是马克思主义文论的三个不同维度，同时也构成三个重要的理论支点。支点与支点之间既相互补充又相互限定：反映论的文艺观如果没有后两个维度作为补充与限定，会成为缺乏人文关怀精神、消解文艺社会使命的文艺主张；功利性文艺观不加限制地膨胀，必将使马克思主义文论的现实主义品格与人本主义立场受到损害；而只强调马克思主义文论中的人的精神解放与个性全面发展这一维度，并以此否定马克思主义文论历史唯物论的向度，去除其让文艺为无产阶级改造现实社会的斗争服务的实践品格，则会使马克思主义文论与生动而丰富的社会现实生活，以及具体的历史情境相脱离，变得抽象而空洞。

在中国，马克思主义文论的生成与发展，一方面得益于对马列经典著作的学习与领会，得益于不断对国外马克思主义文论研究者相关成果的借鉴与吸纳。另一方面，中国马克思主义文论的建构，同时也是理论家们以自己特定的“期待视野”与“前见”，与马列经典著作以及国外的各种马克思主义文艺学说进行对话，并结合中国社会的现实语境，以及中国固有的文艺观念，对其加以理解、阐释、选择与改造的过程。

反观近一个世纪以来中国马克思主义文论的发展历程，我们发现，中国理论家的理论建构整体上讲并没有偏离马克思主义文论从历史唯物主义角度阐释文艺的本质、从让文艺介入现实社会改造的立场出发界定文艺的功能、以人的精神解放与人格的全面发展为诉求表达文艺理想这些基本的理论视域，现实主义文艺观、“人民文艺”的思想，以及文艺的审美意识形态论，这些当代中国文论的核心命题，正是中国学者在围绕马克思主义文论的几个理论支点进行思考时，渐次形成的。与此同时，在中国的马克思主义文论家那里，这些理论命题在形成与逐渐展开的过程中，也根据中国社会不同时期的现实状况以及中国自身的文艺实践，结合中国固有的文艺观念，被赋予了一些独特的理论内涵，使之成为马克思主义文论中国化的主要成就。

二

马克思主义文论的一个重要思路，就是在思考文艺的本质属性时，首先把它放在一个比文艺自身更大的框架中，从宏观上加以规定与把握。在马克思主义文论家看来，艺术家的创作活动必然受到现实历史条件的制约，其作品的内容必然在一定程度上成为特定历史条件下经济、政治、文化、意识形态等内容的反映与折射。因此，在创作论层面上，马克思主义文论要求作家深入生活实际，把握社会现象的本质与人类历史发展的走向，客观地予以展现；在价值论层面上，马克思主义文论认为，一部文艺作品的成功与否，与其反映现实生活的深度与广度密切相关。

马克思主义文论的上述观点，不仅是历史唯物主义哲学立场在文论中的具体体现，同时也与欧洲现实主义文艺传统，以及19世纪以来欧洲的现实主义文学创作实践密切相关，用“现实主义”去指称它，是合适的。

中国文论家的现实主义文艺主张，最初是直接受到欧洲19世纪文艺思潮的影响而产生的，用文学真实地反映生活、批判现实、改造社会是其核心内容。20世纪20年代中期以后，随着国外马克思主义文艺思想的传入，鲁迅、茅盾、周扬、胡风等中国的马克思主义文论家，把五四时期形成的现实主义文艺观与国外马克思主义文论的相关思想加以对接，在强调文艺的真实性这一理论前提下，形成了侧重点各不相同的四种现实主义文论模式，分别为：

（一）把马克思主义文论的现实主义立场与欧洲19世纪文艺思潮中的批判现实主义、自然主义等文论思潮相结合，突出强调文学内容的客观性，限制作家主观性的现实主义文论；

（二）受俄苏“社会主义现实主义”文论影响，突出强调文艺的倾向性与阶级性的现实主义文论；

（三）受马克思、恩格斯文艺通信中所表明的文艺思想影响，强调通过典型人物的塑造以及典型环境的描写，去揭示客观历史发展的本质规律的现实主义文论；

(四)强调作家的人格力量,要求作家以主观战斗精神去克服个人思想的局限性与社会偏见,切入存在的深处去把握对象,征服对象的现实主义文论。

上述四种现实主义文论模式中,如果说第二种、第三种模式主要是在国外生成并传入中国的话,第一种与第四种模式,则较多地受到了文论家本人的个性因素以及中国传统文论思想的影响,实际上是对现实主义文论的丰富与发展。

茅盾在20世纪20年代末到30年代初"革命文学"论争过程中逐渐成形的现实主义文学观,是第一种理论模式的典型代表。对于这种要求作家通过实地观察、客观描写,实现文学的真实性的理论主张,许多人强调它与欧洲自然主义文学之间的关联。但是,在"革命文学"论争过程中,这种现实主义文学观之所以比太阳社、创造社年轻的理论家们从国外引入的文学观念得到更多国人的认可,并在新中国成立后中国文学发展过程中,作为一种校正主观化、概念化、公式化文学创作倾向的重要理论资源,不断被重提,表现出顽强的理论生命力,其中一个很重要的原因在于,这种把生活自身的真实性与文学的真实性基本等同的文学观念,与中国传统文学观念中受史学"实录"原则影响形成的真实观更容易接通。

就中国的"史传文学传统"而言,我们发现它不仅不像西方文论那样,去认真区分现象的真实与本质的真实之间的区别,而且也很少谈论作家的认识是否与事实本身相一致这样的问题。在中国古代文论家看来,文学真实性的保证,是文学家表达的真诚,而真诚表达的勇气,则来自于作家的使命感与道义担当。在这一充满伦理学色彩的理论视野里,主观之真诚与客观之真实不仅密切相关,甚至合二为一。这种认识,实际上与中国现实主义文论的第四种模式,即以胡风为代表的强调"主观战斗精神"的文论模式,有许多暗合之处。

在探讨胡风文艺观产生的原因时,许多学者把它归结为以鲁迅为代表的五四启蒙文学精神的影响,或者是对西方马克思主义学者卢卡奇现实主义文论思想的借鉴。其实,除此之外,胡风的现实主义文论之所以在中国生成并产生巨大影响,还有一个重要的原因,就是在对作家人格力量的关注与强调这一点上,它与中国传统文论是高度契合的。

三

在马克思主义文论体系中,文艺与人民的关系问题,是一个更为根本的问题。这一问题在中国化马克思主义文论发展过程中得到了充分的重视与系统的论述,其成果,集中体现在《在延安文艺座谈会上的讲话》这一经典文献之中。在这篇文献中,毛泽东明确提出了“文艺为千千万万劳动人民服务”、“为工农兵服务”的主张,这一主张不仅是对马列经典作家相关思想的继承,同时也是结合中国的实际,对马列经典作家相关思想的发展。

考查毛泽东在《讲话》中的用词,我们发现,在谈到文学服务的对象时,他习惯于使用“人民群众”、“人民大众”这样的字眼。而在具体列举文艺服务的对象时,则总是“工农兵”并举,或者“工农”并举,没有一次遗忘农民这一群体。这与“左联”时期“左翼”文学家在谈论文学大众化时,把大众界定为“有意识的工人以至小市民”,或者是“新兴阶级”有着明显的区别。

这是一个颇有意味的现象。特别是把农民作为文艺表现与服务的主要对象,不仅仅表明毛泽东对中国革命性质与所应依靠的力量的判断与此前的“左翼”理论家存在分歧,而且表明毛泽东的文艺思想表现出更加强烈的“底层关怀”取向。因为在当时的中国,农民阶级不仅在人数上占据绝大多数,而且是受封建压迫最重、受教育水平最低、享有文化资源最少、距离现代文艺最远的一个群体。号召作家为农民而创作,创作适应农民的欣赏水平与欣赏习惯的文艺作品,让文艺真正走进农民的生活,为他们所喜闻乐见,从而发挥提高农民、教育农民、引导农民、解放农民的功能,这应该是毛泽东延安文艺思想区别于此前任何一种文艺思想的地方,是毛泽东延安文艺构想的核心内容。其对之后中国文学创作走向的影响,是决定性的。

从历史发展的角度看,自近代梁启超等人发动文学革命以来,中国文学便开始了由古典向现代的艰难转型,文学创作改变了传统的以士大夫审美趣味为中心的格局,开始把大众的欣赏水平、欣赏趣味考虑在内,强调小说等通俗文学的价值,强调白话文学的价值。在梁启超等近代先驱那里发展起来的具有民本色彩的文学观念,被稍后的五四新文学继承了下来。走通俗化、平民化道路,让文学面向大众,为普通老百姓所接受,曾经是五四文学为自己设定的最主要的目标之一。

然而,除了通俗化、平民化道路之外,五四新文学还有其他的目标。在五四文学展开的过程中,文学家们实际上常常不得不在表现与再现、欧化与民族化、审美与功利,知识分子的文学趣味与大众的文学需要等对立的文艺立场之间做出自己的选择。这种选择直接导致了五四新文学在20世纪20年代中期之后的分化。

种种情况表明,近代以来以西方资产阶级民主革命过程中产生的人人平等、人道主义、普遍人性等观念为依托的文学通俗化、平民化道路,其理论基础是十分脆弱的，能够达到的深度也十分有限。要把现代文学的通俗化、平民化道路坚持下去，需要引入新的理论资源。

20世纪20年代中期以后，创造社、太阳社成员纷纷抛开之前的以个性解放为诉求的文学立场，提出要向着大众"开步走"，以大众为表现对象，"努力获得阶级意识"。然而，他们所说的文学大众，许多时候只是被简化成了"普罗列塔利亚"（无产阶级）这样只存在于书本中的抽象概念，对于中国社会独特而复杂的阶级关系与现实环境，以及中国文学生长于其中的独特的文化传统，他们实际上是缺乏深入了解的。最终，他们的"革命文学"理论也就只能流于盲目与空洞，不仅遭到中国自由主义文学阵营的强烈反对，也为鲁迅、茅盾等倾向革命、倾向进步的文学家所质疑，更难以对真正的工农大众产生实际的影响。

因此，20世纪30年代过后，当中国的"左翼"文学已经有了一段自己的历史之后，怎样使它既保持革命性，保证其在理论与实践上与世界无阶级文学及现代性的精神关联，又能够真正走进劳苦大众的生活，帮助他们改变自己被压迫与被奴役的命运，同时还能够遵循艺术规律，创造出真正具有艺术价值的文学作品，就成为亟待解决的问题。毛泽东的《讲话》中所阐释的"人民文艺"的思想，以及这一思想所引导的延安文艺实践，为上述问题的解决，提供了一个最为现实的答案。

四

中国马克思主义文论研究当中另外一个十分重要的理论建树，就是在20世纪80年代形成了"文学是审美意识形态"这一重要的理论命题。

把文艺活动当成是一种审美活动，把审美活动当成是人的全面发展的重要途径，这一德国古典美学的思路，曾经对马克思本人产生了很大的影响。他为人类社会设定的终极目标，就是建立在个体精神自由与人格全面发展基础上的大同社会；而在人的精神解放与个性发展方面，审美活动被赋予了十分重要的使命。"意识形态"这一哲学概念在马克思主义文艺学思想中同样占有举足轻重的地位，是人们思考文艺与经济、政治、道德、文化之间的关系，界定文艺的本质时的一个重要切入点。"审美意识形态"这一命题，试图在文艺的意识形态属性之上，附加一个审美的维度，强调文艺作品表达的既是具有普遍意义的知识、思想，同时也是个体的感情评价与感性体验，文学艺术活动是无功利性与功利性、形象性与理性、情感性与认识性的统一。其中，人的主体性应当得到充分的尊重。

在20世纪20年代初期,以卢卡奇为代表的西方马克思主义理论家就曾经对国际共产主义运动中存在的忽视人的价值与尊严的倾向进行过深刻的反思。他们发现,苏联模式的社会主义实践出现了手段与目的的背离:在强调革命的具体目标时,个体的人的价值被严重忽略了。他们试图从经典作家的著作中为自己的思考寻找理论资源。马克思《1844年经济学哲学手稿》在20世纪30年代初的公开发表,恰好可以为他们提供理论支持。

"审美意识形态"这一理论命题在20世纪80年代形成,则与中国文艺理论界对"文革"中"极左"文艺思潮的反思与批判有着直接的关系。在"文革"中,工具论的文学观无限膨胀,文学往往充当专制政治的工具,人的正常情感在文艺作品中无法得到表现,人的基本的尊严在文艺作品中无法得到尊重,完全偏离了马克思主义文艺的正确轨道。20世纪70年代末80年代初,在试图恢复马克思主义文艺观的本来面目时,人性、人情、人道主义这些命题又一次被重提。在美学界,以"实践论美学"的勃兴为标志,形成了影响巨大的"美学热",不但马克思《手稿》中异化劳动分析的思想引起理论界的强烈共鸣,卢卡奇、马尔库塞、阿多诺等西方马克思主义文论家"异化"批判的思想也被介绍到国内,并产生了很大反响。"审美意识形态"这一命题,正是在这种背景下生成的。

因此,"审美意识形态"论与其他马克思主义文论中国化的成果一样,既是中国的理论家们同经典作家、同国外马克思主义文学研究的学者进行对话的产物,同时也是在特定的历史语境中,为解决中国文艺理论与文艺实践所面对的具体问题而产生的一种理论。我们在理解这些理论的内涵时,也不应该离开具体的历史情境,将它们抽象化。

(此文发表于《文艺报》2014年12月12日)

用理论回应文艺现实的挑战

在山东省委宣传部大力支持下，由一批中青年学者参与编撰的《网络文艺论纲》（以下简称《论纲》）一书终于问世。作为中国当今第一部对网络文艺进行专题研究的系统性理论著作，它的出版对于推进中国当下的网络文艺研究以及网络文艺自身的健康发展，都有着重要意义。

当下中国的网络文艺批评与研究，存在两个误区。一是以原有的理论视角观察网络文艺现象，用针对传统文艺的价值标准与审美原则要求网络文艺。对于这种研究而言，研究者所使用的理论话语与所谈论的对象之间是隔膜的，而且很容易把网络文艺不同于传统文艺之处，简单地当成网络文艺的负面因素，进行盲目的批判与否定。一是完全站在网络文艺的立场上，拼凑一些时髦的理论，想方设法为网络文艺存在的合法性、各种网络文艺现象出现的合理性进行辩护，把网络文艺所有不同于传统文艺的特征，都当成文艺发展的新方向，进行盲目的赞扬与肯定。在这种情况下，一种既能够深入到网络文艺现象之中，又具有一定理论高度；既客观公允，又有强烈的理论担当意识的网络文艺理论研究，就显得十分难能可贵。

《论纲》一书在行文中引入了大量鲜活生动的网络文艺作品个案，进行了深入的文本分析。借此，本书始终与中国当下的网络文艺现场保持着一种对话姿态。然而，正如本书作者所说，当前中国网络文艺研究实际上并不缺少个案分析，缺少的是对各种网络文艺类型的系统性研究，对网络文艺创作规律和特点的整体概括以及新的理论话语的体系性建构。基于这种认识，本书力求以马克思主义的立场与方法为指导，将文艺理论、美学理论、传播学理论加以融合，同时吸纳心理学、网络哲学等学科的最新研究成果，科学和系统地回答什么是网络文艺，网络文艺具有怎样的社会属性与美学属性，以及网络文艺的创作过程、构成要素、接受规律、批评原则等关键性理论问题，形成了比较完整的关于网络文艺的知识体系。与此同时，本书还对诸如网络文艺中的伦理规范等过去文艺研究中很少涉及的问题进行了探讨，表现出较为自觉的理论创新勇气。

作为一本网络文艺的基础理论著作，《论纲》一书一方面在有关章节里对网络文艺生成与发展的必然性进行了深入分析，对网络文艺存在的价值给予了充分肯定;另一方面,也对网络文艺存在的量胜于质、作品过分类型化、接受者与创作者关系错位、拼凑抄袭现象严重,以及过于商业化、娱乐化等问题进行了深入的分析与旗帜鲜明的批评。以丰富的网络文艺现象为依托,总结网络文艺生产、传播、接受、批评的特殊规律,发现网络文艺发展过程中存在的问题,寻找网络文艺健康发展的方向,用理论指导实践,使《论纲》一书具有很强的实践品格。

在现代汉语中,“文艺”一词有两种含义,一指文学;二是文学和艺术的统称。由于现代艺术不同门类之间壁垒森严,不同艺术学科理论也都追求专门性的知识体系,因此,不仅很少产生跨越“文学和艺术”的文艺家,也很少有跨越“文学和艺术”的理论家与文艺理论著作。现有的被称为“文艺理论”的著作与大学里所谓的文艺理论基础教材,实际上大多是在“文学”的意义上使用“文艺”这一概念的。然而,如果说原有的各种艺术门类分治,尤其是将文学与其他艺术门类割裂的艺术观念与理论研究状态,因其反映了现代不同艺术门类之间相分离的实际情况,因而有其一定的合理性的话,对于网络文艺而言,这种割裂就显得有些生硬。因为不同艺术门类之间的渗透与交融,恰恰是网络文艺形式区别于传统文艺形式的最重要的特点之一。在网络上,尤其是到了 web2.0 的时代,同一文本中同时植入文字、声音、静态与动态的图像,已经变得十分方便;许多网络文艺作品,实际上包含了文学、音乐、美术等多种因素,或者干脆就是由不同艺术门类的创作团队共同完成的。在这些艺术作品面前,传统的语言艺术、视觉艺术、听觉艺术的分类原则,常常显得捉襟见肘。而在“文艺”这一概念之下,对网络艺术进行整体观照,反而显得十分方便,十分贴近网络艺术的真实存在状态。

就狭义的网络文艺理论,即网络文学理论研究而言,国内曾出现过几部影响较大的论著。但是,将网络文学、网络音乐、网络美术、网络影视、网络戏剧,乃至网络游戏、博客、微博等,都放在“网络文艺”这一概念下进行整体观照,从制作与传播过程、文本形态特征、接受规律与批评原则等方面进行系统论述形成的网络文艺基础性理论著作,《网络文艺论纲》一书确实属于首创。而这本著作之所以在“文学和艺术的统称”这一意义上使用“文艺”这一概念,恐怕并不仅仅是想借此与原有的以文学为主要研究对象的网络文艺理论著作相区别,同时也想借此强调,网络文艺研究应该根据其不同于传统文艺形式的特点,采用不同于传统文艺理论研究的思路与方法。发现网络文艺形式与传统文艺形式之间的区别,力求以新的、切合网络文艺这一对象的概念、理论与方法对其进行分析与阐释,这一努力实际上是贯穿了《论纲》全书的。这构成了本书立论的一个重要支点,也是本书最具理论价值之处。

随着互联网技术的飞速发展，其对人类艺术活动的影响也日益广泛而深入。在作品文本存在形态、生产方式、传播方式、接受方式等方面都与传统文艺有着很大差别的网络文艺，正是在这种背景下出现并迅速崛起的。近些年来，网络文艺的崛起对原有文艺格局造成的巨大冲击，已经逐渐引起包括创作家、批评家、文艺理论研究者、政府文化管理部门，直至国家最高领导层的高度重视。有人甚至认为，由网络文艺引起的这场文艺变革，可以与20世纪初以五四新文学的兴起为代表的文艺变革相提并论，实为自五四新文艺形成以后百年来中国文艺从未有过的大变局。就其广泛的群众基础、迅猛的发展趋势，以及对原有的文艺传统造成的巨大冲击而言，网络文艺崛起的过程，的确与当初的五四新文艺有许多相似之处。然而，在将网络文艺的出现与五四新文艺的出现做比附的时候，我们却不能忽视其间一个巨大的差别，那就是五四新文艺是建立在对西方既有的文艺形式借鉴、吸收，甚至是移植的基础上的。而且，在这个过程中，借鉴、吸收与移植的还不仅包括西方文艺当中许多经过时间考验、已经相当成熟的文艺形式，而且包括西方许多经过时间考验、已经相当成熟的文艺理论。可以说，五四新文艺的创作实践，与新的文艺理论的建构，以及建立在新的理论话语基础之上的文艺批评是同步展开的。许多时候，新的文艺观念对创作实践与批评实践，还起到了先导的作用。一套与之相适应的新的理论话语的建立，对新文艺的迅速成长与健康发展，发挥了极其重要的作用。

然而，网络文艺在生成与发展的过程中，却没有这样的幸运。一方面，网络文艺不仅在当今的中国刚刚出现，在世界范围内，它都是新生事物，我们不可能引入一套成熟的网络文艺理论对网络文艺现象进行研究与阐释；另一方面，网络文艺最初作为一种“草根”文艺，并没有引起理论界的重视，对网络文艺的研究，尤其是基础理论的建构，是相当滞后的。当今中国的网络文艺，发展势头迅猛，但同时也泥沙俱下，鱼龙混杂，其成就有目共睹，其存在的问题也有目共睹。而其混乱与失序的一面，恐怕与缺乏理性的反思与理论的有效引导有直接的关系。《论纲》一书，正是在这一迫切的现实需要中而产生的。

纵览《论纲》一书，我们可以发现一种强烈的以理论研究介入当下网络文艺实践，解决网络文学中存在的问题，引导网络文艺健康发展的姿态。作者充分意识到，网络文艺研究实际上是在网络文学强势走入人们生活的背景下，文艺理论为应对文艺实践的挑战而展开的，这一研究应该承担起推进网络文艺健康发展，乃至于重塑网络时代人们的文艺观的重要历史使命。它所体现出的是一种有担当的理论研究姿态,建构起的是一种有着强烈实践品格的文艺理论。而这一切,正是中国马克思主义文艺理论研究一贯的立场与态度。

(此文发表于《大众日报》2015 年 3 月 6 日)

中国马克思主义美学传统的形成及其意义

一

读青年学者周维山的《美学传统的形成与突破——〈1844 年经济学哲学手稿〉与中国当代马克思主义美学》(以下简称《突破》)一书,有一种强烈的感觉,那就是:就马克思《1844 年经济学哲学手稿》(以下简称《手稿》)与中国当代美学的关系而言,与其说从 20 世纪 50 年代的美学大讨论开始至今近六十年的时间里,中国当代美学经历了一个不断返回《手稿》这一经典,对它进行研究、细读、解释的过程;不如说是《手稿》这部经典,以极其独特的方式,在被处在不同现实背景与理论语境之中,持不同观点的美学家们不断研究、细读、解释的过程中,滋生出多种美学命题、范畴与含义,进而有效地介入中国当代美学的论争与理论建构的过程。正如《突破》一书所介绍的那样,具有中国特色的"实践论美学"是在《手稿》的直接影响下建立起自己的理论框架的,20 世纪 50 年代、20 世纪 80 年代与实践论美学观点发生过争论的朱光潜、蔡仪等人,也不断通过对《手稿》的解读修正与完善自己的美学观点。进入 20 世纪 90 年代以后,中国的文化诗学研究通过法兰克福等西方马克思主义学派与《手稿》接通;试图超越实践论美学的"后实践论美学","并不是在否定或抛弃《手稿》,而是转换了解读《手稿》的哲学语境";就是新世纪兴起的生态美学,也在从《手稿》中寻找"生态意识"与"生态审美观"。因此,我们完全可以认同《突破》一书的这样一个判断:在中国当代美学发展的过程当中,"《手稿》的理论价值并没有因美学研究热潮的涨落而涨落,而是始终在中国当代马克思主义美学的建构中起着十分重要的作用"。

《突破》一书在回溯中国当代美学走过的六十年历史时,特别是描述"实践论美学"在与其他美学学派争论中,从萌生、发展,到形成权威,又进而在来自西方的后现代美学思想冲击下,被质疑、挑战,成为当下中国许多美学家与美学流派试图超越的对象的过程时,以《手稿》在中国的接受史为线索,可谓提纲挈领。其切入历史的角度,其以问题为核心而不是多数学者习用的以流派为核心的梳理思路,其聚焦于几个中国当代美学史上关键的时间节点以点带面的历史考察方式，加上其在论述过程中所提供的大量具体丰富的历史资料，这一切，对于关注中国当代美学发展史的学者而言，都有显而易见的可资借鉴之处。而《突破》一书自身最重要的一个理论突破，则是阐明了《手稿》与中国当代马克思主义美学建构过程之间复杂而又密切的关系。作者指出，“中国当代马克思主义美学之所以选择《手稿》，是与中国当代马克思主义美学的历史语境密切相关的”，二者之间的关系“不是单向的，而是互动的”。谭好哲教授在为《突破》作序时，也重点提到了作者所论述的这一关系，并把它更明确地表述为“塑造”与“选择”的关系：“一方面是《手稿》塑造了中国当代马克思主义美学，另一方面也是中国当代马克思主义美学选择了《手稿》”，并认为这一理论发现“显示出著者独到的理论识见”。

二

马克思认为：“理论在一个国家实现的程度总是决定于理论在这个国家的需要的程度。”周维山在《突破》一书中，也反复强调了这样的观点：一种理论观点的产生，总是源于现实的需要，现实为理论提出问题，理论是对现实问题的回应。《手稿》之能够介入中国当代美学的理论建构，就是顺应了中国现实对它的呼唤。正是从这一观点出发，他很有见地地指出，蔡仪的坚持客观性与典型性的美学观点，在20世纪40年代的左翼理论阵营中受到高度评价，不仅因为它与当时苏联的主流观点一致，还因为它适应了当时以现实主义为主导的文艺创作氛围及文艺政策。而到了20世纪五六十年代，这种强调美是对象固有的自然属性，美感仅仅是客观对象在主体意识中的反映的带有“机械唯物论”色彩的美学观点，则与中共建政之初积极乐观的社会氛围，与文艺家们歌颂英雄、歌颂新社会的政治热情以及在主流文艺观念中开始抬头的浪漫主义创作原则之间，有着明显的不协调。然而，马克思主义哲学唯物论的基本立场，加上当时以反对“唯心主义”为号召展开的对胡适、胡风等人哲学思想、文艺思想的批判，使得以朱光潜为代表的具有较明显主观唯心主义倾向的美学观点也不可能真正在美学界立足。因此，既强调美是人类的创造，又强调美的创造是一个物质性的实践过程；既强调美是与人密切相关的社会现象，是“自然人化”的结果，又强调美的社会性即美的客观性的“实践论美学”，得到多数人的认可，也就几乎成了顺理成章的事情。

而到了20世纪80年代，“由于时代的变化，政治、艺术、美学等语境与五六十年代相比都发生了明显的变化。‘唯物’与‘唯心’的区分已逐渐失去了表层的政治内涵，人们在抚平‘伤痕’的同时，开始了对自我和人性的反思”。因此，新时期的美学研究便从美与人的关系、美与主体的关系的角度，展开了新的思考。在这种“语境”之中，不但朱光潜可以重提人性、人道主义、人情味、共同美这些曾经成为禁区的话题，并因此得到广泛的呼应；就是李泽厚在对实践论美学观点进行重新解释时，与 50 年代相比，也更加突出了实践的主体性的一面，而不是其客观物质性的一面。这一理论角度的调整，应当被看作实践论美学在 20 世纪 80 年代的语境中引起极大关注的根本原因。具体到对《手稿》的研究，这时候理论家们最为关注的，则是它所涉及的“异化”批判思想，以及“人的本质力量”、“感觉的社会化”这样一些具有丰富的“人本主义”内涵的命题。而 20 世纪 90 年代以文化诗学为代表的美学思潮对“实践论美学”的挑战，则被作者认为与大众文化的兴起有直接关系，因而它“不单是超越经典话语的必然选择，还是时代的必然要求，它是承担着新的历史使命的”。

三

在读《突破》一书时，读者还有这样一种强烈的印象：李泽厚也好、朱光潜也好、蔡仪也好，中国当代美学的几位代表性人物的美学立场，实际上在 20 世纪 50 年代的美学论争中就已经奠定。在以后的美学研究中，他们对自己美学观点的修正大多是技术性的，甚至是策略性的，其基本的美学立场并没有实质性的变化。因此，当他们进入《手稿》，对《手稿》的相关命题与范畴进行阐释时，实际上有明显的先入为主的倾向，各自都在通过《手稿》的阐释，为自己既定的美学立场寻找证据，进行辩护，或者以《手稿》为依据对对手的观点与批评意见进行反驳。即使 20 世纪 90 年代以后其他学者通过语言分析的方法对《手稿》有些关键性段落文字的细读，大多也有明显地为自己既定的观点与立场寻找证据的倾向，因而在多种可能的解释中，总是强调对自己有利的、有用的解释是《手稿》的“本义”。

借用《突破》一书在谈及李泽厚的相关章节时十分恰当地使用的一个说法，这是典型的“六经注我”的方式。《突破》一书并没有对中国当代美学这种“六经注我”的现象给予特别的讨论，但这一现象却引起了笔者的许多思考。回顾几十年来中国美学界围绕《手稿》中诸如“美的规律”、“内在尺度”、“自然的人化”、“劳动创造了美”等命题与范畴的论争，以及关于《手稿》与成熟的马克思主义思想体系之间到底是怎样一种关系这一问题的争论，尽管到最后在大多数问题上都没有达成真正的共识，但是中国当代美学中的许多问题，确实在这些争论的过程中深化了，中国当代美学，确实在这些争论的过程中发展了；中国当代美学传统，确实在这些争论的过程中逐渐地形成了。中国美学界对《手稿》的认识与理解的水平，也在这些争论的过程中有了质的飞跃。

不带偏见地进入经典之中，以经典的“原义”为依托讨论问题，固然是经典研究时一种令人十分向往的境界。但是，当代解释学已经证明，要做到这一点是十分困难的，甚至根本就是不可能的。实际上，带有自己的立场观点进入经典、解读经典并不可怕，因为不同的观点之间会相互补充与制约，最终的结果是，一方面经典意义的多种可能性会在这一过程中被“发掘”出来；另一方面，比较接近经典“本义”的观点，也往往会在不同观点的比较中，被更多的人认同。只是，各自坚持自己立场的经典解读与讨论，必须真正是学术性的，必须建立在研究者平等与相互尊重的基础之上。而中国当代的几次美学论争，从20世纪50年代到20世纪80年代，再到20世纪90年代，在“学术自由”这一点上，在学者坚持与维护自己学术立场的勇气这一点上，在尊重论争对手这一点上，与其他人文社会科学领域的学术论争相比，应该说做得是比较好的。非学术性的东西不是完全没有，而是相对较少。在大多数时候，持不同理论观点的理论家们都有表达自己学术立场的空间。在回顾中国当代美学传统的时候，对这一学术传统的发现与总结，恐怕也应该是研究者一项重要的任务。

四

其实，说《手稿》“塑造”了中国当代美学的理论品格也好，说中国当代美学为了自身的理论突破“选择”了《手稿》这个文本也好，都是立足于中国当代美学的建构与发展而立论的。如果我们把《手稿》与中国当代美学的互动关系这一问题进一步展开，似乎还可以这样讲：一方面，《手稿》作为一个经典文本，以其丰富的内涵为中国当代美学许多命题的展开与关键性的理论突破提供了巨大的启示；另一方面，当中国两三代美学家们不断带着自己的问题进入《手稿》时，也以其特有的理论视界，丰富、发展了《手稿》的理论内涵。如果与世界上其他马克思主义美学研究阵营做一个比较的话，正如《突破》一书作者所言，前苏联的学者于1932年最早出版了《手稿》的德文版全文，但在出版之后，《手稿》却一直被作为马克思早期的不成熟的著作束之高阁。直到苏共二十大之后的1956年,苏联学者才把《手稿》和马克思、恩格斯的其他早期著作一起汇编成一卷《马克思恩格斯早期著作》,以俄文出版。与苏联学术界相比,中国美学界对《手稿》关注的程度更高,持续的时间更长。在长达几十年持续的、高强度的关注下,中国学者对《手稿》文本细读的程度、对《手稿》有关命题与范畴理解的程度,最终已经超出了苏联美学界能够达到的水平。而与西方马克思主义中一些同样对《手稿》极为关注的美学学派相比,中国学者对《手稿》的关注与解读,则形成了不少自己的"问题域",因此,它们之间是不可相互取代的。

刘纲纪曾在《马克思主义美学研究与阐释的三种形态》中提出:从19世纪末到20世纪,对马克思主义美学研究与阐释形成了三种基本形态:苏联马克思主义美学、西方马克思主义美学和中国马克思主义美学。[①]《突破》一书的作者认为,中国当代马克思主义美学,在《手稿》相关理论命题与思想的启发下,已经形成了自己独特的学术传统,这种传统的直接结晶就是"实践论美学"与"审美论"的文艺学。从《手稿》研究的角度讲,中国学者对《手稿》理论内涵的丰富与发展,中国学者围绕《手稿》展开的美学论争与理论建构,以及在此过程中形成的理论传统,已经成为世界范围内《手稿》接受史的一个重要组成部分,为《手稿》在20世纪的"经典化"过程做出了属于中国学者的十分独特的贡献。对于每一个从事当代马克思主义美学史研究的学者而言,无论是中国学者还是外国学者,这一传统都是无法回避的。它是世界范围内马克思主义美学发展的一个组成部分,也是世界范围内对马克思《手稿》接受历史的一个重要组成部分。如果要谈论中国当代美学传统对于21世纪美学发展的意义的话,我们完全可以作如是观。

(此文发表于《吉林师范大学学报》2011年第4期)

① 刘纲纪:《马克思主义美学研究与阐释的三种形态》,《文艺研究》2001年第1期。

重提文艺心理学

由鲁枢元、童庆炳等人主编,著名作家王蒙为之作序,一百多位学者参加编纂的《文艺心理学大辞典》最近由湖北人民出版社出版了。编者在后记里说,这是一本在1995年就拿出书稿,六年后才付印的书。而且付印时由230万字压缩成了100万字。从中,读者可以猜测到此书出版之艰难。在被认为对新时期文艺心理学研究有开山之功的金开诚撰写的辞书的第一个条目“文艺心理学”中,描述这一学科的发展状况时用了“方兴未艾”这个词。实际上,至少在本辞书出版的时候,国内的文艺心理学研究,与其热闹的时候相比,恐怕不是“方兴未艾”,而是“方兴已艾”了:当初的研究者许多人已经过了学术上的高峰期,年轻学者对此学科又极少有人问津。因而这部辞书的出版,很难让人产生在学科建设上继往开来的联想,倒像是在为一个曾经十分繁荣的文艺学学科画句号。

实际上,从20世纪80年代开始的十几年间,由文艺学研究“方法论”热而激发出的诸多文艺学研究视角中,文艺心理学的视角一开始就不是最新潮的,它之所以能够在今天还被人认可,甚至被视为新时期文艺学研究中的“显学”(张婷婷、杜书瀛合著的《新时期文艺学反思录》中独独对文艺心理学冠以“新时期的显学”),基本上凭的是自己的理论实绩。而这种实绩的取得,与其所采取的研究视角本身的优势是密不可分的:无论你主张科学主义还是人文主义;无论你把文艺的本质看成对世界的客观认知还是对自我的主观表现;无论你强调作家的创作活动还是文本的解释活动;无论你更看重文本结构还是更看重文化结构,只要你研究的是人所从事的艺术活动,就无法避开人的心理这一环节。文艺学研究另一个无法避开的环节是语言。因此,在回顾新时期文艺学研究时,有论者早就指出,最贴近文艺学本质,最具建设意义的研究,一是文艺心理学倡导的创作心理与接受心理研究,一是新批评倡导的建立在细读基础上的文本分析。然而,这两种研究方法在今天的中国文艺理论界都已被认作“明日黄花”,新潮学者避之唯恐不及,其情景颇为耐人寻味。

20世纪80年代初文艺心理学研究在中国文论界兴起与得到普遍关注,一方面得益于其理论自身的成就,另一方面与当时发生在社会政治语境中的思想解放运动也有很大关系。正如一些学者所说，“它的出场，是与新时期特定语境中人道主义话语相关联的，是在摆脱政治工具论回归文艺自身的呼声中作为‘向内转’的文学主体性思潮的一部分复出的”。正是这种政治关怀、社会关怀与文学关怀的重叠，给文艺心理学的研究者提供了广阔的话语空间，使之能够一方面进行文学研究，一方面又借助文学研究与整个思想界进行潜对话。而当这种潜对话产生的语境消失，文艺心理学仅仅是本身已经十分寂寞的文艺学研究的一个分支学科时，特别是日后兴起的许多文艺学研究方法（比如新批评学派与现象学学派）公开声明与心理学方法对立，文艺心理学由“显学”走向“隐学”，由“新学”走向“旧学”时，对学人们就再也没有昔日的魅力了。

也许，从“显学”的位置中摆脱出来，从喧哗中冷静下来，正是一个学科走出浮躁，进行扎实的学科建设的难得契机。许多文艺心理学的理论与命题刚刚提出，有待进一步梳理与深化，文艺心理学的学科体系刚刚开始构建，有待进一步完善。凭借其独特的理论视角，文艺心理学应当在中国的文艺学研究中发挥出自身不可替代的作用。然而问题是谁肯来做这种“冷学问”。

一个曾倡导将文学当文学自身来研究的学科，当文学研究真正回归自身时，又由于这种研究的过于冷清而走向衰微，这构成一种令人尴尬的反讽。其中折射出的，是一种国内学术界的令人担忧的心态。

（此文发表于《文艺报》2002 年 3 月 21 日）

俞平伯与20世纪的《红楼梦》研究

一

一部经典之所以能被称之为经典，并不仅仅因为经典文本自身的魅力，同时还因为围绕经典文本总是有着角度各异、观点缤纷的阐释，以及一个又一个不断发生的与经典有关的历史事件与人生故事。

关于这一点，你只要回顾一下《红楼梦》这部小说在公元20世纪里由一部无关紧要的“闲书”，被经典化为中国古典小说首屈一指的代表作的过程，便会深有同感。因此，到了今天，当我们试图谈论《红楼梦》时，便很难绕开百年来由《红楼梦》衍生出的声势浩荡、永不寂寞、历久弥新的“红学”；而谈到“红学”，相信许多对此稍有了解的人，都会想起“俞平伯”这个名字。

可以这样讲，在20世纪里，论对“红学”的贡献，没有几个人能够与俞平伯相比；论与《红楼梦》结缘之深，没有几个人能够与俞平伯相比；论对《红楼梦》理解的透彻，也没有几个人能够与俞平伯相比。

二

流行的120回本《红楼梦》，前80回出自曹雪芹之手，后40回为高鹗所续。曹家祖先原为汉人，后入旗籍，与康熙、雍正、乾隆三代皇帝关系特殊，曾为一时望族。晚年的曹雪芹家道早已经衰落，流落北京西郊。《红楼梦》的写作大概在乾隆初年到乾隆三十年左右，是作者追怀往事之作，含有一定程度的自传成分。这些关于《红楼梦》的知识，对今天的人来讲已经属于常识的范围，然而，它们却是20世纪初年“红学”研究的重要成果。这一成果，与当时的“新红学”有关。“新红学”的代表人物有三个，一个是胡适，另外两个是胡适北大的学生：顾颉刚和俞平伯。

所谓“新红学”，当然是相对于“旧红学”而言的。“新红学”对“旧红学”的不满，主要是其研究的方法。“旧红学”也称“索隐派”，其使用的方法与前一段中央电视台刘心武先生关于《红楼梦》的讲座有些类似：常常用一些野史杂记附会小说中的人物和情节，或者是根据小说中的一些细节进行极为大胆的假设与推理，以证明《红楼梦》在表层的叙事背后隐藏有惊天的秘史或政治意图。比如，“索隐派”的重要代表人物王梦阮认为，《红楼梦》是根据清世祖顺治皇帝与秦淮名妓董小宛的爱情故事而写的。然而，在论证贾宝玉的原型就是清世祖时，王梦阮能够提供的，则尽是“世祖临宇十八年，宝玉便19岁出家；世祖自肇祖以来为第七代，宝玉便言：‘一子成佛，七祖升天’，又恰中第七名举人”这样似是而非的论据。“索隐派”的另一代表人物蔡元培则认为，《红楼梦》是一部关乎政治的小说，反清是其隐藏着的主题。书中的少女形象，都是在影射当时的汉族“名士”。而当蔡元培说林黛玉就是影射清代著名诗人朱彝尊时，也不过是基于“绛珠，影其氏也。居潇湘馆，影其竹垞之号也”（朱彝尊号竹垞）这样的猜测。

“索隐派”红学研究想象力过于丰富，结论往往能耸动视听，但却往往经不起认真推敲。比如，对于顺治与江淮名妓的爱情之说，当有人考证出董小宛比清世祖至少年长14岁，她死的时候，清世祖还是一个14岁的少年时，这一大胆的假定也就不攻自破了。而“新红学”着重研究的，正是考证的功夫，它要求自己的每一个结论都建立在扎实的文献资料基础之上，拿出充分的、无法推翻的证据。因此，这一派也称为“考证派”。

说起“考证派”红学研究，胡适当然是首作俑者。但这一派中对“红学”研究最为投入，且成就最高的，则非俞平伯莫属。胡适涉足《红楼梦》研究，与他涉足白话诗的创作颇为相似，遵循的其实是“但开风气不为师”的原则，只是想借此来倡导“有一分证据说一分话”这样的做学问的态度。这个目标达到之后，他便掉头而去。顾颉刚的“红学”研究则主要停留在了为老师胡适搜集资料及与俞平伯的争论之上，拿出的成果并不多。而起初本是无心介入“红学”研究的俞平伯，却在“红学”研究中越陷越深，不仅在《红楼梦》版本学、探佚学等方面有极为丰富扎实的研究成果，而且还在《红楼梦》年代考、地点考、艺术风格论、沿承考、饮食考、服饰考等方面有着开创之功。后人的“红学”研究，有许多就建立在俞平伯“红学”研究结论的基础上，还有许多则是直接受到了他的研究思路的启发。

三

许多人知道俞平伯之介入《红楼梦》研究是受了胡适的影响，却鲜有人知道胡适的《红楼梦》研究受到了俞平伯的曾祖父、清代国学大师俞樾的影响。正是在这位学者的著作中，胡适发现了“《红楼梦》80回以后俱兰墅（高鹗）所补”的信息，而开始了对《红楼梦》作者的考证。而其“新红学”研究的方法，大抵不出清代考据学的路子，其实并不新，俞樾的小说研究使用的便是这种方法。因此，俞平伯与《红楼梦》之间的缘分，似乎在冥冥之中早就已经注定。

俞平伯的“红学”研究主要集中在两个时间段。第一阶段在20世纪20年代初。1923年，他的“红学”研究专著《红楼梦辨》出版。第二阶段是20世纪50年代初。这一时期，他将《红楼梦辨》进行了删改、补充，更名为《红楼梦研究》，于1952年出版，并写下了《红楼梦简论》、《读红楼梦随笔》等一系列文章。如果说20世纪20年代初的“红学”研究，给他带来巨大声誉，奠定了其“新红学”研究代表者地位的话，那么20世纪50年代重拾“红学”研究的结果，给他带来的却是出乎意料的大灾难。1954年，“两个小人物”批判俞平伯《红楼梦》研究的文章被《文艺报》、《人民日报》等刊物拒绝，没想到这件事却激怒了毛泽东。于是，一场声势浩大的批判俞平伯《红楼梦》研究的运动在全国展开。俞平伯这个名字从此走出学术界，变成一个政治名词，在中国几乎家喻户晓。而他的“红学”研究，则作为胡适资产阶级唯心主义学术思想的典型标本，在大陆受到严厉的清算与批判。

当历史进入20世纪80年代的时候，俞平伯已经是一位年过八旬的老人了。1986年，官方正式为50年代俞平伯受到的批判进行平反。同年，86岁的俞平伯到香港讲学，引起极大轰动。他所讲的，当然还是《红楼梦》。

在接下来的几年里，老人常常手捧一部《红楼梦》长时间地呆坐。而在生命的最后一段日子里，《红楼梦》则完全占据了他已经处于混沌状态的大脑。

据说，俞平伯曾一再拒绝“红学家”的称谓。而且，俞平伯平生的学术贡献，也绝不仅仅在于“红学”研究领域。然而，无论是别人，还是他自己，都无法把他的名字与《红楼梦》这部书剥离开来。他一生的荣辱祸福、是非功过，几乎全与这部书有关，想逃逃不开，想躲躲不过。想起来，这里面包含的宿命，的确令人唏嘘感叹。

四

俞平伯之所以在“红学”研究领域成绩斐然，与他的个人气质是密切相关的。

在20世纪初的“红学”研究中，成就最高的有两派，一派以王国维为代表，主要从审美的角度对《红楼梦》中体现的悲剧意识与哲学意味进行阐释；一派以胡适为代表,主要是围绕《红楼梦》的作者、年代、版本等进行知识考证。两种研究一虚一实,虽相映成趣却思路迥异。

俞平伯的"红学"研究,主要受到胡适的影响,但其中却也包含了不少审美的因素。而且越到后来,俞平伯"红学"研究中审美的成分越浓。因此,在一定意义上可以说,俞平伯的"红学"研究是将王国维与胡适所开创的两种不同的"红学"连通起来的桥梁。

在俞平伯早年的"红学"研究中,一个最主要观点涉及对高鹗所续40回与前80回之间文学价值的评价:他认为后40回不仅不符合曹雪芹的原意,而且处理得相当拙劣,削弱乃至破坏了这部作品的悲剧意味。这一结论,虽然也是基于大量的版本学考证,但却同时涉及艺术作品的审美内涵,并非仅仅是一种知识论判断。

统观俞平伯的"红学"研究,其实已经远远超出了"考证派"所能够涵盖的范围。正如著名文学理论家刘再复所说的那样,在许多时候,他已经把他的"红学"研究"放在审美的观照层次上,对它的美学价值,艺术成就,特别是对它的人物形象系列,作了许多细致入微的阐述,从而大大地深化了《红楼梦》的微观研究"。俞平伯所提出的"情场忏悔说"、"两美合一说"(即《红楼梦》作者并不是如人们认为的那样褒黛贬钗,林黛玉与薛宝钗都是理想的女性形象,而且在《红楼梦》中相互补充),对于人们深刻理解《红楼梦》这部小说的人物形象与思想内涵,具有很大的启发意义。

1986年,在香港演讲时,谈起20世纪"红学"研究的是是非非,俞平伯这样总结:"索隐派"、"自传派"走的是完全不同的路,但他们都把《红楼梦》当作历史资料这一点却是完全相同。只是蔡元培把它当政治的野史,而胡适把它看成是一姓的家传。而《红楼梦》研究,首先必须把它当成一部虚构的小说进行研究,不然就会钻牛角尖,把研究者自己给弄糊涂。

这种话,出自俞平伯这样以考证起家的"红学"研究者之口,让人感到发聋振聩。

俞平伯之所以能够超越"考证派"的局限,将审美的因素引入他的"红学"研究当中,产生许多具有诗学意味的思想,是因为他具有极好的文学感受能力。准确地讲,他是一个把学者的严谨与诗人的浪漫集于一身的人。对一个文学研究者而言,这一点极为重要,却可遇不可求。应该说,在众多"红学家"中,俞平伯是《红楼梦》这部作品难得的一个知音。

(此文发表于《晶报·读书周刊》2009年10月5日)

后 记

最近二十年来，从最初的一个高校青年教师到有了教授博导的“身份”，基本上是在现行的学术体制下一路走过来的，写的也多是正儿八经的“学术文章”。然而，在骨子里，我们这一代人是有比较强烈的“文艺青年”情结的，有些时候，难免会有写一些比较随性的文字的冲动。只是由于“近朱近墨”之故，思维方式与语言表达方式已经不可能还原到进入学术写作之前的状态，于是所谓的“随性”之作，大多数也只能是本书中这样的处在“论文”与“散文”之间的四不像文章。如果非要给这些文章安上一个文体学的名称的话，似乎可以称它们为“学术随笔”。

从年龄上讲，刚近半百的我辈，远没有到给自己的学术生涯或写作生涯作总结的阶段。因此，产生出版这个文集的念头时，连我自己也感到有些唐突。之所以最后下定决心，一是一些好心朋友的怂恿，二是近两年，有时候翻看旧文，我突然感到，有些不经意间写下的东西，虽然表面上显得零碎，但其所触及问题的深度与广度，其实并不比那些十分卖力写下的论著与论文差很多，甚至在个别的点上，灵性爆发，更能看到问题的实质，表达得更为精彩，因此也就更可能给人以启发。而这样的文章，由于多发表在非学术性的报刊上，有些文章甚至写下后一直存在电脑里或放在博客里，时间长了，很容易变得无影无踪，连自己也都记不起来了。这样结集起来，也算是保存的一种方式。

本文集中所选的五十多篇文章，除20世纪90年代的几篇外，绝大部分都是最近几年写下的，而且其中有一半数量的文章集中发表在两份报纸上：一份是《晶报》，一份是《文艺报》。《晶报》上的十几篇文章主要是应当时主持该报《读书周刊》栏目的庄向阳先生之约而写下的作品或者是作家评论，《文艺报》上的十几篇文章，则大多是给该报理论版的“投稿”，主要是对当代文坛现象的分析与对一些热点理论问题的思考。

应该说，这几年为报纸写文章，尤其是为在中国当代文学界与思想界有着广泛影响的《文艺报》写文章，是我职业生涯的一个十分意外，同时也是一个十分重要的收获。虽然之前我曾在《文艺报》上发过文章，但集中向该报投稿，则起始于2010年春节前夕中国社科院文学所丁国旗研究员替《文艺报》理论部副主任周玉宁女士所做的一次约稿。当时，我把自己博客中的一篇文章按篇幅要求修改了一下交了上去。没想到这篇在博客中放了相当长一段时间、几乎没有什么点击率的文章，在《文艺报》上发表的第二天，当我上网检索的时候，居然发现不仅被放在了中国作家网"精彩评论"栏目的头条加以推荐，而且已经被人民网、中国新闻网、求是理论网、新华网、光明网、凤凰网、新浪网等几十家网络媒体转载。这篇文章就是本部文集的第一篇《文学的责任意识与作家的写作伦理》。之后不久，我接到周玉宁女士亲自打来的电话，邀请我继续为理论版写文章。再后来，在一次学术会议上，又遇到《文艺报》理论部主任熊元义先生，他说也很看好我的文章，建议我多写一些。于是，在他们的鼓励与支持下，我成为《文艺报》理论版一个忠实的作者。其中一些文章发表之后很快就产生了好的反响，除网络媒体的转载之外，也有平面媒体摘录、作家与评论家们的引用。《作者的退隐与当代文学魅力的下降》一文还被《新华文摘》全文转载。尽管这些文章在年终学校统计"科研成果"时什么也不能算，但却让我体会到了写正统的学术文章时很难获得的写作乐趣。

本文集所收录的文章，绝大部分是已经在正式的报纸、刊物上发表过的。其最初发表的刊物名称与时间，文末都有标注。需要说明的是，有些文章的内容甚至标题与当初公开发表时稍有出入，这主要是因为本书中的文章多保留了投稿时的原始状态的缘故。除报纸与文艺作品类期刊外，本书中也有几篇当初发表在正规学术期刊上的文章，但其所谈论的话题与行文的风格相对随意自由一些，与本书"学术随笔"的定位比较接近。另外还有几篇文章出自本人的博客，之前没有在正式的刊物上公开发表过，这次是第一次以纸媒的形式面世。

从内容上讲，本文集收录的文章不仅仅涉及文学，有些文章也涉及电影、电视与戏剧。四个单元大概按文章所涉及的内容划分：第一辑主要是当代中国文艺现象的评论；第二辑主要是外国作家、作品与文艺思潮的评论；第三辑主要是中国作家作品的评论；第四辑主要是对文艺学学术问题的反思及对一些文艺学学术著作的评论。因为这些文章写作与发表的时间跨度较大，内容涉及面也较广，本次结集，等于是在"文艺"的名下，把多年来一些散碎的思考缀合在了一起，因此起名《文艺缀思录》。

算起来，我应该是安徽文艺出版社的老作者了，我之前不多的几部书，有两部是在这家出版社出的。因此，当产生出版这部文集的念头时，我第一个想到的仍然是安徽文艺。当我把这一想法告诉出版社时，很快就通过了选题立项。因此，在本书就要与读者见面之时，我要对安徽文艺出版社，由衷地说声感谢。

同时，我也想将此书献给我工作的山东大学威海校区。这不仅是因为本书的出版，利用了学校提供的项目经费，而且还因为文集中的许多想法，是我早晨或傍晚在校区静谧的校园里，或者是学校附近美丽的海边悠闲地散步时，闻着鸟鸣，听着涛声而产生的。我知道，在当下这种环境几近奢侈。

2015 年 3 月 7 日于悦苑大厦 1902 室